Scandale à Montegova

Princesse malgré elle

MAYA BLAKE

Scandale à Montegova

Traduction française de
VIRGINIE CANTIN

DIADÈME

HARLEQUIN

Titre original :
CROWN PRINCE'S BOUGHT BRIDE

Ce roman a déjà été publié en 2020

Réalisation graphique couverture : L. SLAWIG (HarperCollins France)

HARPERCOLLINS FRANCE
83-85, boulevard Vincent-Auriol, 75646 PARIS CEDEX 13
Service Lectrices — Tél. : 01 45 82 47 47 - www.harlequin.fr
ISBN 978-2-2804-9788-6

Composé et édité par HarperCollins France.
Imprimé en novembre 2023 par CPI Black Print (Barcelone)
en utilisant 100% d'électricité renouvelable.
Dépôt légal : décembre 2023.

FSC
www.fsc.org
MIXTE
Papier issu de sources responsables
FSC® C159065

Pour limiter l'empreinte environnementale de ses livres, HarperCollins France s'engage à n'utiliser que du papier fabriqué à partir de bois provenant de forêts gérées durablement et de manière responsable.

1

Remirez Alexander Montegova, prince héritier du royaume de Montegova, s'arrêta devant l'imposante porte à double battant. Son poing en suspens était aussi raide que le reste de son corps.

Cette hésitation aurait sans doute surpris quiconque le connaissait un tant soit peu car, depuis son adolescence, on le considérait comme un visionnaire courageux et intrépide destiné à conduire son peuple vers des sommets plus hauts qu'aucun de ses aïeux n'aurait pu imaginer.

Pourtant il se tenait là, effrayé par une simple porte. Certes, ce n'était pas n'importe quelle porte : il s'agissait de celle menant à la salle du trône, où siégeait la reine, sa mère. Et cette porte s'ouvrirait bientôt sur une entrevue qui, il en était certain, changerait le cours de son destin.

Il haussa les épaules. Quelle importance ? De toute façon, il ne s'était jamais vraiment appartenu. Il appartenait à l'histoire de son pays. Une histoire forgée par les innombrables guerriers qui avaient livré des batailles sanglantes pour conquérir et façonner ce royaume de Méditerranée occidentale. Jusqu'à son dernier souffle, il appartiendrait au peuple de Montegova, et le sens du devoir et du destin était chez lui une seconde nature.

Lentement mais sûrement, le majordome s'effaça pour le laisser passer.

— Votre Altesse ? Sa Majesté la reine vous attend.

Sa mère avait requis sa présence à 9 heures pile. L'antique

horloge en or massif qui ornait l'un des nombreux couloirs marbrés du Grand Palais de Montegova sonna solennellement, comme pour lui rappeler que dans quelques secondes il serait en retard.

Résigné, Remi frappa un coup sec sur le battant sculpté doré à la feuille d'or et attendit qu'on l'invite à entrer.

La voix à la fois ferme et chaleureuse reflétait bien la personnalité de la femme assise sur le trône, sous les armoiries gravées d'inscriptions en latin. Et Remi se sentit transpercé par son regard gris acier tandis qu'il traversait le vaste bureau.

Elle acquiesça d'un signe de tête lorsqu'il la salua avec respect avant de prendre place devant elle.

— Je me demandais combien de temps tu resterais derrière la porte. Suis-je donc si effrayante ? demanda-t-elle, une ombre de tristesse dans les yeux.

Remi fut touché, mais refusa de le laisser paraître. Il fouilla le visage de sa mère à la recherche de signes indiquant que, cette fois du moins, son instinct l'avait trompé. Mais de la racine de ses cheveux impeccablement coiffés jusqu'au tailleur Chanel qu'elle privilégiait dans le cadre de ses fonctions officielles, en passant par sa broche de diamant et d'émeraude, la reine était conforme à l'image qu'il avait d'elle. Oui, cette rencontre se déroulerait exactement comme il l'avait prévu.

— Pas effrayante, non, répondit-il, mais je soupçonne que l'un de nous ressortira plus que contrarié de cette entrevue.

Sa mère esquissa un sourire. Quand bien même elle n'aurait pas été à la tête de ce pays, elle aurait attiré les regards. Bien avant d'accéder au trône, elle avait gagné trois concours de beauté et, lorsqu'elle daignait l'offrir à ceux qui le méritaient, son sourire les illuminait – Remi l'avait vu de ses propres yeux. Ses cheveux qui avaient blanchi presque du jour au lendemain, il y a dix ans, après la mort soudaine de son époux et le scandale qui s'en était suivi, étaient jadis aussi noirs que les siens. Remi, qui avait alors vingt-trois ans, avait été jugé trop jeune pour monter sur le trône, c'est pourquoi sa mère avait pris sa place, sauvant le royaume du chaos. Il était censé prendre les rênes à son trentième anniversaire, mais une autre tragédie avait frappé la famille...

Brisant le fil de ses pensées, sa mère posa les paumes sur l'antique plateau de bois de son bureau et déclara :

— L'heure est venue, Remirez.

Il sentit son ventre se serrer. Elle n'utilisait que très rarement son prénom complet.

— J'aimerais annoncer que je me retire au prochain Festival du solstice.

La troisième semaine de juin...

— Mais... C'est dans trois mois !

La réalité le frappa comme un coup de poing en plein visage.

— Oui, répondit-elle fermement. Ce qui signifie que nous devons mettre de l'ordre dans le royaume avant de commencer à faire les annonces.

— *Les* annonces ? répéta-t-il. Pourquoi ce pluriel ?

— Il ne s'agit pas d'un simple retrait, Remi. J'abandonne aussi toutes mes fonctions officielles.

En plus d'être le monarque régnant, Isadora Montegova était aussi un membre actif du Parlement.

— Tu démissionnes ? Pourquoi ?

Elle pinça les lèvres avant de répondre :

— Ces dernières années ont été difficiles pour nous deux. J'ai besoin d'un peu de temps loin de tout.

Si quelqu'un avait gagné le droit de prendre sa retraite, c'était bien sa mère ! songea Remi. Non seulement elle avait porté la mort inattendue de son mari avec une force inébranlable, mais elle avait surmonté avec une dignité et une assurance remarquables le scandale qui avait suivi la découverte du secret que son mari cachait depuis des décennies.

Remi avait eu du mal à contenir sa fureur en découvrant que son père qu'il tenait en si haute estime avait été un époux infidèle. Au fil des ans, sa rage avait faibli, mais n'avait jamais disparu. Car ce père, en plus de causer un profond chagrin à sa mère, avait aussi plongé le royaume dans la tourmente pendant de longues années. Des années qui les avaient rudement éprouvés, son jeune frère Zak et lui.

Sa mère ouvrit un mince dossier posé devant elle et le fit glisser vers lui. Le nom qu'il y lut était la source de tous ses maux, la raison de toutes ses angoisses.

Jules Montegova… Le demi-frère qui leur avait été présenté quelques heures à peine après l'enterrement de son père. Ce jeune homme de vingt-huit ans dont la filiation avait été prouvée par un discret test ADN était le fruit d'une liaison qu'avait eue son père alors qu'il était en mission diplomatique à Paris.

Le scandale causé par cette révélation avait failli avoir raison de Montegova. Déchaînés, les paparazzis avaient ouvert tous les placards du royaume, dans l'espoir d'y trouver d'autres squelettes.

— Qu'est-ce qu'il a fait, encore ? demanda Remi d'un ton méprisant.

— J'aurais plus vite fait de te raconter ce qu'il n'a pas fait, rétorqua la reine d'un air accablé. Il a perdu des sommes folles au jeu, à Monte-Carlo puis à Paris. Il y a dix jours, il est arrivé à Barcelone et a provoqué un scandale en s'imposant dans une réception privée organisée par le duc Armando pour sa nièce. Depuis, il est à Londres, en compagnie de cette femme…

Elle lui montra des clichés d'une blonde aux yeux verts très légèrement vêtue, à la silhouette ravageuse et au sourire éclatant.

Remi l'examina avec attention, à la recherche d'un quelconque défaut. En vain. Elle était impeccable. Physiquement, au moins. Il ne doutait guère qu'elle manquait de classe dans d'autres domaines…

— Qui est-elle ? s'écria-t-il, agacé par la direction que prenaient ses pensées.

Qui se souciait de la façon dont cette traînée se comportait au lit ?

Sa mère planta ses yeux dans les siens.

— Son « pedigree » figure à la dernière page. J'en sais suffisamment pour comprendre qu'elle représente un problème potentiel. Cette liaison doit cesser. Maintenant. La passation de pouvoirs doit être aussi discrète que possible. Jules refuse de regagner Montegova, or je dois trouver le moyen de le faire revenir...

Remi fut malgré lui attiré par les quelques mots présentant la compagne de son frère :

« Madeleine MYERS, 24 ans, serveuse.

A abandonné ses études universitaires. »

— Tu veux que je m'en occupe ? demanda-t-il.

La reine Isadora acquiesça d'un signe de tête avant de déclarer :

— Avec la nouvelle de ma démission et de ton accession au trône, nous ne pouvons plus nous permettre un autre scandale maintenant. Tu dois annoncer ton mariage avant la fin de l'été...

Son sang se figea dans ses veines, et il resta quelques instants sans voix.

— Quoi ? demanda-t-il quand il recouvra l'usage de la parole.

— Ce n'est pas une surprise. Tu étais prêt à le faire il y a deux ans déjà. Si nous n'avions pas perdu Céleste, tu serais déjà roi et marié, dit sa mère d'une voix douce mais ferme.

Il serra les dents à l'écoute de ce rappel inutile.

— J'en suis bien conscient. Mais dis-moi, mère, comment faire pour trouver une fiancée en trois mois ?

Sans ciller, elle ouvrit un petit tiroir secret et en sortit un morceau de papier.

— À l'exception d'une jeune femme qui a trouvé chaussure à son pied, la liste des candidates que nous avions dressée pour toi il y a cinq ans est toujours valable.

— Je ne me suis pas abaissé à chercher ma future épouse dans une liste dressée par des conseillers anonymes il y a cinq ans et je ne suis pas prêt à le faire maintenant ! répliqua-t-il avec fermeté.

La reine Isadora posa le papier sur le bureau.

— Eh bien, c'est dommage, car cela te ferait gagner du temps. Je me suis mariée par amour ; quant à toi, tu étais sur le point d'épouser la femme de ton cœur. Regarde où ça nous a menés tous les deux !

Remi se raidit tandis que sa mère se figeait sur sa chaise. Il remarqua sa pâleur et, sous le maquillage, les rides de stress. Sur sa tête, la couronne se faisait de plus en plus lourde. Une couronne qui, bientôt, lui reviendrait.

— Soyons clairs, Remirez, reprit Isadora, je ne vais pas regarder s'effondrer sans rien faire tout ce que j'ai minutieusement reconstruit ces dix dernières années. Tu vas aller à Londres et ramener ton demi-frère à la maison. Puis tu te choisiras une fiancée et annonceras à l'occasion du Festival du solstice ton futur mariage, qui aura lieu trois mois plus tard. Cela te donne six mois pour t'habituer à cette idée. Je me tiendrai à ta disposition pour t'aider dans tes préparatifs en cas de besoin.

Elle referma le dossier et ajouta d'un ton radouci :

— Il est temps de prendre ta vraie place à la tête de ce royaume. Je sais que tu ne me laisseras pas tomber.

Une minute plus tard, Remi quittait la pièce. Comme il l'avait pressenti, sa vie venait de basculer.

Encore cinq semaines…

Madeleine Myers résista à l'envie de vérifier l'heure et la minute exactes auxquelles ce cauchemar devait prendre fin.

Elle n'aurait jamais dû accepter cette proposition stupide. Depuis, chaque seconde avait été un enfer…

Pour être honnête, elle était sûre que c'était le fait d'avoir échappé de peu à la mort qui l'avait amenée à écouter Jules Montagne. Quand ce dernier, au volant de la Lamborghini qui l'avait renversée, lui avait fait miroiter une solution à ses problèmes, elle avait vraiment pensé que c'était jouable.

Néanmoins, il lui avait fallu quarante-huit heures pour lui confirmer son accord, car elle ne voulait plus faire aveuglément confiance à quiconque…

Elle avait fait confiance à sa mère à chaque fois que celle-ci s'était engagée à reconstruire la famille qu'elle avait elle-même brisée. Elle avait fait confiance à son père à chaque fois qu'il lui avait dit qu'il avait vaincu sa dépendance. Quant à Greg, il avait été le pire de tous...

Alors, quand Jules Montagne lui avait demandé de ne pas poser de questions, son premier réflexe avait été de quitter le bar à vins chic où il l'avait emmenée après l'accident, et de ne jamais se retourner...

Hélas, vu l'état désastreux de son compte en banque, elle n'avait pas pu se le permettre. Le temps qui restait à son père étant compté, elle n'avait pas eu d'autre choix que d'accepter ce ridicule marché : feindre contre espèces sonnantes et trébuchantes d'être la petite amie de Jules Montagne. C'est pourquoi, elle se trouvait actuellement à nouveau habillée comme une escort de luxe, à l'accompagner dans une énième soirée mondaine où il pérorait avec de riches mécènes et des aristocrates qui engloutissaient des fortunes en champagne.

— Hé, Maddie, souris ! À voir ta tête, on croirait que quelqu'un est mort.

Elle plaqua un sourire sur ses lèvres pour réprimer son envie de crier. C'est vrai, personne n'était mort. Mais l'homme qui avait jadis été un père sûr et solide – et qui n'était plus aujourd'hui qu'un homme brisé par une série d'échecs – mourrait certainement sous peu si elle échouait à jouer son rôle et à percevoir la somme qui lui était due.

Soixante-quinze mille livres...

Le montant exact de la greffe du rein que devait subir son père. Le montant exact que Jules Montagne avait accepté de lui payer si elle faisait semblant d'être sa petite amie pendant six semaines.

Elle leva les yeux de son verre et croisa le regard mordoré de son soi-disant fiancé – qui lui parlait à peine dès qu'ils étaient loin des regards indiscrets des paparazzis.

— Mieux que ça, chérie, insista-t-il, implacable.

Elle dut réussir à afficher un sourire moins contraint, cette fois, car il lui adressa un signe de tête satisfait avant de retourner à sa conversation.

Maddie poussa un soupir de soulagement et s'éloignait en direction du buffet quand elle perçut de l'agitation du côté des portes d'entrée.

En découvrant l'homme qui s'avançait dans le luxueux décor de cette boîte de nuit de Soho éclairée par des néons dorés, elle s'immobilisa.

Fascinée, elle fixa longuement la silhouette qui, dans la fumée artificielle et la lumière des stroboscopes, ressemblait à une vision.

Mais non. C'était une personne bien réelle qui se tenait là, un être de chair et de sang. Quelqu'un d'influent, même, à en juger par son impérieux port de tête et par les quatre gardes du corps qui formaient une barrière circulaire autour de lui.

Il lui parut vaguement familier : cette mâchoire carrée et rugueuse, ces pommettes hautes et ces lèvres sensuelles... Oui, elle l'avait déjà vu quelque part.

Elle sentit qu'elle aurait dû s'éloigner, et pourtant elle n'arrivait pas à bouger, comme hypnotisée, tandis qu'il avançait vers elle à longues enjambées...

— Où est-il ? souffla-t-il, faisant courir un frisson sur sa peau.

Soudain, le volume de la musique diminua dans la salle, comme si cet homme qui dégageait une autorité naturelle avait donné un ordre silencieux.

Quelques secondes s'écoulèrent, puis Maddie se rendit compte qu'elle n'avait pas répondu.

— De qui parlez-vous ? balbutia-t-elle.

— De celui avec qui vous êtes venue ici, Jules...

— Que fais-tu ici ?

Il y avait à la fois de la colère, de la panique et de la défiance dans la voix de Jules, et Maddie, interloquée, comprit soudain que le nouveau venu *la connaissait* –du moins, il avait fait le lien entre Jules Montagne et elle.

L'inconnu ne répondit pas immédiatement. Au lieu de cela, il toisa Jules avec mépris.

— Que pensais-tu qu'il se passerait si tu refusais de répondre à la convocation de ta reine ? demanda-t-il d'un ton glacial.

Croyais-tu que tu pourrais poursuivre longtemps tes activités, en toute impunité ?

Jules ouvrit la bouche pour riposter, mais l'homme l'arrêta d'un geste impérieux de sa main élégante.

— Je n'aurai pas cette conversation avec toi ici, tant que tu seras dans cet état. Viens à mon hôtel demain matin. Nous prendrons le petit déjeuner ensemble.

Il avait parlé d'un ton qui n'admettait pas de réplique et exigeait une obéissance absolue.

— Désolé, répondit Jules d'une voix légèrement tremblante. J'ai des projets pour demain matin.

Le visage de son interlocuteur se figea.

— D'après ton assistante, la seule chose que tu as de prévu, c'est de faire la grasse matinée pour te remettre de ta gueule de bois. Rendez-vous dans ma suite, à 9 heures précises. D'accord ?

Ils s'affrontèrent du regard pendant quelques secondes qui semblèrent durer une heure, puis Maddie vit l'inconnu se tourner vers elle. Il prit son temps pour l'examiner de près, de son chignon lâche jusqu'à ses orteils peints que laissaient voir ses sandales hautes.

Sous ses yeux inquisiteurs, elle sentit chaque centimètre de sa peau nue – et malheureusement, il y en avait beaucoup – frissonner puis s'enflammer. Elle aurait voulu reculer, battre en retrait, mais quelque chose d'hypnotique dans son regard l'empêchait de bouger, presque de respirer...

— Viens, mon amour, dit Jules en lui tendant soudain le bras. Rentrons à la maison...

Celui qui, jusque-là, avait clairement oublié son existence s'était hâté de se recomposer une expression enjouée. Maddie se raidit. Même avec son français limité, elle comprenait qu'il voulait donner le change en se montrant affectueux. Depuis qu'ils avaient conclu cet étrange accord, jamais en effet Jules ne l'avait appelée ainsi. Il ne l'avait jamais non plus invitée chez lui. L'habitude, une fois qu'ils quittaient un club ou un restaurant et que les paparazzis avaient disparu, c'était qu'il la mette dans un taxi.

Avant qu'elle puisse répondre, l'inconnu secoua la tête.

— Il est 2 heures du matin, dit-il à Jules. Tu as assez fait la fête pour ce soir. Rentre chez toi. Je veillerai à ce que Mlle Myers regagne son domicile en toute sécurité.

Les yeux de Jules brillaient de colère.

— Tu insinues qu'elle ne va pas rentrer chez moi, qu'elle n'est pas vraiment ma petite amie ?

— Je me trompe ? lança-t-il en se tournant vers elle sans même attendre la réponse.

— Ce n'est pas la question !

— Soit elle est avec toi, soit elle ne l'est pas ! répliqua l'inconnu sans la quitter des yeux. Répondez-moi !

Consciente de n'avoir aucune idée de ce qui se passait, Maddie choisit de dire la vérité.

— Non, nous ne vivons pas ensemble.

La mâchoire de Jules se serra, mais elle l'ignora.

— Ton chauffeur va te conduire à ton hôtel, dit l'homme, le regard braqué sur la main que Jules avait posée sur son bras.

Après avoir laissé échapper un juron en français, celui-ci s'avança vers elle, la saisit par la nuque en un geste possessif et l'embrassa sur la bouche.

Le baiser ne dura qu'une seconde, mais Maddie se figea, à la fois furieuse et stupéfaite. Elle savait que Jules Montagne ne l'avait embrassée que pour contrarier l'homme dominateur qui se tenait devant elle et qui, sans qu'elle comprenne pourquoi, la fixait d'un regard presque féroce.

— Venez, dit-il abruptement.

Puis, comme Jules, il pivota et quitta les lieux.

Maddie ne bougea pas. Elle n'avait pas l'intention de suivre cet homme arrogant où que ce soit. Le seul endroit où elle voulait aller, c'était chez elle, dans l'appartement qu'elle partageait avec son père. Pour retrouver la sécurité et l'inconfort de son lit à une place. Et le plus tôt serait le mieux…

Comme elle se mettait enfin en mouvement, elle se heurta à un mur de muscles.

— Mademoiselle ? Suivez-moi, s'il vous plaît.

C'était l'un des gardes du corps de l'inconnu. L'avait-on chargé de s'assurer qu'elle obéissait bien aux ordres de ce dernier ?

Soudain, elle sentit des regards curieux dans son dos, et perçut un étrange brouhaha. Que faire ? Rester ici et s'exposer aux ragots, ou affronter cet homme qui avait mis ses nerfs à vif ?

Comme un automate, elle se dirigea vers la sortie. À l'extérieur, une limousine noire attendait au bord du trottoir. À la faible lumière des lampadaires, Maddie n'aperçut que des chaussures impeccablement cirées et de longues jambes masculines.

— Montez, mademoiselle Myers, fit une voix chaude et sensuelle. Ne vous inquiétez pas, je vous raccompagne.

Soudain consciente que toute tentative de fuite serait inutile, elle se glissa dans la voiture, dont la portière se referma sur elle.

Pendant de longues secondes, elle garda les yeux baissés mais, inévitablement, son regard était attiré vers lui, comme un papillon vers une flamme.

— Qui êtes-vous et comment savez-vous qui je suis ? demanda-t-elle alors.

— Mon nom est Remirez Alexander Montegova, prince héritier du royaume de Montegova, répondit-il calmement. Je sais qui vous êtes parce que je dispose d'une excellente équipe de détectives privés qui se fait un devoir de me fournir ce genre d'information. Et je veux savoir combien vous voulez pour rompre définitivement avec mon frère.

2

— Votre frère ? balbutia Maddie.

— Jules est en réalité mon demi-frère. Nous avons le même père.

Elle secoua la tête.

— Mais… Son nom est Jules Montagne. Et il est français.

L'accent de Remirez, en revanche, était un mélange d'italien, de français et d'espagnol. Ainsi, il était… le prince héritier de Montegova… *Oh ! mon Dieu !*

— Jules est français du côté de sa mère. Et le nom qu'il utilise est une ruse, je suppose, pour tromper les gens sur sa véritable identité. Pour éloigner les croqueuses de diamants, les escrocs et les voleurs, expliqua-t-il d'un ton glacial.

De toute évidence, cette dernière phrase lui était adressée, songea Maddie, et elle en fut profondément irritée. Mais pas autant que par la chaleur insidieuse et traîtresse qui avait envahi son ventre…

— Je vois.

— Je n'en doute pas, répondit-il avec ironie.

— Où m'emmenez-vous ?

— Chez vous, répondit-il simplement.

— Vous savez où j'habite ?

Son regard s'attarda quelques instants sur son visage, puis il répondit :

— Oui, je sais aussi où vous travaillez, quelle école vous avez fréquentée et qui est votre dentiste.

Elle sentit l'appréhension la gagner.

— Vous me menacez ?

Il savait tout d'elle. Savait-il aussi, pour son père ? Sa mère ? Greg ? Connaissait-il le secret honteux qui la rongeait et hantait ses nuits ?

— Vous n'avez pas répondu à ma question, reprit-il. Combien pour rompre avec Jules ?

— Je ne répondrai pas à cette question insultante, dit-elle en s'efforçant de ravaler sa colère. Je ne vous connais ni d'Ève ni d'Adam et vous croyez que vous obtiendrez ce que vous voulez de moi en me jetant votre argent à la figure ?

Comme la limousine s'arrêtait à un feu rouge, non loin de chez elle, le prince la sonda du regard.

— Quelle est la nature de votre relation avec Jules ?

— Je ne vois pas en quoi ça vous regarde...

— Vous le connaissez depuis un peu plus d'une semaine. Vous sortez avec lui presque tous les soirs et pourtant vous n'êtes jamais rentrée avec lui.

Elle frémit en constatant l'étendue de ses informations.

— Ça ne veut rien dire...

— Au contraire, j'en déduis que vous mijotez quelque chose. De quoi s'agit-il, mademoiselle Myers ?

— Sexe, drogue et rock and roll, quoi d'autre ? ! dit-elle avec un sourire.

Il ignora son sarcasme et désigna les environs.

— Jamais Jules ne fréquenterait ce quartier. Donc, à moins que vous n'ayez couché ensemble ailleurs qu'à son appartement, je doute fortement qu'il se soit passé quelque chose entre vous. Et je sais de source sûre que mon frère ne se drogue pas.

— Ah oui ? Et comment le savez-vous ?

— Parce que c'est une condition pour rester dans mes bonnes grâces. Jules se soumet régulièrement à des tests de dépistage en échange de la généreuse pension que lui verse chaque mois l'économe du royaume.

Maddie n'en revenait pas.

— Vous êtes en train de me dire que vous le payez pour qu'il ne se drogue pas ?

— Entre autres, oui, murmura-t-il.

Brûlant d'en savoir davantage, elle demanda :

— De quoi parlez-vous ?

— De choses qui ne vous regardent pas, répondit le prince de Montegova. Et, au cas où il vous prendrait l'idée de vendre à la presse les informations que je viens de vous divulguer, je vous poursuivrai en justice et vous prendrai tout ce que vous possédez...

Elle ne put retenir un rire amer.

— Vous risquez d'être déçu, répliqua-t-elle.

— Vous ne me croyez pas capable de me défendre contre vous ?

Elle secoua la tête, soulagée de voir la limousine s'arrêter dans sa rue.

— Pas du tout. Je voulais juste vous dire que je ne possédais rien de valeur...

Ces mots avaient à peine quitté ses lèvres qu'elle regretta de les avoir prononcés. Mais c'était trop tard.

— Avons-nous terminé ? demanda-t-elle pour combler le silence qui s'était installé.

— Ça dépend, répondit-il du tac au tac.

— De quoi ?

Un sourire de prédateur releva le coin de ses lèvres.

— Vous le saurez en temps voulu. Bonne nuit, mademoiselle Myers...

Depuis qu'elle avait été forcée d'abandonner ses études de psychologie pour s'occuper de son père, Maddie, inquiète pour son avenir et sa subsistance, souffrait d'insomnies.

Ce soir, cependant, d'autres pensées et images lui traversaient l'esprit, accompagnées d'une foule d'émotions.

L'incrédulité, d'abord : elle avait rencontré un prince superbe et très séduisant, qu'on aurait cru tout droit sorti d'un conte de fées.

La colère, ensuite : il l'avait ouvertement menacée, parce qu'il la soupçonnait de vouloir quelque chose de son frère. Ce qui était vrai, d'une certaine manière, mais n'avait rien de répréhensible...

L'excitation – non, elle ne voulait pas penser à cela...

Et, enfin, l'angoisse. En lui déclarant qu'elle connaîtrait ses intentions « en temps voulu », voulait-il parler de l'accord qu'elle avait passé avec Jules ? Que savait-il, au juste ? Avait-il le pouvoir de lui refuser ce que Jules lui avait promis ?

Cette dernière pensée la tint éveillée jusqu'à ce que son son réveil se mette à sonner, le lendemain matin, à six heures.

Son père était déjà debout quand elle entra dans la cuisine. Maddie l'observa quelques instants, retenant son souffle. Il était encore plus décharné qu'il y a un mois – conséquence de ses reins rendus défaillants par les puissants psychotropes qu'il s'était mis à prendre lorsque son entreprise immobilière florissante avait commencé à péricliter, dix ans plus tôt.

Il avait caché sa dépendance à ces substances toxiques pendant des années, dans une tentative désespérée de maintenir les apparences et de garder une épouse qui attendait de lui qu'il lui garantisse un certain train de vie et n'hésitait pas à le lui rappeler.

Une overdose médicamenteuse avait tout remis en cause il y a trois ans, révélant les dommages que Henry Myers avait causés à son corps et marquant le début de nombreuses périodes d'abstinence, puis de rechutes qui l'avaient mené à la ruine...

Jadis, son père était un homme brillant, plein de santé, admiré par ses pairs. Maddie avait eu une enfance choyée et insouciante, bien qu'elle ait été quelque peu livrée à elle-même. Elle avait compris très tôt que son père l'aimait mais qu'il était surmené, et que sa mère était plus préoccupée par ses séances de shopping que par le bien-être affectif de sa fille.

Tout cela s'était terminé par un appel de trois minutes par lequel Priscilla Myers demandait à sa fille, alors étudiante, de rentrer à la maison pour prendre soin de son père parce qu'elle-même n'était pas prête à vivre dans la pauvreté et la honte.

Maddie n'avait perçu nulle trace de culpabilité dans la voix de sa mère qui, peu après, s'était enfuie sans laisser d'adresse...

Maddie chassa bien vite ces mauvais souvenirs et lança d'un ton léger :

— Tu t'es levé tôt ! Tu veux du pain grillé et du thé ?

Son père secoua la tête.

— Merci, je n'ai pas faim. Peut-être plus tard, répondit-il en évitant son regard, signe que ses démons l'avaient rattrapé.

Ignorant son désespoir, Maddie plaqua un sourire sur son visage.

— Mme Jennings viendra te voir plus tard. Elle te préparera ton déjeuner, si tu as faim.

Après que de nouvelles analyses avaient révélé que son père était à quelques semaines de l'insuffisance rénale totale, Maddie avait demandé à leur voisine de venir voir deux fois par jour s'il allait bien, en échange d'une somme modique.

C'est pourquoi il lui tardait de réunir les fonds nécessaires à l'opération de son père, des fonds qui devaient lui être versés à l'issue du « contrat » qu'elle avait conclu avec Jules Montagne, plutôt Jules Montegova, demi-frère du prince héritier Remirez Alexander Montegova...

L'image imposante de ce dernier fit courir un frisson le long de sa colonne vertébrale.

Une fois passée l'heure de pointe du petit café où elle travaillait, près d'Oxford Street, Maddie sentit son inquiétude, qui était allée croissant depuis l'aube, être à son comble. Normalement, Jules lui envoyait un texto dans la matinée pour lui indiquer le lieu et l'heure de leur prochain rendez-vous. Mais, aujourd'hui, il ne lui avait encore donné aucune nouvelle. Elle décida de l'appeler pendant sa pause.

Deux autres employées servaient les derniers clients. Une troisième, Di, était occupée à nettoyer la table à son côté tandis qu'elle-même triait les couverts.

— Bon sang, c'est le prince Remirez ! s'écria Di en se précipitant vers la fenêtre. Que vient-il donc faire ici ?

Maddie faillit en faire tomber les fourchettes qu'elle tenait dans les mains. Le cœur battant la chamade, elle se retourna et vit l'homme qui avait hanté sa nuit examiner l'enseigne du café avec le même mépris qu'il avait montré pour son quartier, la veille.

Non, c'était impossible, il n'était pas là pour elle ! songea-t-elle, affolée. Mais que faisait-il ici, sinon ?

Quelques instants plus tard, le silence se fit dans le café, et elle sentit une présence derrière elle.

— Mademoiselle Myers...

Mon Dieu, elle ne rêvait pas ! Tout en s'efforçant de maîtriser son émotion, elle pivota... et lâcha cette fois ses fourchettes.

Le bruit fut étourdissant.

Le visage écarlate, Maddie se baissa pour les ramasser, trouvant aussitôt dans son champ de vision une paire de chaussures cousues main impeccablement cirées. Elle ne leva pas les yeux, comme si elle pouvait ainsi effacer la présence de l'homme vêtu d'un luxueux costume rayé qui, de nouveau, s'adressait à elle.

— Mademoiselle Myers ? Je crois que vous en avez oublié une...

Sans le regarder, elle prit la fourchette qu'il tenait entre ses longs doigts de pianiste et souffla :

— Merci...

Toujours accroupie, elle posa les couverts sur la table la plus proche, puis se figea lorsque le prince Remirez tendit la main vers elle.

La gorge nouée, elle réfléchissait à la meilleure façon de refuser son aide sans l'offenser.

Il n'y en avait pas...

Alors elle plaça sa main dans la sienne et sentit ses doigts glisser sur sa paume. Elle avait lu un roman dans lequel l'héroïne comparait son premier contact physique avec l'homme de ses rêves à une véritable décharge électrique, et cela l'avait fait sourire. En cet instant pourtant, elle ne put s'empêcher d'adresser des excuses silencieuses à l'auteur, car elle ressentait exactement la même chose que son personnage...

Elle se sentit faiblir quand il la tira vers lui pour l'aider à se redresser, et la petite lueur qu'elle vit alors dans ses yeux lui suggéra qu'il n'était pas non plus insensible à ce contact.

Dès qu'elle fut debout, elle tenta de se libérer de son emprise, mais il la retint quelques instants avant de la relâcher. Dans le café, tous les regards s'étaient tournés vers eux, y compris ceux de son patron.

— Voudriez-vous... une table ? balbutia Maddie. Je vous rejoindrai dès que...

— Je ne suis pas ici pour déjeuner, mademoiselle Myers, mais pour vous parler. Maintenant !

Elle se souvint tout à coup qu'il avait proposé à Jules de le retrouver pour le petit déjeuner, ce matin. Celui-ci lui avait-il divulgué leur accord ? Était-ce pour ça le prince Remirez était là ?

— Nous aurons plus d'intimité dans la voiture, reprit-il doucement, en prenant son bras pour la pousser vers la sortie.

Dès qu'elle entra dans la limousine, la portière se referma derrière eux, et elle fut assaillie par une fragrance envoûtante, à la fois délicate et virile, qui lui donna une folle envie d'enfouir son visage dans le cou du prince.

— Votre... relation avec Jules est terminée, dit-il sans détour. Il est déjà dans un avion pour Montegova. Vous ne le verrez plus et ne pourrez plus lui parler. Inutile d'essayer de le joindre, il a changé de numéro de téléphone portable...

Un frisson glacial la traversa tandis que la panique s'emparait d'elle.

— Pourquoi faites-vous ça ? balbutia-t-elle.

Il glissa la main dans sa sacoche et en tira une carte de visite élégamment imprimée en relief.

— Je suis venu ici pour vous donner une dernière chance. Si vous voulez me parler, je suis prêt à vous écouter. Mon adresse et mon numéro privé figurent au dos. Vous avez vingt-quatre heures pour l'utiliser. Une fois ce délai écoulé, vous ne pourrez plus me joindre.

3

Hier soir, en la voyant pour la première fois, Remi l'avait trouvée d'une beauté exceptionnelle.

En ce moment, enveloppée de la douce lueur qui baignait l'habitacle de la voiture, elle lui paraissait encore plus éblouissante. Il ne s'expliquait pas l'attraction qu'elle exerçait sur lui. Pour commencer, il n'arrivait pas à comprendre comment elle pouvait être aussi bouleversante dans cet uniforme de serveuse bon marché que dans la tenue sophistiquée qu'elle portait la veille au soir.

Il était déjà sorti avec des femmes plus séduisantes qu'elle, et pourtant quelque chose chez celle-ci déclenchait en lui un désir violent, une faim qu'il ne parvenait pas tout à fait à maîtriser.

Cette faim s'était réveillée dès qu'il était entré dans ce café sinistre, avait grandi lorsqu'elle s'était agenouillée devant lui, et en cet instant encore des images d'un érotisme torride envahissaient son esprit...

Des années passées à perfectionner l'art de la maîtrise de soi et de la retenue lui avaient été très utiles pour dissimuler son trouble, mais ces pensées interdites resurgirent dans son esprit comme elle ouvrait ses lèvres pulpeuses pour demander :

— Jules est vraiment parti ?

Remi serra les dents, contrarié d'avoir à parler de son demi-frère avec cette femme sublime.

— Oui.

Elle fronça les sourcils – un peu plus foncés que le miel

de sa chevelure, remarqua-t-il –, visiblement en proie à une grande confusion.

— Mais... Je ne comprends pas.

— Qu'y a-t-il à comprendre ? Il a finalement décidé de grandir et de remplir ses obligations vis-à-vis du royaume.

Elle le regarda d'un air sceptique.

— Comme ça, du jour au lendemain ?

— Bien sûr que non. Il lui a fallu beaucoup de temps pour accepter ses responsabilités.

— Et c'est pour l'inciter à faire son devoir que vous êtes venu ici ?

Remi haussa les épaules.

— Il était temps que quelqu'un s'en charge.

Il l'observa attentivement, guettant des signes indiquant que ce qui s'était passé entre elle et Jules était plus qu'une légère passade.

Mais ses cils baissés lui dissimulaient son expression, et il serra le poing pour résister à l'envie de lui soulever le menton pour l'obliger à le regarder.

Au bout d'un moment, elle passa le bout de sa langue sur sa lèvre inférieure et demanda :

— A-t-il dit quelque chose à mon sujet ?

— Aurait-il dû ? rétorqua-t-il d'un ton sec.

Elle posa sur lui ses yeux d'un vert de jade avant de tourner le regard vers la fenêtre.

Remi continua de l'observer. Son expression n'était pas celle d'une maîtresse qu'on venait d'abandonner. Non, l'attitude de Madeleine Myers trahissait une autre sorte de tourment. Elle avait l'air... prise de panique. Jules avait-il été un rouage essentiel dans la réalisation de ses plans qui se voyaient désormais sérieusement compromis ?

Il lui fallait en être sûr.

— Vous ne l'avez pas embrassé en retour...

Elle tourna vers lui un regard étonné.

— Comment ?

— Hier soir, votre soi-disant amant vous a embrassée pour

vous souhaiter bonne nuit, mais vous n'avez pas répondu à son baiser. Vous sembliez étrangement absente...

C'était l'une des raisons pour lesquelles il avait refréné sa furieuse envie de les séparer. L'autre étant qu'il n'avait pas voulu attirer plus encore l'attention sur lui que sa présence dans cette boîte de nuit miteuse ne l'avait déjà suscitée.

— Ah bon ? Vous êtes sûr ? répondit-elle avec une nonchalance étudiée.

— Pourquoi étiez-vous avec Jules ? insista-t-il pour la déstabiliser.

— Comme vous venez de me l'apprendre, Jules est maintenant à plusieurs milliers de kilomètres et ne reviendra pas. Alors savoir pourquoi nous étions ensemble n'a plus vraiment d'importance, n'est-ce pas ?

— Au contraire. Cela me permettra de savoir si vous avez l'intention de le contacter dès que j'aurai le dos tourné. Si c'est le cas, je vous le déconseille fortement.

Elle lui jeta un regard de défi.

— Je ne vois pas comment vous pourriez m'en empêcher ! Dès que je sortirai de ce véhicule, je n'ai plus l'intention de vous revoir.

— Si vous croyez pouvoir vous libérer de moi si facilement, vous vous faites des illusions.

— Vous aussi. Je ne vous dois rien, et c'est par courtoisie que j'ai accepté de vous répondre. Alors, si vous voulez bien m'excuser, je retourne travailler avant que mon patron s'impatiente...

Comme elle attrapait la poignée de la portière, il saisit son poignet.

— Êtes-vous toujours aussi imprudente ? demanda-t-il d'une voix dure.

Étrangement, elle sourit.

— N'avez-vous pas songé à demander à votre frère comment nous nous étions rencontrés ?

Ce matin, il avait demandé à Jules de prendre l'avion pour Montegova et lui avait fait promettre de cesser immédiatement tout contact avec Madeleine Myers. Lorsqu'il s'était rendu compte que son frère avait la gueule de bois, il avait décidé de remettre à plus tard son sermon sur le devoir et la responsabilité.

— Ce sujet n'a pas été abordé.

— Eh bien, il a failli me tuer avec sa voiture. Et, non, je n'ai pas commis d'imprudence. Le feu était encore vert pour les piétons quand il m'a heurtée...

Remi sentit son sang se figer dans ses veines.

— Jules vous a renversée avec sa voiture ?

Il relâcha son emprise tandis qu'une foule d'images assaillait son esprit : le stress qu'elle avait essayé de cacher. L'éclair de douleur sur son visage, hier soir dans la voiture, et plus tard, au café, quand il l'avait touchée...

Puis sa rage se mêla d'inquiétude et il s'écria :

— Avez-vous été blessée ?

— À part quelques bleus et égratignures, je dirais que j'ai moins souffert que la vitrine de l'épicerie de Camberwell New Road.

Des doigts glacés se posèrent sur sa nuque.

— C'est à ce moment-là que vous avez entamé une... relation, tous les deux ?

Sans répondre, elle se tourna résolument vers la portière.

— Cette conversation est terminée. Au revoir, Votre Altesse...

Mais Remi n'avait pas l'intention de la laisser partir. Pas avant d'avoir vérifié ces nouvelles révélations, qui l'avaient ébranlé.

— J'ai changé d'avis. Vous n'avez plus vingt-quatre heures.

Il prit la carte qu'elle avait laissée tomber sur le siège entre eux et la glissa dans sa poche, puis fit un signe de tête au chauffeur. Une seconde plus tard, la voiture démarrait.

— Mais enfin... Que faites-vous ? protesta-t-elle. Je ne sais pas comment cela s'appelle dans votre pays, mais, ici, c'est un enlèvement !

Elle s'écarta vivement quand Remi fit mine de la toucher.

— Ne me touchez pas !

— Pourquoi voulez-vous à tout prix parler à Jules ? insista-t-il. Et pourquoi n'êtes-vous pas allée à l'hôpital, après l'accident ?

— Parce que votre frère ne m'y a pas conduite, voilà pourquoi ! rétorqua-t-elle.

Cette fois, il ne put contenir sa fureur.

— Il a failli vous écraser et vous n'avez pas demandé à être emmenée à l'hôpital ?

Elle évita son regard.

— Je vous l'ai dit...

— Vous essayez de cacher le fait que votre bras droit vous fait souffrir, mais vous sursautez à chaque fois qu'on le touche. Soit vous voulez vraiment vous convaincre que votre blessure n'est pas grave, soit il y a une autre raison...

Il appuya sur l'Interphone et donna des instructions à son chauffeur.

— Quoi qu'il en soit, cela ne vous regarde pas ! dit-elle d'un ton ferme.

— C'est là que vous vous trompez, mademoiselle Myers. Mon devoir est de veiller à ce qu'aucun membre de ma famille ne vous cause du tort. Maintenant, avant que nous entrions dans le vif du sujet, j'aimerais m'assurer de quelque chose.

— Je ne comprends pas. Qu'avez-vous l'intention de faire ?

— Je vous emmène à l'hôpital, Madeleine. Vous pouvez protester si vous le souhaitez, mais sachez ceci : plus tôt vous traiterez avec moi, plus tôt nous serons débarrassés l'un de l'autre. Alors, m'accompagnerez-vous de votre plein gré ?

Ses yeux verts se plantèrent dans les siens et, de nouveau, il y lut une profonde inquiétude. Ses lèvres légèrement brillantes s'entrouvrirent et elle hocha la tête avant de dire dans un souffle :

— Oui.

Peu après, la voiture s'arrêtait devant une discrète bâtisse blanche.

— Mais... Ce n'est pas un hôpital ! s'écria la jeune femme.

— En effet, nous sommes dans une clinique privée.

Prenant une longue inspiration, Remi se rappela qu'il faisait tout cela pour sa famille. Avant la fin de la journée, il voulait comprendre pourquoi ni Jules ni ses gardes du corps n'avaient jugé bon de signaler l'accident. Il frémit en imaginant le scandale qui éclaterait si la presse avait vent de cette affaire.

Mais au-delà de cela, il avait besoin de s'assurer que l'histoire ne se répéterait pas. Qu'il ne se sentirait plus jamais coupable vis-à-vis d'une autre personne… En l'occurrence, une blonde d'une beauté époustouflante qui ne ressemblait en rien à sa Céleste, mais qui l'excitait au plus haut point…

Rejetant avec force ces pensées importunes, il ouvrit la portière et précéda Madeleine Myers dans la clinique.

Cinquante minutes plus tard, Remi regardait par la fenêtre, la mâchoire serrée, alors qu'ils roulaient en direction de son hôtel.

— C'est vous qui avez insisté pour faire faire ces radios et maintenant que nous avons les résultats, vous ne dites plus rien ? demanda Maddie, assise à côté de lui.

Il répondit d'une voix blanche :

— Vous avez une quasi-luxation du cubitus et deux côtes fêlées. Quant aux ecchymoses profondes qui couvrent votre hanche gauche, elles prendront encore deux semaines à guérir.

— Je sais ce que le docteur a dit. J'y étais aussi, vous savez…

Mû par une force irrésistible, il se pencha vers elle.

— Je ne sais pas ce qui me rend le plus furieux. Le fait que vous n'ayez pas insisté pour voir un médecin ou que Jules ait été suffisamment idiot et égoïste pour vous laisser faire…

Il s'approcha davantage encore. Il allait l'embrasser quand le ralentissement de la voiture le ramena à la raison.

Céleste…

Chaque instant passé en compagnie de cette diablesse de femme revenait à trahir la mémoire de sa défunte fiancée, réalisa-t-il alors. Et l'entraînait plus profondément dans un bourbier dont il commençait à craindre de ne jamais pouvoir sortir.

Avec un grognement de frustration, il s'écarta d'elle.

Le dernier étage de l'hôtel Four Seasons était réservé à la famille royale de Montegova, qui venait fréquemment en

Angleterre, et son atout le plus précieux était peut-être l'accès privé qu'il accordait à ses invités de marque.

Remi apprécia cette discrétion lorsqu'il y amena Madeleine, toujours habillée en serveuse et le bras en écharpe. Malgré les révélations des deux dernières heures, il n'avait pas changé d'avis sur elle : c'était une intrigante qui cherchait à tirer profit d'un malheureux incident. Et maintenant, elle disposait d'atouts solides pour passer à l'attaque...

Dio, Jules avait failli l'écraser. S'était-elle évanouie ? Était-elle restée longtemps groggy, sous le choc ? Aussitôt, le tragique scénario des derniers jours de Céleste lui revint en mémoire, lui rappelant avec une rare violence la fragilité de la vie.

Il respira profondément et desserra les poings. Les circonstances de la mort de sa fiancée et de l'accident de Madeleine étaient très différentes. Pourtant, une nouvelle fois, il se sentait impuissant face au destin qui le frappait...

Il précéda la jeune femme dans la suite, et il fut surpris de ne pas la voir s'extasier, comme tous les visiteurs avant elle, devant le décor grandiose et les tableaux d'une valeur inestimables accrochés dans le couloir. Pourtant, il en était convaincu, elle s'était liée à Jules par intérêt et il était farouchement déterminé à découvrir la nature de leur... commerce.

— Asseyez-vous...

Elle le fixa pendant plusieurs secondes avant de se retourner pour jeter un coup d'œil dans la pièce.

— Non, merci. Je n'ai pas l'intention de rester ici très longtemps.

— Vous resterez aussi longtemps que je le souhaite.

— Ou aussi longtemps qu'il me faudra pour appeler les autorités. Je suis venue ici de mon plein gré et j'ai le droit de partir quand je veux ! Alors je vous suggère d'aller droit au but...

— Très bien. J'ai un nouveau marché à vous proposer.

Elle posa sur lui ses yeux écarquillés.

— Pardon ?

— Quel que soit le contrat que vous avez passé avec Jules, je veux le reprendre à mon compte.

— Mais… Vous ne savez même pas de quoi il s'agissait !

— En tout cas, cela s'est mal terminé pour vous, j'ai l'impression…

— Êtes-vous vraiment venu ici pour convaincre Jules de rentrer à Montegova ?

— C'était le but principal de mon voyage, oui.

— Et maintenant que vous avez accompli votre mission, que voulez-vous de moi ?

— Que vous acceptiez de passer la soirée en ma compagnie.

Ce n'étaient pas les mots qu'il avait l'intention de prononcer, mais il ne les reprit pas.

Elle secoua la tête.

— Je ne peux pas. Je suis… occupée.

— Annulez vos plans. N'aviez-vous pas un arrangement similaire avec Jules ?

— Non. Je ne le rencontrais jamais avant 22 heures, parfois 23 heures.

— Combien Jules vous avait-il promis pour sortir avec lui ? demanda-t-il d'une voix glaciale.

En la voyant rougir, il sut qu'il avait vu juste. Ainsi, c'est l'argent qui l'intéressait…

— Dites-moi le montant de son offre et je le triplerai, lâcha-t-il avec mépris.

Elle s'éclaircit la gorge et le défia du regard.

— J'ai accepté de jouer le rôle de sa petite amie en échange de… soixante-quinze mille livres.

Il serra les dents, mais il eut bien du mal à contenir ses émotions. Il la vit rougir de plus belle tandis qu'il détaillait sa silhouette, laissant son regard descendre le long de son corps, depuis son cou élégant jusqu'à ses pieds menus.

— Vous pourriez être ravissante, si vous étiez mieux habillée, lâcha Remi, et à moins que vous ne souffriez d'un cas extrême de faible estime de soi, je crois que vous le savez. Alors pourquoi vous vendre aussi peu cher ?

Découvrir qu'elle avait accepté une somme aussi dérisoire

n'était pas la principale raison de son mécontentement, mais Remi ne chercha pas à en savoir plus.

Elle blêmit sous l'affront, puis leva fièrement les yeux vers lui.

— Sachez que ce n'est pas moi-même que j'ai vendue. J'ai accepté de jouer un rôle contre rémunération. Ensuite, le tarif n'a pas été établi sur des critères physiques. Et enfin, si vous avez fini de m'insulter, je vais quitter cet endroit et oublier votre existence ! dit-elle en se dirigeant vers la porte.

Il enroula son bras autour de sa taille alors qu'elle passait devant lui et jeta :

— Je vous propose deux cent cinquante mille livres.

— Q... Quoi ? bégaya-t-elle.

— Vous m'avez bien entendu.

— Vous ne pouvez pas faire ça, c'est... C'est trop.

— Trop pour quoi ?

— Pour rien.

D'un doigt posé sous son menton, il lui releva doucement la tête pour la forcer à le regarder.

— Alors, c'est oui ou c'est non ?

4

Deux cent cinquante mille livres…

Cette somme, non seulement paierait l'opération dont son père avait désespérément besoin, mais lui permettrait en plus de l'installer dans un endroit plus confortable après l'intervention. La perspective d'un avenir meilleur ne pourrait-elle pas briser le cycle infernal de dépression dont son père était prisonnier ? se demanda Maddie. Et pourquoi pas engager une personne pour s'occuper de son père afin de pouvoir, quant à elle, retourner à l'université pour terminer ses études ?

L'espace d'un instant, elle envisagea toutes les possibilités que lui offrirait cette somme considérable et, momentanément allégée du poids du désespoir, elle laissa échapper presque malgré elle un soupir de soulagement.

Mais elle se ressaisit bien vite et, comme elle regardait son interlocuteur avec un dégoût à peine voilé, son soulagement se mua en honte. Une très forte envie de lui jeter son offre à la figure s'empara d'elle. Quelle satisfaction ce serait de tourner les talons pour lui prouver qu'elle n'était pas la petite intrigante qu'il s'était imaginée ! Elle n'était pas comme sa mère, aurait-elle voulu lui dire, et l'attention qu'elle accordait à un homme n'était pas proportionnelle à la taille de son compte en banque.

Puis, revenant à la raison, elle se ravisa. La regarderait-il avec moins de mépris s'il savait que l'argent était pour son père ?

Elle balaya aussitôt cette idée stupide.

Comment avait-elle pu oublier Greg ? Greg qui, lorsqu'elle

avait quatorze ans, avait été l'un de ses amis les plus proches, faisait partie de son country club. Greg, dont les riches parents élevaient des chevaux et regardaient de haut tous ceux qui ne possédaient pas comme eux des propriétés dans le monde entier...

Trop aveuglée par le désespoir, elle n'avait pas vu qui il était vraiment quand elle avait eu besoin de lui pour l'aider à traverser une passe difficile. Il avait bien su cacher son mépris et l'avait trompée avec sa fausse sympathie quand elle lui avait parlé de son père. Dans le paysage sombre et triste qu'était sa vie, Greg avait été son seul refuge, et elle s'était appuyée sur lui sans honte dans les mois qui avaient suivi la désertion de sa mère et la révélation des addictions de son père.

Pendant des mois, Maddie lui avait tout confié.

Jusqu'à ce qu'il la trahisse, brisant d'un seul coup son cœur et sa confiance. Sa seule consolation était qu'elle ne lui avait jamais donné son corps, ce qui aurait été l'humiliation suprême.

Elle jeta un regard en coin à Remirez Montegova. Les hommes comme lui jugeaient la valeur d'une personne en fonction de son prestige et de son statut. Dès le début, il avait manifesté son mépris devant sa misère, la croyant prête à tout pour parvenir à ses fins.

Si elle acceptait sa proposition, elle garderait ses secrets intacts.

Si ?

Dans sa situation désespérée, elle n'avait guère le choix. Elle était presque certaine de ne pas pouvoir retrouver son travail, qu'elle avait quitté sans un mot d'explication.

Elle passa la langue sur ses lèvres sèches et demanda :

— Si j'accepte, qu'est-ce que ça impliquera exactement ?

Elle perçut un éclat dans son regard, mais il disparut avant qu'elle puisse en déchiffrer le sens.

— Pour commencer, je ne vous quitterai pas des yeux tant que vous n'aurez pas signé un accord de confidentialité. Ensuite, vous resterez ici à l'hôtel, avec moi. J'ai accepté une invitation à un gala de charité, ce soir. Vous m'accompagnerez. Dimanche, vous rentrerez avec moi à Montegova et vous y resterez jusqu'à ce que je sois sûr que vous ne changerez pas d'avis et que vous ne chercherez pas à profiter de la situation.

Elle sentit sa gorge se serrer.

— Quoi ? Je ne peux pas circuler librement ?

Les yeux gris argenté s'étrécirent.

— Pourquoi ? Avez-vous d'autres engagements que vous ne divulguez pas ?

— Et si c'était le cas ?

Il paraissait étrangement calme, le corps semblable à une statue. Il posa sur elle ses yeux menaçants comme un ciel d'orage.

— Je ne suis pas Jules, mademoiselle Myers. Je ne ferai pas affaire avec vous tant que vous aurez un amant prêt à me mettre des bâtons dans les roues.

Il se dirigea d'un pas raide vers la porte.

— Attendez !

Il s'arrêta mais ne se retourna pas.

— Je n'ai pas d'amant, admit-elle. Mais j'ai des responsabilités.

Il pivota lentement.

— Expliquez-vous, et vite !

Mon Dieu, il était vraiment insupportable ! Mais n'était-ce pas le cas des gens qui avaient du pouvoir et de l'autorité ? Son père lui-même n'avait-il pas montré un peu de l'arrogance de Remirez Montegova du temps où il se croyait infaillible ?

— Il s'agit de mon père. Je vis avec lui. Je ne peux pas... le laisser.

Le regard glacial du prince s'adoucit quelque peu.

— Vous travaillez beaucoup. Vous êtes loin de lui pendant une bonne partie de la journée, ce qui veut dire qu'il peut s'occuper de lui-même ou que quelqu'un d'autre prend soin de lui.

Il attendit, son regard sondant le sien comme s'il la mettait au défi de le contredire.

— Il est valide, dit-elle, mais cela ne veut pas dire que je peux quitter la maison aussi longtemps que vous le souhaitez.

Il fit quelques pas vers elle, tel un prédateur traquant sa proie.

— Comment votre père a-t-il pris votre... commerce avec Jules ?

Son père avait à peine remarqué son absence, pensa-t-elle tristement. Et c'était là le problème : il ne se rendait plus compte de rien. Elle prit une profonde inspiration avant de répondre :

— Je suis une femme adulte.

— Mes conditions sont impératives, Madeleine, dit-il, impitoyable.

Elle comprit parfaitement le message : elle n'était pas de son milieu, donc il ne lui faisait pas confiance. Quel meilleur moyen de la contrôler que de la garder près de lui ? Exercer son droit de la traiter avec mépris, comme Greg l'avait traitée lorsqu'il avait appris la ruine de sa famille ?

Mais elle ne pouvait pas laisser son père livré à lui-même pendant de longues périodes, au risque de provoquer une rechute qui compromettrait l'opération dont il avait besoin. Une opération, hélas, qui ne pourrait avoir lieu que si elle acceptait les conditions posées par Remirez Montegova...

— Je regrette, mais je ne peux pas aller à Montegova avec vous, dit-elle, désespérée.

Il haussa les épaules avec nonchalance, comme pour lui signifier qu'il se moquait de ses états d'âme.

— Réfléchissez à mon offre pendant quelques heures. Mon chauffeur et un de mes gardes du corps vont vous raccompagner et vous ramèneront ici à 19 heures pour que vous me donniez votre réponse.

Maddie prit une profonde inspiration, mais cela ne suffit pas à dissiper son appréhension.

Tout chez Remirez Montegova indiquait qu'il était riche et puissant, de ses gardes du corps au luxe outrancier de cette suite qu'elle soupçonnait être réservée à la famille royale. Maddie savait que, même si elle quittait les lieux, elle ne recouvrerait sa liberté que lorsque le prince en aurait décidé ainsi.

Il la considérait comme une menace pour sa famille, une menace qu'il pouvait neutraliser en sortant son chéquier ou en la gardant prisonnière aussi longtemps qu'il le voulait.

Pourtant, malgré son caractère insultant, son offre pouvait changer sa vie du tout au tout. Tout ce qu'il lui restait à faire, c'était de négocier habilement.

Elle ignora la petite voix dans sa tête qui lui soufflait que tout accord entre eux serait vain tant qu'elle ne serait pas capable de croiser son regard sans sentir une douce chaleur l'envahir tout entière... Tant que le frôlement de sa main sur sa peau continuerait de la troubler au plus haut point...

Après tout, elle savait à quoi s'en tenir avec le prince héritier, non ? Son mépris pour elle transparaissait dans chacun de ses mots. Pourquoi ne pas utiliser ce mépris comme garde-fous, comme moyen de le tenir à distance jusqu'à ce qu'elle ait obtenu ce qu'elle voulait ?

— D'accord, dit-elle soudain.

— D'accord pour quoi, mademoiselle Myers ? Soyez plus précise.

— Oui, je reviendrai ce soir et je vous donnerai ma réponse.

Il la regarda longuement, une lueur indéchiffrable dans les yeux. Puis il se dirigea vers un magnifique bureau ancien, décrocha le téléphone et donna quelques instructions dans un curieux mélange de langues. Quelques minutes plus tard, on frappait à la porte.

Un majordome ouvrit, et le garde du corps qui l'avait escortée la veille entra dans la chambre.

— Voici Antonio. Il s'assurera que vous arrivez à bon port.

En d'autres termes, il ne la quitterait pas d'une semelle. Mais il était inutile de protester.

— Euh... Y a-t-il autre chose ? demanda-t-elle comme le prince parcourait sa silhouette d'un regard scrutateur.

— Mon styliste vous fera livrer des vêtements appropriés.

Elle se figea.

— Pardon ?

— Vous voulez vraiment assister à un gala de charité habillée en serveuse ?

Maddie baissa les yeux vers son uniforme, ses collants opaques, ses mocassins usés.

— Bien sûr que non ! Mais j'ai une garde-robe parfaitement adaptée.

C'était un demi-mensonge. Elle avait bien une petite robe noire classique, mais il y avait longtemps qu'elle avait vendu les vêtements de marque que sa mère lui avait fait acheter pour payer les factures.

— Si vous avez l'intention de porter les vêtements que mon frère vous a fournis, sachez qu'il n'en est pas question !

— Ce n'est pas le cas, répliqua-t-elle en se demandant quelle relation entretenaient les deux frères.

Quelque chose dans son expression lui dit qu'il serait sage de ne pas le demander. Elle frissonna tandis qu'il continuait de la fixer d'un regard intense, presque possessif.

Maddie baissa les yeux, certaine qu'elle se faisait des idées… Tout dans l'attitude du prince montrait qu'il la méprisait, et pourtant cette lueur dans son regard…

Un téléphone sonna, faisant éclater la bulle sensuelle qui s'était formée autour d'eux.

— Bien. Je vous attends ici à 19 heures Ne soyez pas en retard, déclara Remirez Montegova avant de tourner les talons.

Maddie ne se détendit qu'après avoir fermé la porte de son appartement derrière elle, une demi-heure plus tard. Elle entra dans le salon, le trouva vide et s'approcha de la chambre de son père, dont la porte était entrouverte. Elle fut à la fois soulagée et déçue de le trouver endormi.

S'il avait été réveillé, que lui aurait-elle dit ? Qu'elle avait négocié un accord avec un homme pour jouer le rôle de sa petite amie et qu'elle était sur le point d'obtenir une meilleure offre de la part du frère de cet homme, qui la considérait comme dangereuse et voulait la neutraliser ?

Silencieusement, elle se retira dans sa chambre, sachant qu'à 19 heures elle n'aurait d'autre choix que d'accepter la proposition de Remirez Montegova sous peine de perdre son père.

Les doigts enroulés autour du document relié de cuir,

Maddie tenta d'ignorer les deux autres personnes présentes dans la pièce. En vain.

Heureusement, le majordome, très diplomate, se faisait très discret. Plus que son employeur, le prince héritier de Montegova, qui faisait les cent pas devant elle alors qu'elle tentait de déchiffrer le contrat rédigé en petits caractères.

Elle aurait voulu lui demander de rester tranquille, de ne pas la distraire. Mais elle n'en fit rien. Elle avait accepté et il n'y avait pas de retour en arrière possible. Elle aurait voulu aussi lui demander d'être moins séduisant... D'être plus... Elle poussa un soupir. À quoi bon nier que l'effet que Remirez Montegova produisait sur elle était suffisamment puissant pour lui couper le souffle chaque fois qu'elle croisait son regard ?

Ses doigts se mirent à trembler lorsqu'elle se remémora sa conversation avec son père. Hochant la tête d'un air absent, il avait à peine réagi quand elle lui avait expliqué qu'elle devait s'absenter pendant deux jours et que Mme Jennings resterait pour lui tenir compagnie.

L'espace d'un instant, Maddie songea qu'elle aurait aimé avoir un ami proche à qui se confier. Elle se serait sentie moins seule... Mais tous ses prétendus amis l'avaient abandonnée dès que la famille Myers avait connu des moments difficiles.

Greg était allé plus loin, l'humiliant de la manière la plus cruelle alors qu'elle était déjà à terre. Il l'avait encouragée à faire de mauvais placements, puis à vider son compte bancaire pour renflouer les pertes, la laissant exsangue... Il ne s'était même pas excusé, sous le prétexte que « ces choses-là arrivent ».

Ses pensées amères se dispersèrent lorsque le prince s'approcha d'elle et la regarda d'un air impatient. Il lui avait donné quinze minutes pour lire l'accord de confidentialité. Ce délai était écoulé depuis quelques instants.

Si elle négociait bien, son père pourrait être opéré dans quelques jours.

— Êtes-vous prête à signer ? demanda Remirez Montegova.

Elle leva les yeux vers lui, et fut immédiatement captive. Mon Dieu, était-il normal qu'un homme possède une telle beauté ? Ces pommettes sculptées, cette mâchoire robuste et ces cheveux brillants lui conféraient une telle aura de masculinité brute que son cœur s'affola dans sa poitrine..

Le visage en feu, elle s'efforça de fixer le stylo qu'il lui tendait. Le moment de vérité était venu.

— Euh...

— Percy a à faire, ajouta-t-il en levant un sourcil moqueur. .

Sans répondre, elle lui prit le stylo des mains et retourna le document pour signer la dernière page. Il l'imita aussitôt.

Quand la porte se referma sur Percy, Maddie se tourna vers l'homme qui, selon les termes de leur accord, pourrait disposer librement d'elle pendant les six prochaines semaines. Celui-ci la regardait aussi mais, au bout d'un moment, il baissa les yeux pour détailler sa nouvelle tenue, une robe de soie pêche moulante qu'on lui avait livrée dans l'après-midi.

— Vous avez reçu mon mail ? demanda-t-il.

En même temps que la robe, il lui avait envoyé un téléphone dans lequel un seul numéro était programmé : le sien...

Dix minutes plus tard à peine, un mail était arrivé, contenant des détails sur le gala de bienfaisance, les personnes présentes, la collecte de fonds et le menu qui serait servi. Le protocole royal exigeait-il une telle précision ou le prince était-il un maniaque du détail ? Probablement un peu des deux, avait-elle songé.

— Oui, Votre Altesse, je l'ai lu et bien compris, répondit-elle avec un soupçon de sarcasme.

— Quand nous sommes seuls, vous pouvez m'appeler Remi.

— Et vous pouvez m'appeler Maddie.

Il inclina la tête avec élégance, puis ajouta :

— Tout ce que je vous demande, Made... Maddie, c'est de vous montrer aussi sophistiquée à l'intérieur qu'à l'extérieur, si vous voyez ce que je veux dire...

— Vous ne voulez pas commencer cette soirée par des insultes, n'est-ce pas ? s'indigna-t-elle.

— Je ne veux surtout pas commencer par arriver en retard, répliqua-t-il avant de la pousser doucement vers la porte.

Maddie le précéda. Sa robe moulante et ses hauts talons

la faisaient onduler des hanches malgré elle, et elle sentit le regard du prince dans son dos. Ils prirent l'ascenseur dans un silence plombé, et elle se dirigeait vers l'entrée privée quand Remirez Montegova l'arrêta d'un bras passé autour de sa taille.

— Où allez-vous ? fit-il.

— Je croyais… Vous n'utilisez pas votre accès privé ?

— Quel est l'intérêt ? On m'a vu avec vous hier soir et tout à l'heure, sur votre ancien lieu de travail. Croyez-moi, tous les médias sont déjà au courant. Inutile de chercher à leur échapper…

Dès qu'ils se glissèrent à l'intérieur de la limousine, sa fragrance virile et enivrante l'enveloppa, et elle se sentit fondre. Qu'est-ce qui n'allait pas chez elle ?

— Comment va votre bras ? demanda le prince. Avez-vous pris vos médicaments ?

Elle planta les yeux dans les siens.

— Pouvons-nous nous passer de ce simulacre ? Vous n'avez pas besoin de faire semblant de vous inquiéter pour moi, ni pour les éventuelles séquelles que je garde de l'accident. Je ne suis qu'une femme vénale, rappelez-vous… Et, tant que nous y sommes, je ne pense pas qu'il soit strictement nécessaire de me toucher en public, alors coupons court à cette fausse courtoisie.

Il garda le silence pendant un long moment, puis lâcha d'un ton impérieux :

— Je vous toucherai en public si je le juge nécessaire. Et vous ne vous y opposerez pas parce que vous avez signé un accord qui vous lie à moi pour les six semaines à venir.

— Suis-je autorisée à faire de même ? Après tout, il faut bien que je mérite l'argent que vous me versez !

Maddie se reprocha aussitôt cette sortie insolente. Comment avait-elle osé ? Par chance, le téléphone du prince sonna au même instant, détournant l'attention de ce dernier.

— Montegova…

La conversation fut brève mais intense, ainsi qu'en témoignaient sa voix tendue et son visage fermé. Quand il eut raccroché, elle ne put s'empêcher de demander :

— Tout va bien ?

Il leva vers elle un regard sombre.

— Oh... Des histoires de famille, encore...

— Votre père ?

— Mon père est mort il y a dix ans.

— Oh... Je suis désolée.

Il hocha lentement la tête.

— C'était ma mère, la reine, qui m'annonçait son intention de faire ce qu'elle fait le mieux : promulguer des décrets et s'attendre à ce que je les approuve, ajouta-t-il d'un ton dur.

Maddie eut un frisson. Dès leur première rencontre, elle avait compris que personne ne dictait sa conduite à cet homme.

— Et vous ? demanda-t-il, visiblement pressé de changer de sujet, quelle relation entretenez-vous avec votre mère ?

— Elle n'est plus là, répondit-elle simplement, le cœur serré.

— Et où est-elle ?

Prise au piège, elle décida de dire la vérité.

— Nous n'avons pas toujours été... démunis. Mon père possédait une entreprise immobilière florissante, jusqu'à ce qu'il connaisse des difficultés financières et que nous passions d'un manoir de dix chambres dans le Surrey à un minuscule appartement dans le centre-ville de Londres. Ma mère n'a pas bien pris ce revers de fortune et a quitté mon père.

— Elle n'a pas seulement quitté votre père, murmura-t-il, elle vous a quittée aussi, et ce n'est pas tout, n'est-ce pas ?

Elle allait répondre quand la voiture s'arrêta. Ils étaient arrivés à destination et, dès qu'elle mit le pied dehors, des flashs et des questions se mirent à crépiter autour d'elle :

« Qui êtes-vous ? »

« Êtes-vous la petite amie du prince héritier ? »

« Depuis combien de temps le connaissez-vous ? »

L'enlaçant par la taille, Remi l'éloigna promptement des paparazzis.

— Est-ce que ça va ?

Elle hocha la tête, en se répétant que tout cela n'était qu'une comédie.

Cela ne l'empêcha pas de se sentir nerveuse lorsqu'elle entra dans l'impressionnant hall de l'hôtel cinq étoiles où avait lieu le gala. Lorsque Remirez Montegova la présenta à la présidente de la fondation, Maddie perçut les regards étonnés braqués sur elle et entendit murmurer derrière son dos.

Au fur et à mesure que la soirée avançait, elle remarqua que le prince ne la quittait pas du regard. Dès qu'il en eut l'occasion, il la rejoignit et lui demanda sans préambule :

— Expliquez-moi pourquoi vous avez quitté une excellente université après un trimestre pour travailler dans ce petit café sordide.

— Ce n'était pas sordide. C'était... plutôt correct.

— On dirait presque que ça vous manque.

— Ce n'était pas si mal.

Elle avait des horaires difficiles, mais ce travail lui avait fait oublier la morosité de son existence.

— Cet endroit n'est pas assez bien pour vous, ajouta-t-il, et j'espère que vous n'avez pas l'intention d'y retourner.

— Comment pouvez-vous dire des choses comme ça ! protesta-t-elle, consciente que toutes les têtes se tournaient vers eux.

— Pourquoi pas, puisque c'est vrai ?

Étouffant les émotions contradictoires qui s'emparaient d'elle, elle songea de nouveau à ce qu'il avait dit plus tôt à propos du fait qu'elle avait abandonné ses études. Quelle partie de son passé cet homme avait-il fouillée ? S'il continuait, ce ne serait qu'une question de temps avant qu'il ne découvre la vérité sur son père...

— Maintenant que j'ai accepté votre offre, j'apprécierais que vous cessiez d'enquêter sur mon passé, murmura-t-elle. Pour ma part, je ne cherche pas à tout savoir à votre sujet. Cependant, j'aimerais bien que vous m'expliquiez une chose : pourquoi tout le monde ici semble-t-il surpris que vous soyez venu accompagné ?

Brusquement, il s'écarta d'elle et répondit d'un ton glacial :

— Sans doute parce qu'on ne m'a pas vu en public avec une femme depuis longtemps.

— Puis-je savoir pourquoi ?

Il lui jeta un regard soupçonneux.

— Vous voulez me faire croire que vous l'ignorez, alors que cela fait plus de vingt-quatre heures que vous savez qui je suis ?

— En effet...

— La dernière femme avec qui je suis sorti était ma fiancée, déclara-t-il simplement. Il y a deux ans de cela.

Elle écarquilla les yeux, stupéfaite. Qui était donc la femme qui devait devenir son épouse ? Et où se cachait-elle ?

Comme s'il avait lu dans ses pensées, le prince ajouta :

— Ce sujet n'est pas à l'ordre du jour. Je vous en fais part uniquement à titre d'information.

Au lieu de lui poser les nombreuses questions dont elle brûlait de connaître la réponse, elle lança :

— Si cela vous intéresse de le savoir, j'étudiais la psychologie à l'université.

Elle vit qu'il était surpris, mais il se garda bien de commenter, et se détourna d'elle pour aller converser avec l'une de ses connaissances.

Au moment où un groupe de quatre musiciens prit place près de la piste de danse, Remi s'approcha d'elle et congédia avec diplomatie l'homme avec qui elle bavardait pour demander :

— M'accorderez-vous votre première danse ?

Alors qu'une petite voix lui criait de refuser, elle glissa sa main dans la sienne, frémissant d'anticipation. Une fois sur la piste, elle se laissa guider, s'efforçant de résister à la force magnétique qui la poussait à se lover plus étroitement encore contre lui...

Bien sûr, le prince héritier de Montegova dansait avec une élégance et une sophistication à couper le souffle. Consciente qu'il attirait tous les regards, elle leva les yeux vers lui et lâcha malgré elle :

— Pourquoi ne pas leur dire que vous n'êtes pas intéressé ?

— Pardon ?

— Il semble que toutes les femmes présentes cherchent à

attirer votre attention. Si ça ne vous intéresse pas, pourquoi ne pas le leur faire comprendre ?

Comme pour illustrer ses dires, une rousse époustouflante vint virevolter près d'eux et, ignorant complètement l'homme qui l'accompagnait, gratifia le prince d'un sourire sensuel.

Maddie sentit l'aiguillon de la jalousie l'atteindre en plein cœur, mais elle ne put s'empêcher d'ironiser :

— Ça doit être dur d'avoir sans cesse des femmes qui se jettent sur vous !

Il haussa un sourcil d'un air moqueur.

— Il semble que je vous aie offensée sans le vouloir, dit-il. Je ne vous aurais pas crue aussi susceptible.

Elle s'écarta aussitôt de lui.

— Qu'est-ce que vous faites ?

— La valse est finie. Laissez-moi partir, s'il vous plaît.

Au lieu d'accéder à sa demande, il resserra son étreinte.

— Nous sommes sous surveillance, Maddie. Ce n'est pas le moment de faire une scène.

— Ah oui, vraiment ? J...

Elle s'arrêta net en le voyant pencher la tête vers son visage, dans un geste lent mais inexorable qui révélait son intention de faire exactement ce qu'il voulait.

Et, alors qu'elle aurait pu poser la main sur sa large poitrine pour l'en empêcher, elle s'abstint, contre toute attente.

Le souffle court, elle regarda la tête du prince s'abaisser jusqu'à ce que ses lèvres ne soient plus qu'à un centimètre des siennes. Puis, quand il prit sa bouche avec fougue, elle répondit avidement à son baiser tandis qu'un long frisson parcourait tout son corps.

Tout à coup, la salle de bal et les danseurs autour d'eux s'effacèrent, laissant place à un désir intense, dévorant, qui balayait tout sur son passage...

Il s'écarta d'elle aussi lentement qu'il s'en était approché, lui laissant le temps de se ressaisir.

— Qu'est-ce que vous faites ? dit-elle dans un souffle.

— J'ajoute une clause à notre contrat.

— Je ne me souviens pas de l'avoir acceptée…

Quand il recula d'un pas, elle aperçut, derrière la façade sophistiquée du prince mondain, le véritable visage de Remirez Montegova : celui d'un homme animé d'une détermination sans faille, d'une volonté farouche… et habité par une sombre angoisse.

Avant qu'elle ait pu ajouter un mot, il posa la main sur ses reins et la conduisit hors de la salle de bal. Dehors, il pleuvait à verse, et il ne la lâcha que lorsqu'ils furent bien à l'abri dans sa limousine.

5

Elle regarda longtemps les étranges dessins que formait l'eau qui ruisselait sur les vitres de la voiture. Aussi loin qu'elle s'en souvienne, elle avait toujours adoré les tempêtes : elle avait l'impression qu'elles nettoyaient le monde…

Soudain, elle sentit le regard de Remi sur elle, et s'éclaircit la gorge.

— Pouvons-nous parler de ce qui s'est passé ? Et convenir que cela ne se reproduira plus jamais ? lança-t-elle soudain, soulagée d'avoir le courage de prononcer ces mots.

Ses yeux brillèrent dans la pénombre.

— Vous trouvez donc mon geste si répréhensible ?

L'intonation sensuelle de sa voix fit courir un frisson dans son dos.

— Disons que j'aurais préféré avoir mon mot à dire… avant, répliqua-t-elle.

— Aviez-vous un tel accord avec Jules ? Vous n'avez peut-être pas répondu quand il vous a embrassée, mais vous n'avez pas protesté non plus. Étiez-vous d'accord ?

— Non ! Sachez qu'il m'a prise par surprise, lui aussi, et que cela me déplaît. Pouvons-nous modifier les règles du jeu ?

Son expression se durcit, puis son regard croisa de nouveau le sien.

— Ce ne sera pas nécessaire parce que cela ne se reproduira plus.

Étrangement, cette réponse la déçut. Dès qu'elle avait posé

les yeux sur lui, son équilibre avait été menacé, et plus elle essayait de le rétablir, moins elle y parvenait. Il fallait mettre un terme à ce désordre.

Ils s'arrêtèrent devant l'hôtel, sous l'auvent, et malgré les résolutions qu'elle venait de prendre, elle ne put s'empêcher, une fois dans l'ascenseur, de humer avec délices le parfum épicé de son after-shave. Elle était si occupée à s'en repaître qu'elle ne remarqua pas que l'ascenseur s'était arrêté, jusqu'à ce qu'elle croise le regard du prince dans le miroir de la cabine.

Elle rougit et, une fois dans la suite royale, se dirigea comme un automate vers la chambre qui lui avait été assignée par Percy.

— Bonne nuit, Votre Altesse, dit-elle, la main sur la poignée de la porte.

Luttant de toutes ses forces contre l'envie de se retourner et de se jeter dans ses bras, elle entra dans la chambre et ferma la porte derrière elle.

Une heure plus tard, Maddie cherchait en vain le sommeil. Soudain, elle réalisa qu'elle n'avait pas pensé à son père de toute la soirée, elle était tellement obsédée par Remi qu'elle en avait oublié de l'appeler.

Elle jeta un regard coupable à l'horloge. Il était minuit passé. Si par miracle il avait combattu son insomnie, elle ne ferait que perturber son repos en l'appelant maintenant. Elle reposa la tête sur l'oreiller, priant pour oublier l'espace de quelques heures l'homme qui affolait ses sens.

Hélas ! Sa prière ne fut pas exaucée car, dès qu'elle ferma les yeux, elle revit le bal, Remi, leur baiser... Ce baiser devait être le dernier, se répétait-elle. Elle avait cédé à Greg par le passé, et il l'avait anéantie. Elle n'allait pas commettre la même erreur deux fois.

Contre tout bon sens, elle prit son téléphone et tapa un nom dans un moteur de recherche. Et eut bientôt sous les yeux, en couleurs éclatantes, ce qu'elle n'aurait pas dû voir.

Céleste Bastille avait été une femme d'une beauté éblouissante, très douce, avec un regard de biche qui montrait qu'elle était née pour être la compagne d'un homme comme Remi. Fille d'un aristocrate français et d'une princesse monégasque, elle était ravissante et gracieuse sur toutes les photos que Maddie découvrait, et regardait avec dévotion l'homme qui se tenait à son côté.

Frustrée, Maddie jeta son téléphone sur le lit. Remi l'aimait encore, comme en témoignaient la culpabilité et la mélancolie qu'elle lisait si souvent dans son regard.

Oui, pour une raison qu'elle ignorait, le prince héritier avait perdu sa princesse, celle qui lui était depuis toujours destinée, et malgré le baiser ardent qu'il lui avait donné, elle n'était et ne serait jamais rien d'autre pour lui qu'une remplaçante, provisoire qui plus est. Alors dorénavant, la meilleure chose à faire serait de se limiter à des échanges minimaux avec Remirez Montegova, sans perdre de vue sa priorité : son père.

Remi grimaça en avalant une gorgée de cognac. Hélas, l'alcool ne parvenait pas à endormir la culpabilité qui le torturait, pas plus qu'il ne calmait son excitation. Il lutta désespérément pour se souvenir de la voix de Céleste, de son rire, de ses manières douces – en vain. Aux images floues de sa fiancée se mêlaient celles, très nettes, de deux yeux verts, d'un menton provocateur et de lèvres douces comme le miel...

Il n'aurait pas dû l'embrasser. Mais il avait été incapable de refréner son élan. Avec Céleste, il renonçait sans difficulté aux démonstrations publiques d'affection, car il n'était jamais la proie d'un désir aussi impérieux. Alors que la promesse silencieuse faite à sa fiancée mourante revenait le hanter, il sentit sa culpabilité renaître et serra les doigts autour de son verre. Il n'avait pas encore péché. Aucune autre femme n'avait pris la place de Céleste dans son cœur.

Mais tu as bien l'intention d'emmener une autre femme dans ton lit, lui souffla l'insidieuse petite voix de sa conscience.

Furieux, Remi s'éloigna de la fenêtre du salon et gagna à la hâte sa chambre à coucher.

Le lendemain matin, la première chose qu'il découvrit en prenant son petit déjeuner fut la photo de Maddie qui s'étalait à la une de son journal favori. Il n'en fallut pas davantage pour attiser le feu qui couvait en lui et l'avait tenu éveillé une bonne partie de la nuit.

La jeune femme entra à cet instant dans la salle à manger.

— Bonjour, murmura-t-elle.

Remi replia son journal, et prit son temps pour détailler sa tenue. Elle portait un chandail rose qui laissait apparaître la peau laiteuse de son épaule et une jupe grise qui moulait ses hanches avant de s'évaser aux genoux. Des vêtements sages qui, sur son corps de rêve, paraissaient délicieusement sexy.

Il remua dans son siège dans une vaine tentative de dissimuler l'excitation qui s'était emparée de lui.

— Vous avez bien dormi, j'espère ? demanda-t-il.

Elle s'assit et remercia Percy, qui lui versait du café, avant de daigner lui jeter un coup d'œil.

— Non, pas vraiment.

Il fronça les sourcils en voyant une lueur d'inquiétude traverser son regard, et attendit que le majordome se soit éclipsé pour demander :

— Est-ce votre bras qui vous fait souffrir ? Voulez-vous que j'appelle un médecin ?

Elle secoua la tête.

— Non, c'est inutile. Mon insomnie n'a rien à voir avec mon bras. Je n'ai pas l'habitude de dormir ailleurs que dans mon lit, et je crois que mon cadre familier m'a manqué.

— Vu l'endroit où vous vivez, j'ai du mal à le croire !

Ses yeux verts lançaient des éclairs quand elle rétorqua :

— Et moi qui espérais que les insultes ne commenceraient pas avant que j'aie pris ma première dose de caféine !

Remi réprima un sourire. Pour une raison étrange, cette femme avait brisé ses défenses – qui plus est sans grand effort.

— Mon honnêteté vous offense-t-elle ?

— Il ne faut pas confondre honnêteté et brutalité, et pour ma part, je crois qu'il ne faut utiliser la seconde qu'en tout dernier recours, dit-elle en fixant sur lui un regard sévère.

Remi fut surpris par tant d'audace. Très peu de gens osaient le défier et, de toute évidence, cette jeune femme courageuse en faisait partie. Devait-il en sourire ou la remettre à sa place ?

Au lieu de ça, il s'entendit demander :

— Dites-moi pourquoi vous n'avez pas bien dormi.

Il beurra une tartine de pain grillé et la posa sur une assiette de fruits qu'il poussa vers elle.

— Merci, murmura-t-elle avant de prendre une gorgée de café. J'ai... J'avais promis à mon père de l'appeler hier soir et j'ai oublié.

— Comme vous l'avez dit vous-même, vous êtes une adulte, pas une adolescente qui doit respecter la permission de minuit.

— Néanmoins, j'ai fait une promesse et je ne l'ai pas tenue.

— Vous n'avez pas encore bouclé vos bagages pour Montegova. Le chauffeur vous conduira chez vous ce matin, et vous pourrez voir votre père. Cela vous convient-il ?

Quand elle hocha la tête en silence en évitant son regard et murmura un vague « merci », il eut l'impression que la discussion n'était pas close.

Comme elle se mordait nerveusement la lèvre inférieure, il demanda :

— Avez-vous quelque chose à ajouter ? Vous pouvez me dire ce que vous avez sur le cœur.

Après avoir pris une profonde inspiration, elle murmura :

— Je... Serait-il possible d'avoir une avance sur mon paiement ?

Il se raidit aussitôt.

— Vingt-quatre heures à peine se sont écoulées depuis que nous avons conclu notre accord et, déjà, vous exigez votre argent ?

— Je sais que ce n'est pas ce que nous étions convenus, mais...

— Vous voulez que je vous fasse confiance, mais je sens bien que vous ne m'avez pas dit toute la vérité sur votre situation, lâcha-t-il.

Une lueur de colère brilla dans les yeux verts de Maddie.

— Êtes-vous en train de dire que pour obtenir votre accord, je dois vous laisser fouiller à votre aise dans ma vie ?

Il haussa les épaules, comme pour chasser la gêne qu'elle avait fait naître en lui.

— Êtes-vous donc si naïve que vous nous croyez tous les deux sur un pied d'égalité ?

Elle pinça les lèvres.

— Est-ce à dire que vous refusez d'accéder à ma demande ?

Il résista à l'envie de l'interroger davantage, à son désir de tout savoir d'elle. Pourquoi n'arrêtait-il pas de penser à elle ? Pourquoi, encore maintenant, ne songeait-il qu'à se pencher vers elle pour poser ses lèvres sur les siennes ?

— De combien avez-vous besoin ? s'entendit-il demander.

Elle se mordit une nouvelle fois la lèvre avant de répondre :

— Dix pour cent de la somme.

Vingt-cinq mille livres... Ce n'était pas grand-chose en fait, mais cela pourrait lui permettre de disparaître et de sortir de sa vie. Soudain, il eut envie de refuser tout net, mais la détermination qu'il lut dans ses yeux le fit renoncer. Cette jeune femme était une battante.

De nouveau, il lutta contre le désir teinté d'admiration qui s'emparait de lui. Il n'avait pas à s'extasier sur les qualités rares que possédait Maddie. Ce qu'il voulait, c'était conserver un moyen de pression sur elle – parce qu'il n'avait pas l'intention de la laisser s'enfuir.

— D'accord, je vous donnerai ce dont vous avez besoin. En échange, je pose une condition...

Elle leva les yeux vers lui.

— Laquelle ?

Il secoua la tête.

— Nous en discuterons ce soir. J'ai un rendez-vous.

Il dut faire un effort surhumain pour ne pas la fixer tandis qu'elle réfléchissait.

— Et si votre condition me déplaît ? finit-elle par demander, avec dans la voix le léger tremblement que Remi ne se lassait pas d'entendre.

Il se leva avant de céder à la tentation qui menaçait d'avoir raison de lui.

— C'est une offre unique, et je suis sûr que vous l'accepterez. Mais si je me trompe...

Il haussa les épaules avant de reprendre :

— Si vous refusez, nous reviendrons à notre accord précédent. Les fonds seront sur votre compte dans l'heure qui vient.

— Merci.

Malgré lui, il posa les yeux sur son visage, sa gorge, la naissance de ses seins, et l'idée de goûter de nouveau ses lèvres fit bouillir le sang dans ses veines.

— J'espère que vous n'allez pas prendre cet argent et disparaître ? lança-t-il sans réfléchir.

Elle leva le menton d'un air de défi, ses yeux verts lançant des étincelles.

— Je n'ai pas à me justifier devant vous. C'est à vous de décider de me faire confiance ou pas, déclara-t-elle d'un ton ferme pour conclure cette conversation.

Remi réfléchissait encore à leur échange trois heures plus tard, alors qu'il s'asseyait pour déjeuner avec son ambassadeur au Royaume-Uni.

Le comportement téméraire de Maddie lui jouerait des tours un jour ou l'autre. Et la rendrait irrésistible aux yeux de l'homme qui serait attiré par son caractère passionné. Un homme qui serait libre d'embrasser ces lèvres enivrantes, de faire courir ses mains sur ses courbes à couper le souffle...

Sentant sa virilité s'éveiller, il aspira une bouffée d'air frais dans l'espoir de se ressaisir.

Dio, qu'est-ce qui n'allait pas chez lui ?

Il avait aimé sa vie avec Céleste. Il appréciait sa nature raffinée, sa manière généreuse de relever les défis que posait son alliance avec un prince héritier.

Néanmoins, n'avait-il pas souhaité parfois qu'elle le sollicite davantage ? Qu'elle défende vraiment son point de vue et lui offre une conversation stimulante au lieu d'accéder de bonne grâce à tous ses désirs ?

Il se raidit, à la fois effrayé et honteux d'avoir déshonoré sa mémoire. Sa fiancée avait été appréciée par tous ceux qui l'avaient connue, et il ne souillerait pas le passé en la comparant à Maddie, qui n'avait rien de commun avec elle…

Avec une frustration grandissante, il déplia d'un geste ample sa serviette de table, ce qui fit sursauter l'ambassadeur. Mais, malgré la fougue avec laquelle il se lança dans leur discussion sur la géopolitique, il n'arriva pas à chasser de son esprit cette séductrice aux yeux verts et aux lèvres en arc de Cupidon.

C'est probablement la raison pour laquelle il était encore d'humeur maussade quand il regagna la suite de son hôtel. Et cela ne s'améliora pas lorsqu'il découvrit que Maddie n'était nulle part en vue.

— Où est-elle ? demanda-t-il à Percy qui venait d'apparaître sur le seuil.

— Mlle Myers n'est pas revenue depuis ce matin, Votre Altesse.

En lui la déception fit place à la contrariété.

— Elle n'est pas rentrée déjeuner ? demanda-t-il brusquement.

— Non, Votre Altesse.

Elle l'avait mis au défi de lui faire confiance, et elle l'avait trahi…

Congédiant Percy d'un geste de la main, il sortit son téléphone de sa poche et composa le numéro de Maddie. Quand il tomba sur son répondeur, il sentit la fureur le gagner. Elle s'était bien moquée de lui ! Avec les vingt-cinq mille livres qu'il venait de faire virer sur son compte, elle était peut-être déjà loin, à l'heure actuelle.

Il ne fut même pas surpris qu'elle se soit enfuie avec cette somme dérisoire, alors qu'elle aurait pu être infiniment plus riche en restant encore quelques semaines auprès de lui. Il savait à quel point elle était démunie, et était convaincu qu'elle n'attendait qu'une chose : se débarrasser de lui…

Mais elle ne s'en tirerait pas comme ça ! Ils avaient un accord et il entendait bien le faire respecter. Comme il s'apprêtait à convoquer son chef de la sécurité, il se figea en entendant des pas qui s'approchaient.

Maddie ! Elle entra dans un bruissement de soie, le visage rougi, quelques mèches de cheveux s'échappant de son chignon lâche.

Il la regarda longuement, le sang battant à ses tempes.

— Où étiez-vous passée ? gronda-t-il.

Elle s'arrêta, hors d'haleine.

— Désolée, je...

— Et pourquoi diable votre téléphone est-il sur messagerie vocale ?

Elle baissa les yeux vers son sac à main.

— Je suis navrée. J'ai dû oublier de le rallumer.

Plissant les yeux, il scruta son visage.

— Dites-moi où vous étiez, Maddie.

Elle cligna des yeux, alarmée par son ton glacial.

— J'étais avec mon père. Il ne se sentait pas bien après... notre visite à l'agence immobilière.

Il fronça les sourcils.

— Vous déménagez ?

Elle acquiesça de la tête.

— Oui, c'est pourquoi j'avais besoin d'argent. Pour verser un acompte en attendant la signature définitive du bail. Puis j'ai dû commencer à faire mes valises. Tout cela a pris plus de temps que prévu. J'ai éteint mon téléphone pour ne pas être dérangée.

— Étant donné que je suis le seul censé pouvoir vous joindre, dois-je supposer que vous ne vouliez pas que je vous dérange ?

— J'avais besoin de me concentrer sur mon père, vous comprenez ?

— Pourquoi ?

Elle hésita pendant un long moment, puis elle prit une grande inspiration.

— Mon père ne va pas bien. Tout est allé de travers, aujourd'hui. Mais je suis là, maintenant...

Il détesta la vague de soulagement qui le submergea quand ses yeux verts rencontrèrent les siens, car elle révélait quelque chose de grave, qu'il ne voulait pas reconnaître. Quelque chose qui ressemblait à de la possessivité.

— Alors, êtes-vous convaincu ? lança-t-elle, agacée. Ou êtes-vous sur le point de demander un remboursement ? Si c'est le cas, sachez que c'est impossible, car j'ai déjà dépensé une bonne partie de la somme que vous m'avez versée.

Elle garda le silence quelques instants, puis reprit :

— Si vous n'êtes pas sur le point de me congédier sans préavis, puis-je vous demander une nouvelle faveur ? demanda-t-elle.

— Je vous suggère d'arrêter, à moins que vous ne vouliez vraiment me tester ?

L'ombre d'un sourire étira ses lèvres brillantes et, dans une élégante pirouette que n'aurait pas reniée une danseuse de ballet, elle s'éloigna.

— Très bien ! J'avais besoin d'aide pour remonter ma fermeture Éclair jusqu'en haut, mais je vais demander à Percy, dit-elle.

Il posa les yeux sur ses épaules nues et sur la peau soyeuse de son dos, tandis qu'elle avançait vers la cuisine, dont Percy avait fait son domaine réservé.

— Madeleine...

En prononçant son nom, il avait voulu lui lancer un avertissement. Au lieu de cela, il fit naître entre eux une étrange tension, troublante et inquiétante à la fois.

Elle s'arrêta et le regarda par-dessus son épaule.

— Oui ?

— Restez...

Il s'approcha, comme mû par une force indépendante de sa volonté. Son parfum affola ses sens, et il ne put résister à l'envie de tendre la main vers la courbe délicate de son cou...

Ses doigts trouvèrent la fermeture qu'ils firent glisser vers le haut tandis que son regard avide se promenait sur la peau dorée.

Il entendit à peine son « merci » tant son cœur, affolé par la vue du décolleté de Maddie, faisait un bruit assourdissant dans sa poitrine.

Dio, la situation devenait incontrôlable...

— Alors, tout va bien ? demanda-t-elle.

— Non, grogna-t-il. Nous sommes en retard. De plus en plus...

Quand elle tendit la main pour lisser la mèche de cheveux qui s'était échappée de son chignon, elle lui apparut comme l'incarnation même du charme et de la tentation.

— Alors, qu'est-ce qu'on attend ?

— Ça...

Tel un homme affamé, il emprisonna sa nuque et l'attira à lui avant de prendre sa bouche en un baiser fougueux, presque douloureux.

Elle se raidit l'espace d'un instant, puis enroula les bras autour de son cou. Fou de désir, Remi l'attira plus près encore, et gémit en sentant ses seins fermes contre sa poitrine. Il la goûta avec passion, excité par son souffle sur ses lèvres.

Elle était exquise. Délicieuse. Et jamais il n'avait à ce point désiré une femme. Ils allaient sans doute manquer le premier acte de l'opéra, ce soir. Leur hôte serait déçu, mais il comprendrait, car Remi était le prince héritier de Montegova, après tout. Il enverrait ses excuses.

Mais pas tout de suite. Une fois qu'il aurait étanché cette soif insensée...

Maddie se rendit à peine compte que Remi la soulevait pour l'emmener hors du salon. Elle ne reprit le contrôle de ses sens que quand il la posa à côté d'un grand divan, dans le salon privé attenant à sa chambre à coucher.

Ivre de volupté, elle le regarda arracher sa cravate et la jeter. Sa peau la brûlait, tout son corps tremblait d'une étrange fièvre que seul cet homme pouvait provoquer.

— Que... Que faites-vous ? demanda-t-elle, le souffle court.

— Tu es sûre que tu ne le sais pas ? répondit-il dans un sourire, en posant sur elle un regard qui la fit fondre.

Le passage au tutoiement la surprit plus qu'il ne la choqua, et quand il la prit par les épaules, elle sentit des ondes sensuelles parcourir tout son corps.

— Remi, qu'est-ce que tu fais ? gémit-elle, le tutoyant en retour.

— J'essaie de voir si je peux me libérer de cette folie, dit-il sombrement.

— Quoi... Quelle folie ?

Il ne répondit pas, se contentant de la plaquer contre lui pour prendre sa bouche en un baiser qui annihila en lui toute volonté, toute pensée.

Ayant abandonné tout désir de lui résister, Maddie laissa échapper un gémissement impuissant et enroula les bras autour de son cou pour lui rendre son baiser avec une ardeur décuplée.

Quand il la poussa doucement sur le divan, elle s'y allongea, tous les sens en émoi. Il recula brusquement et posa sur elle un regard presque étonné, avant de prendre de nouveau sa bouche tandis qu'il parcourait de ses mains tout son corps.

Prise d'un désir pareil au sien, Maddie ne parvint pas à en stopper le flot. Pour l'instant, le pourquoi n'avait pas d'importance. Tout ce qui comptait, c'étaient ses paumes sur ses seins, ses pouces qui en taquinaient les pointes durcies...

Elle laissa échapper un petit cri comme elle glissait les doigts sous son col de chemise pour caresser les muscles tendus de ses épaules.

Avec un grognement d'impatience, il se leva, se débarrassa de ce vêtement gênant et l'envoya valser dans la pièce. Quand, les yeux rivés aux siens, il lui écarta doucement les jambes, elle sentit une chaleur infernale envahir son visage et baissa les yeux...

Une main fébrile remontait le tissu de sa robe, exposant le haut de son porte-jarretelles et sa culotte en dentelle déjà humide.

Il s'allongea sur elle et, plaquant son érection contre son sexe prêt à le recevoir, prit de nouveau sa bouche...

Le temps s'arrêta. Tout ce que Maddie savait, c'est qu'elle était sur le point de crier son désir, de le supplier de mettre fin à son supplice. C'est alors qu'il posa la main sur le cœur de sa féminité.

Sa langue mêlée à la sienne, il chercha d'un doigt expert son bouton sensible, et elle sentit tout son corps s'embraser. Elle ne comprit qu'elle avait enfoncé les ongles dans ses épaules qu'en le voyant lever la tête et réprimer une grimace de douleur.

L'espace d'un instant, il fixa sur elle un regard étonné, puis poursuivit sa caresse intime. Il la touchait là où aucun autre homme ne l'avait jamais touchée.

Soudain, la virginité qu'elle avait gardée, trop occupée à se battre pour survivre, lui apparut comme un bien précieux, un cadeau qu'elle n'avait pas envie de gâcher, surtout pas avec un homme rongé par la culpabilité.

Elle lui saisit le poignet.

— Remi...

Il se figea, les yeux écarquillés, et demanda dans un souffle :

— Tu veux que j'arrête ?

Il n'avait pas l'air d'y croire, et elle n'y croyait pas vraiment non plus.

— Je... Je ne sais pas, bredouilla-t-elle, en proie à la plus grande confusion.

Quand il glissa la main dans ses cheveux et posa ses lèvres sur la peau sensible de son cou, elle se sentit faiblir.

— Je ne sais pas pourquoi j'ai envie de toi comme ça, souffla-t-il à son oreille. Si tu veux vraiment que j'arrête, dis-le, mais...

Elle ferma les yeux et dut attendre que le frisson qui parcourait son corps ait disparu pour recouvrer un filet de voix.

— Je ne... Je suis... Je suis vierge, finit-elle par avouer.

Il se redressa brusquement, et la regarda d'un air éberlué.

Maddie voulut se lever à son tour, mais, déjà, sa main avait repris sa lancinante et délicieuse caresse.

— Dis-moi pourquoi tu es encore vierge à vingt-quatre ans ? demanda-t-il, ses yeux gris presque noirs de désir.

— Ne tire pas de conclusions hâtives, murmura-t-elle. Je n'ai pas attendu l'occasion parfaite d'offrir ma virginité à un prince héritier. Il se trouve que... j'ai été déçue par quelqu'un en qui j'avais confiance et qui m'a laissée tomber. Après cela, le sexe est devenu sans importance.

De nouveau, Remi parut saisi d'un élan de possessivité puis, sans la quitter des yeux, il accentua sa caresse. Il y avait quelque chose de terriblement excitant à le voir ainsi guetter chaque gémissement de plaisir qui sortait de sa bouche…

Lorsqu'il glissa un doigt en elle, elle crut qu'elle allait s'évanouir. Mais elle se ressaisit, désireuse de savourer chaque seconde de ce qui allait suivre.

— Ce type qui t'a fait souffrir, est-ce qu'il t'a donné autant de plaisir que moi ? demanda-t-il d'un ton dur.

— Jamais…

— Tu veux que j'arrête ?

— Non…

Une expression de pure satisfaction masculine apparut sur son visage. Puis, avant qu'elle ait pu reprendre le contrôle de ses sensations et mettre un terme à cette folie, il enfonça son doigt en elle. Lentement. Avec précaution…

Ses muscles intimes se serrèrent autour de son doigt, et elle se sentit chavirer quand il toucha la barrière de son innocence.

— *Dio mio, veramente exquisitivo*, souffla-t-il. Ne t'inquiète pas, ma belle. Je protégerai ton trésor jusqu'à ce que le moment soit venu.

Et il poursuivit sa caresse, de sa langue cette fois.

Maddie n'était pas préparée à l'ouragan qui déferla sur elle quand le plaisir surgit. Les doigts enfouis dans les cheveux de Remi, elle s'abandonna aux sensations enivrantes qu'elle éprouvait pour la première fois…

Elle s'entendit lâcher un cri rauque, mais elle s'en moquait. C'était tout ce qui l'attachait encore à la réalité, alors que son monde explosait en un kaléidoscope de couleurs.

Quand elle redescendit sur terre, elle était seule sur le canapé. Remi se tenait debout à la fenêtre, et regardait la rue, en contrebas. Voulait-il lui laisser le temps de se ressaisir ou était-il de nouveau en proie à un accès de culpabilité ? Peu importe, elle lui était reconnaissante pour le sursis.

Rapidement, elle arrangea ses vêtements et passa une main tremblante dans ses cheveux juste au moment où il se retournait. Pendant une minute entière, il se contenta de la regarder, jusqu'à ce qu'elle sente sa peau s'embraser comme par magie.

— Pourquoi me regardes-tu comme ça ? demanda-t-elle.

— Parce que tu es belle et désirable, répondit-il d'une voix grave et sensuelle.

— On dirait une accusation.

— Peut-être que j'essaie encore de comprendre...

— Il n'y a peut-être pas grand-chose à comprendre, murmura-t-elle. J'avais un petit ami...

— Un *petit ami* ?

Il avait prononcé ce mot comme s'il s'agissait d'une injure, les sourcils froncés, l'air ombrageux.

— Oui, tu sais ce que c'est, n'est-ce pas ?

— Raconte-moi tout ! ordonna-t-il, ignorant son sarcasme. Je veux savoir.

— Greg et moi avons grandi ensemble. Je nous croyais amis. Nous nous sommes un peu perdus de vue, mais quand j'ai eu besoin d'aide, je l'ai appelé. Nous nous sommes rapprochés... de plus en plus. Je pensais avoir une relation de confiance avec lui, jusqu'à ce que je découvre qu'il se moquait de moi avec ses riches amis. De plus, il avait l'habitude de séduire des femmes pour les convaincre de prendre des risques financiers au profit de son entreprise. Malheureusement, j'ai été l'une de ses victimes. Par naïveté, je l'ai laissé me dépouiller.

Maddie n'arrivait pas à dissimuler son amertume, ni à se défaire du poids de son propre échec et de la trahison de Greg. Elle lui avait fait assez confiance pour lui remettre les dernières économies de son père, avec l'assurance qu'elle doublerait sa mise en quelques mois, ce qui avait suscité en elle un espoir fou.

Et elle avait tout perdu.

Remi laissa échapper un grognement furieux.

— L'as-tu dénoncé aux autorités ?

Elle haussa les épaules.

— C'était tout à fait légal, d'après mes informations. Greg

a affirmé que j'avais volontairement signé les contrats et que je connaissais le risque élevé des investissements qu'il faisait en mon nom. Il a réussi à convaincre les autorités que j'étais une ex-petite amie amère et rancunière. Il s'en est tiré comme ça. Quant à moi, il ne me restait plus que les vêtements que j'avais sur le dos et... ma virginité.

Remi s'avança vers elle, les yeux fixés sur son visage.

— C'est à cause de lui que tu t'es retrouvée dans cette situation ?

— Il serait trop facile de tout lui reprocher. Disons qu'il a été la goutte d'eau qui a fait déborder le vase. Je me suis sentie anéantie.

— Et maintenant ?

— Maintenant ? Je ne sais pas si c'est mieux : j'ai rencontré un homme étrange qui exerce son autorité sur moi et en abuse, me réprimande quand j'ai quinze minutes de retard et qui en plus, me paye pour cela ! Comment appelles-tu ça ?

— J'appelle cela négocier sans renoncer à ce qui est important pour toi. Et je ne suis pas étrange, ajouta-t-il d'un ton sévère.

Maddie se mordit la lèvre pour ne pas sourire.

— Attention, Remi, je pourrais penser que tu me respectes.

Le coin de sa bouche trembla pendant une demi-seconde, avant qu'il se détourne brusquement.

— Et voilà que tu recommences à te moquer de moi ! Que veux-tu dire, au juste ? grommela-t-il.

Elle secoua la tête.

— Ce qui s'est passé sur le canapé n'était pas prévu, mais si tu veux te détester pour ça, peux-tu m'épargner tes états d'âme ?

— Maddie...

Elle l'interrompit.

— Et maintenant, j'aimerais regagner ma chambre, si tu n'y vois pas d'inconvénient.

Pendant un long moment, il la fixa d'un regard dur, puis, comme il allait parler, son téléphone sonna.

Il fixa l'écran avec une expression de résignation et d'agacement mêlés.

— Excuse-moi, je dois répondre à cet appel. Nous en reparlerons...

Affalée dans un fauteuil, dans sa chambre qu'elle avait regagnée d'un pas tremblant, Maddie regardait dans le vague quand son propre téléphone se mit à sonner.

L'esprit ailleurs, elle prit l'appel et mit du temps à reconnaître la voix affolée de Mme Jennings. Et, alors qu'elle se précipitait hors de la pièce, elle se sentit presque heureuse qu'une nouvelle bombe ait explosé dans sa vie.

Parce que, maintenant, elle n'avait plus à songer au fait que ce qu'elle venait de vivre avec Remi Montegova l'avait fondamentalement changée. Et qu'il n'y aurait pas de retour en arrière possible.

6

Alors qu'il sortait de sa salle de bains pour regagner son salon privé, Remi étouffa un nouveau soupir agacé. Quand sa mère l'avait appelé, une partie de lui avait savouré la nouvelle qu'il s'apprêtait à lui annoncer, même s'il savait qu'elle opposerait de la résistance. Mais il l'avait déjà prévenue qu'il ferait les choses à sa façon.

Il avait quitté Maddie à contrecœur, et avait failli changer d'avis en voyant l'excitation qui persistait dans ses yeux. Il se rappela son goût, son abandon total, son innocence.

La douche froide qu'il avait prise il y a quelques minutes, après avoir annulé sa visite à l'opéra, n'avait plus aucun effet sur son corps qui, de nouveau, s'enflammait. Il accéléra le pas… et trouva sa suite vide.

Maddie n'était pas dans le salon. Ni dans sa chambre.

— Où est-elle ? demanda-t-il à Percy en faisant irruption dans la cuisine, pressentant que la réponse de son majordome lui déplairait plus encore que celle de la dernière fois.

— Elle est partie, Votre Altesse. Elle a demandé un taxi il y a un quart d'heure.

Remi tenta de contenir sa colère en composant le numéro de Maddie. Quand il tomba sur son répondeur, il se rappela qu'elle avait déjà eu l'outrecuidance d'éteindre son portable un peu plus tôt dans la journée.

Furieux, il décrocha le téléphone de la suite et appela Raoul, son chef de la sécurité.

— Où est-elle ? s'enquit-il pour la deuxième fois.

— Elle a pris un taxi en direction du sud, Votre Altesse.

— Savez-vous pourquoi elle est partie ?

— Je l'ignore, Votre Altesse. Elle m'a seulement demandé de vous dire qu'elle avait un problème urgent à régler...

Remi prit une longue et profonde respiration pour tenter de maîtriser sa réaction.

— Il s'est passé quelque chose entre cet après-midi et ce soir ? Quelque chose qui expliquerait ce départ précipité ? insista-t-il.

— Je suis désolé, Votre Altesse. Je l'ignore.

La colère céda le pas à l'inquiétude, et cela n'était pas bon signe. Il était bien trop préoccupé par Maddie Myers, obsédé même, pour refréner son besoin de tout savoir sur elle.

Dio, il était complètement déraisonnable ! Cette femme avait le droit d'avoir un jardin secret, quel qu'il soit. Il le comprenait, sans toutefois parvenir à l'accepter. La découverte qu'elle était vierge avait révélé une autre facette de sa personnalité qui l'avait stupéfié. Mais son admiration pour Maddie qui faisait face avec courage à l'adversité était aussi la raison de ses tourments actuels.

Et, quitte à passer pour un affreux macho, il trouvait son aspiration à l'indépendance presque aussi incompréhensible que son absence soudaine. Après avoir pris sans retenue le plaisir qu'il lui avait donné et s'être abandonnée ainsi entre ses bras, n'aurait-elle pas pu céder un peu de terrain et lui fournir un semblant d'explication ?

Sa virilité s'éveilla comme il se remémorait les instants magiques qu'ils avaient partagés sur le canapé. Il avait touché la barrière de son innocence et éprouvé un urgent désir de lui ravir sa virginité...

Il n'avait pas honte d'admettre que cette situation l'avait pris complètement par surprise, et que même l'idée de trahir la mémoire de Céleste n'avait pas suffi à assouvir la faim qu'il avait eue de Maddie, et qui le tenaillait encore.

Revenant à l'instant présent, il lança :

— Je descends. Je crois savoir où elle est partie, vous allez m'y conduire.

— Tout de suite, Votre Altesse, répondit Raoul.

Il raccrocha le téléphone en maudissant Maddie.

Même s'il n'en avait jamais profité, l'un des privilèges de sa naissance était de ne jamais avoir eu à poursuivre une femme. Les intrigantes et les croqueuses de diamants se jetaient dans ses bras dès qu'il leur témoignait le moindre intérêt.

Il y avait une heure à peine, Maddie avait succombé à ses caresses, puis elle avait battu en retraite. Pour lui, c'était une expérience... inédite, qu'il ne voulait pas réitérer.

Nerveux, il composa de nouveau son numéro, et tomba une fois de plus sur son répondeur. Les dents serrées, il jeta son téléphone d'un geste rageur.

Mieux valait pour elle qu'elle ne soit pas avec un autre homme ! songea-t-il. *Sinon, quoi ?* se moqua une petite voix, dans sa tête. *Il se ridiculiserait en lui faisant une scène ?*

Et pourquoi pas ? Elle était à lui, après tout !

Remi se figea en prenant conscience de ce que ces derniers mots signifiaient. Comment pouvait-il croire une chose pareille ? Était-il devenu fou ?

Alors qu'il essayait de respirer calmement, son téléphone sonna. Il sentit son cœur manquer un battement en voyant le numéro de sa mère s'afficher de nouveau à l'écran. Alors, pour la première fois de sa vie, Remi fit une chose incroyable : il ignora l'appel de la reine.

Son humeur n'avait pas changé quand il arriva dans la rue où il avait raccompagné Maddie, le soir de leur première rencontre. Il sortit du véhicule et suivit Raoul jusqu'à l'entrée miteuse d'un petit appartement en rez-de-chaussée. La porte devant lui était mince, sa peinture verte écaillée.

Ravalant son dégoût, il appuya sur la sonnette, heureux d'entendre du bruit à l'intérieur.

Il déchanta aussitôt à la vue d'une Maddie échevelée.

— Qu'est-ce que tu fais ici ? s'écria-t-elle en jetant un coup d'œil par-dessus son épaule.

— Laisse-moi entrer, lui intima-t-il.

Elle leva le menton d'un air de défi.

— Et pourquoi ?

— Préfères-tu que les voisins assistent à notre conversation ?

Elle embrassa du regard les gardes du corps postés dans la rue ainsi que sa voiture de luxe, qui attirait déjà l'attention.

— Tu peux aussi retourner dans ta limousine et partir, suggéra-t-elle.

— Je ne bougerai pas d'ici ! Je te conseille de me laisser entrer.

Son visage pâlit légèrement, mais elle tint bon.

— Je... ne préfère pas.

— Pour notre bien à tous les deux, j'espère que tu n'as pas quitté mes bras pour te jeter dans ceux d'un autre homme.

Cette pensée suffit à déclencher en lui un nouvel accès de fureur et de jalousie.

— Tu crois vraiment que je t'ai quitté pour rejoindre un autre homme ? s'écria Maddie en écarquillant les yeux.

Il n'y croyait pas, mais le démon qui le possédait ne voulait pas lâcher prise.

— Tu es partie sans me prévenir, alors que tu avais promis de rester. Comment pourrais-je te faire confiance, maintenant ?

— Je suis partie parce que j'avais une urgence à régler, répondit-elle d'un ton vif. Je ne pensais pas que tu apprécierais que je fasse irruption dans ta salle de bains pour t'en informer.

— Et pourquoi ne pas utiliser le téléphone que je t'ai donné ?

Elle se mordit la lèvre, là où il l'avait embrassée il y a moins de deux heures. Sa virilité se rappela à lui, et il sentit le sang bouillir dans ses veines.

— Je n'avais pas les idées claires, tu peux le comprendre ?

Soudain, elle se tendit en entendant un bruit à l'intérieur de l'appartement, et referma légèrement la porte.

— Tu as cinq secondes pour me laisser entrer, Maddie. Rappelle-toi que j'avais une autre proposition à te soumettre, mais si tu n'y mets pas du tien, tout cela ne tiendra plus...

Elle hésita encore un instant, puis leva courageusement les yeux vers lui.

— Je vais te laisser entrer mais, de grâce, ne me juge pas. Si je perçois ne serait-ce que l'ombre d'un jugement sur ton visage, tout est fini entre nous.

Il eut soudain envie de lui rappeler qu'elle parlait au prince héritier du royaume de Montegova et qu'elle n'était pas de ce fait en position de lui dicter quoi que ce soit, mais, au lieu de cela, il hocha la tête pour signifier qu'il acceptait ses conditions.

Elle ouvrit la porte sur un couloir humide recouvert de tapis usés, et il fut peiné de voir qu'elle vivait dans cet endroit épouvantable. Elle n'avait rien à faire ici. Elle avait sa place dans un palais, méritait le meilleur de la vie, les atours les plus luxueux, les plats les plus délicats... Elle méritait de retrouver le sourire et de vivre dans un monde sans angoisse, libérée de toute contrainte.

Il voulait être celui qui lui offrirait tout cela.

Remi se figea, choqué par le tour que prenaient ses pensées tandis qu'il fermait la porte derrière lui. Soudain, un nouveau bruit lui confirma qu'ils n'étaient pas seuls, et il vit Maddie se précipiter à l'autre bout du couloir.

Remi la suivit dans un salon rempli de meubles et d'objets hétéroclites. Elle s'accroupit près d'une frêle silhouette.

— L'eau s'est renversée, dit une voix d'homme.

— Ce n'est rien. Je vais m'en occuper, murmura doucement Maddie.

En raison de son état de santé déplorable, il était difficile de donner un âge à cet homme. Pourtant, s'il était le père de Maddie, il ne devait pas être si vieux que ça...

— Qui est-ce ? l'entendit-il demander à Maddie.

Remi s'avança, tendant sa main à l'homme décharné et pauvrement vêtu.

— Je suis Remirez Montegova. Vous êtes le père de Maddie ?

L'homme pinça les lèvres et se tourna vers sa fille.

— On pourrait penser qu'elle est ma mère, à sa façon de me

rabâcher toujours les mêmes choses. Peut-être pouvez-vous la raisonner pour qu'elle me donne ce dont j'ai besoin ?

— Ce dont tu as besoin, c'est de repos, répondit Maddie d'un ton ferme. Je vais te chercher de l'eau...

Elle se précipita hors de la pièce, et Remi la suivit.

La cuisine était dans un état pire encore que le salon, mais il dissimula une fois de plus son dégoût quand Maddie lui lança :

— Quoi que tu penses, garde-le pour toi.

— Très bien. Dis-moi juste combien de temps tu penses pouvoir garder ton père sur ce canapé alors qu'il a manifestement besoin de soins médicaux ?

— Tu crois que je ne le sais pas ? répliqua-t-elle avec colère. J'avais mis un système en place. Ce n'était pas parfait, mais cela a fonctionné jusqu'à...

— Jusqu'à...

— Jusqu'à sa rechute, murmura-t-elle. Il est pharmacodépendant. Maintenant, l'hôpital ne veut plus le prendre.

— Quel hôpital ?

— Celui où il devait être accueilli pour une greffe de rein.

Elle secoua la tête et attrapa un verre d'une main tremblante, avant d'ajouter :

— Pourquoi est-ce que je te raconte tout ça ?

Il lui prit le verre des mains.

— Qu'est-ce que tu fais ? demanda-t-elle. Je dois...

— Ton père n'a pas besoin d'eau. Il a besoin de soins urgents.

— Oui, et onéreux !

Il fronça les sourcils.

— Des soins que tu comptes payer avec l'argent que je vais te verser ?

— Bien sûr. Sinon, pourquoi me forcerais-je à subir ta présence ? rétorqua-t-elle d'un ton acerbe.

Remi fut pris de l'envie soudaine d'embrasser ces lèvres insolentes, de couvrir de baisers sa peau sans défaut et de la posséder tout entière, mais il réprima cette envie, tout comme il avait vaincu sa culpabilité. Pour l'instant, il devait se concentrer sur des objectifs précis.

— Ce que je vais te donner sera loin d'être suffisant pour lui prodiguer les soins nécessaires.

— Bien sûr que si ! J'ai parlé avec les médecins de l'hôpital et je sais exactement ce qu'il me faut.

— Est-ce que cela inclut les soins de suite ? Un plan d'urgence en cas de rejet, ou de complications ? Combien de temps devait-il rester abstinent avant l'opération ?

— Six mois, chuchota-t-elle, le visage soudain très pâle.

— Alors tu vas devoir attendre encore six mois avant que l'opération puisse être reprogrammée ?

— Je n'ai vraiment pas besoin que tu mettes l'accent sur mes problèmes.

— Je connais une clinique en Suisse. Nous la finançons pour partie. Elle est dotée d'installations ultramodernes et, surtout, la discrétion y est garantie.

— Ne me dis pas que c'est là que les membres de ta famille vont en cure de désintoxication ?

Remi garda le silence, peu désireux de confirmer que Jules avait été la raison principale de leurs liens avec cet établissement.

— Et pourquoi me parles-tu de ce pays où la médecine fait des miracles ? demanda-t-elle avec méfiance.

Une émotion profonde lui étreignit la poitrine, mais il la chassa aussitôt. Il apportait une solution immédiate à un problème grave, une solution qui leur conviendrait à tous les deux. Rien de plus.

— Parce que je peux y faire admettre ton père dans les prochaines vingt-quatre heures.

Elle prit une profonde inspiration.

— Pourquoi m'aiderais-tu ? Tu n'as rien à voir avec mes problèmes et, si je me souviens bien, l'accord que j'ai conclu avec toi me permettra de financer ces soins.

— Parce que j'aurai besoin de tes services plus longtemps.

Combien de temps ? Assez longtemps pour apaiser son peuple ? Sa mère ? Pour assouvir son propre désir pour elle ?

Ce dernier s'éteindrait tôt ou tard. Plus la passion était forte, plus vite elle s'épuisait, n'est-ce pas ? Quant à sa mère, elle se rallierait aussi à son idée. Comme elle l'avait dit, ils avaient tous deux cru à l'illusion de l'amour éternel, mais avaient été cruellement détrompés par le destin. Cette fois, il avait bien l'intention de faire confiance à sa tête plutôt qu'à son cœur.

Restait le bien-être de son peuple, qui avait connu un scandale dans un passé récent. Montegova avait besoin de stabilité, désormais.

— Remi ? reprit-elle d'un ton où perçaient l'appréhension mais aussi l'espoir. Pourquoi aurais-tu besoin de moi plus longtemps ?

— Je m'assurerai que ton père reçoit le traitement dont il a besoin pour se remettre sur pied. Tu n'auras plus jamais à t'inquiéter pour lui.

— Et en échange ? insista-t-elle.

— Je veux que tu m'épouses.

Stupéfaite, Maddie écarquilla les yeux. Elle avait dû mal comprendre. À moins qu'il ne veuille se venger d'elle, furieux qu'elle ait quitté l'hôtel sans son autorisation ? Son agacement, quand il l'avait vue sur le pas de la porte, son refus à elle de le laisser entrer, le dégoût qu'il avait montré devant tant de dénuement, tout cela l'avait-il conduit à faire cette mauvaise blague à ses dépens ?

Le fait que son cœur ait manqué un battement, qu'elle ait voulu retenir les mots au vol, était tout aussi cruel. Remi la désirait, elle en avait la certitude, alors pourquoi se comportait-il avec autant de cynisme ?

Elle secoua la tête.

— Je ne te retiens pas, Remi.

Il la foudroya du regard.

— Pardon ? Peut-être que tu ne m'as pas bien entendu.

— Je t'ai très bien entendu. Et je n'apprécie pas que tu me fasses perdre mon temps avec cette plaisanterie d'un goût douteux.

— Tu trouves amusant que je te demande en mariage ?

Elle éclata de rire, comme pour chasser l'espoir insensé que ses paroles avaient fait naître – et le regretta presque aussitôt.

— Je veux que tu m'épouses, répéta-t-il.

Tout à coup, elle revint à la dure réalité. Elle regarda, autour d'elle, la cuisine défraîchie où se tenait son altesse le prince héritier du royaume de Montegova. Elle se pinça et dut réprimer une grimace de douleur. Non, elle n'hallucinait pas. Et Remi Montegova attendait sa réponse.

— Mon Dieu ! Tu... Tu ne plaisantes pas ?

— Je t'assure que non, répondit-il, vexé.

— Mais enfin... Ça n'a pas de sens ? !

Il hocha la tête en silence, puis reprit :

— Laisse-moi t'expliquer...

— S'il te plaît, oui, murmura-t-elle, toujours incrédule.

Son regard se porta sur la vitre sale avant de se poser de nouveau sur elle.

— À la mort de mon père, nous avons découvert ses aventures extraconjugales et l'existence de Jules. Cela a causé beaucoup d'instabilité au sein du royaume. Mon mariage et mon couronnement étaient censés apaiser les esprits, mais ensuite j'ai perdu Céleste et j'ai dû remettre à plus tard la prise du trône.

— En quoi cela est-il important ? Ton peuple t'aime toujours, n'est-ce pas ?

Quelque chose vacilla dans ses yeux, mais il ne broncha pas.

— Ma mère veut abdiquer, annonça-t-il solennellement.

Surprise par cette révélation inattendue, elle demanda :

— Ça veut dire que tu seras... roi ?

Il hocha la tête.

— Ce n'est pas tout à fait nouveau, mais c'est désormais d'actualité.

— Et en quoi cela me concerne-t-il ?

— Si le peuple montégovien est tourné vers l'avenir à bien des égards, il est également très attaché à ses traditions. Il préférera toujours un monarque veuf à un monarque célibataire.

— Tu veux dire que tes sujets ne te croient pas fait pour le célibat ?

Il haussa les épaules.

— Pour eux, j'ai peut-être l'étoffe d'un roi, mais je ne suis qu'un homme, soumis aux faiblesses de la chair. Ils ne s'attendent pas à ce que je vive comme un moine. D'ailleurs, comme mon père l'a prouvé, même les monarques mariés ne sont pas infaillibles.

Imaginer Remi avec une autre femme la dévastait, mais elle s'efforça de ne pas le montrer.

— Alors pour accéder au trône, tu dois te marier ?

— Si je veux faire face aux défis auxquels ma famille est actuellement confrontée, oui.

Elle reprit de nouveau son souffle.

— Et tu crois que choisir quelqu'un comme moi pour devenir ta femme est la bonne réponse aux questions que se pose ton peuple ? N'ai-je pas lu quelque part que tu disposais d'une longue liste de candidates pour faire ton choix ?

Il se crispa.

— Je refuse de choisir mon épouse et la future reine de mon pays sur catalogue !

— Mais la célébration des mariages royaux ne s'inscrit-elle pas dans une stratégie ? Ce dont des comités doivent discuter au préalable, non ?

Il resta silencieux un instant. Autour d'eux, l'atmosphère s'était chargée d'électricité.

— Céleste et moi nous sommes rencontrés lors d'un goûter organisé par la gouvernante royale pour son petit-fils quand j'avais six ans et elle trois. Ma mère ne croyait pas qu'il fallait séparer les enfants du personnel des enfants de la famille royale. Si Céleste avait été la petite-fille du maréchal-ferrant, nous aurions quand même été fiancés.

— Mais elle ne l'était pas, n'est-ce pas ? Elle faisait partie de votre monde, et avait la préférence de ta mère, insista Maddie.

— Je ne lui ai pas demandé son approbation à l'époque. Je ne la lui demanderai pas non plus maintenant.

Maddie avait senti le nœud dans son ventre se serrer quand Remi s'était mis à parler de sa fiancée.

— C'est aussi simple que ça, pour toi ? s'étonna-t-elle. Aussi... clinique ?

Il eut un sourire triste.

— Je préfère regarder les choses en face.

Au lieu d'être amoureux ? Au lieu de jurer fidélité éternelle à la femme qui était maintenant six pieds sous terre ?

Comme le nœud se resserrait encore, elle secoua la tête.

— Même si je voulais t'épouser – ce qui n'est pas le cas – notre union ne ferait qu'alimenter davantage encore les ragots.

— C'est ta réponse définitive ?

Elle ouvrit la bouche pour répondre, la referma puis, après avoir pris une profonde inspiration, planta ses yeux dans les siens pour le sonder. Oui, comprit-elle alors, il était sincère : Remirez Montegova lui demandait vraiment de l'épouser.

Dans son enfance, elle avait rêvé, comme la plupart des petites filles, de ce moment spécial où son prince charmant lui ferait sa demande, mais elle n'avait pas imaginé une seule seconde la scène qu'elle était en train de vivre.

Elle secoua à nouveau la tête.

— Je suis désolée...

Les mots étaient à peine sortis de sa bouche que le prince héritier du royaume de Montegova pivota et sortit de la cuisine. Elle resta figée sur place, jusqu'à ce qu'un bruit de toux lui parvienne.

Elle revint à la réalité dans un souffle. Son père ne survivrait pas six mois de plus. Alors quel choix avait-elle ?

Elle se précipita aussitôt vers la porte d'entrée. Grâce à Dieu, Remi n'était pas encore parti.

— Attends...

Il leva un sourcil et sourit.

— Cela ne suffit pas. Je veux t'entendre prononcer les mots, Maddie.

— Es-tu... Es-tu sûr que c'est ce que tu veux ?

Une détermination sans faille traversa le regard du prince.

— Moi, je suis sûre de ce que je veux, ajouta-t-elle.

— Alors dis-le-moi.

Maddie déglutit avec peine puis, comme on se jette dans un gouffre sans fond, elle articula :

— Oui, j'accepte de t'épouser.

7

Maddie secoua la tête, incrédule. Elle aurait voulu reprendre ces mots, mais une force inconnue l'empêchait de parler. Pétrifiée, elle regardait fixement l'homme qu'elle venait d'accepter d'épouser.

Qu'avait-elle fait ?

Elle réussit finalement à ouvrir la bouche mais, avant de pouvoir dire quoi que ce soit, il s'approcha d'elle, leva la main et effleura sa joue, son cou, ses épaules...

— Une petite précision avant d'aller plus loin, Maddie. Ce n'est qu'une transaction, un mariage de convenance pour Montegova et mon peuple. Il serait sage de ne rien attendre de plus.

— Es-tu en train de me mettre en garde ? De me dire qu'il ne faut pas que je tombe amoureuse de toi ? lança-t-elle avec plus d'assurance qu'elle n'en éprouvait.

— C'est exactement ça, oui.

L'espace d'un instant, elle eut honte de son corps qui la trahissait et de la faiblesse que Remi faisait naître en elle. Était-ce de cette même faiblesse que Greg avait profité ?

À cette pensée, elle se raidit et répliqua d'un ton sec :

— Merci, mais cet avertissement quelque peu présomptueux n'est pas nécessaire. J'ai déjà été échaudée et j'ai retenu la leçon. De toute façon, tu es peut-être très convoité dans les cercles aristocratiques, mais tu n'es vraiment pas mon genre.

— Et c'est quoi, au juste, ton genre ?

— Moins charismatique. Moins dominateur. Moins… tout.

Quand une toux rauque brisa le silence qui s'était installé, Remi lui lâcha la main, mais il ne s'écarta pas de son chemin.

— Je dois aller voir mon père, dit-elle.

— Nous avons d'autres questions à discuter.

— Je sais.

— Mais, d'abord, je vais faire en sorte que ton père soit admis à l'hôpital dans les prochaines heures.

— Merci, dit-elle, surprise qu'il passe aussi vite à l'action.

— Je ne fais que te faciliter les choses, Maddie.

C'est une « transaction », songea-t-elle. *Rien de plus.*

— Je t'attends dans ma suite à 18 heures. Emballe tout ce dont tu as besoin, car tu ne reviendras pas ici, ajouta-t-il avant de quitter l'appartement.

Stupéfaite, elle regarda le couloir sans âme où son destin venait de basculer. Avait-elle vraiment accepté d'épouser le futur roi de Montegova ? Un homme dont elle ne devait surtout pas tomber amoureuse ?

Elle se précipita dans le salon. Son père avait sombré dans un sommeil léger, et peinait à respirer. Il n'était pas trop tard pour le sauver. Et s'il fallait pour cela épouser Remi, eh bien…

Même maintenant, elle n'arrivait pas à terminer sa phrase. Le prix à payer était-il trop élevé ? Alors qu'elle remontait la couverture de son père et se hâtait d'aller dans sa chambre, elle sut qu'elle avait pris la bonne décision : Remi ne faisait pas de fausses promesses, il tiendrait sa parole.

Rassurée, elle attrapa sa valise et y déposa ses biens les plus précieux : des photos et des souvenirs d'elle et de ses parents à une époque plus heureuse, le collier qu'ils lui avaient offert pour son seizième anniversaire…

Elle était encore dans un semi-brouillard lorsqu'une équipe d'infirmiers se présenta, deux heures plus tard. Leurs gestes à la fois fermes et délicats lui confirmèrent que son père était en de bonnes mains, et son anxiété diminua encore comme Henry acceptait sa nouvelle situation avec une surprenante facilité. Il sortit même de sa stupeur pour la serrer contre lui quand elle l'embrassa une dernière fois avant que l'ambulance privée ne l'emporte.

Des larmes coulaient sur sa joue quand il lui agrippa le bras.

— Ça va aller, papa… S'il te plaît, guéris vite.

— Je ferai de mon mieux, ma chérie, je te le promets, dit-il avec un sourire triste.

Quelques heures plus tard, Maddie était de retour à l'hôtel. Son souffle déjà court se bloqua dans sa gorge lorsqu'elle sortit de l'ascenseur et aperçut Remi sur le seuil de sa suite, grand et imposant. D'un geste, il lui fit signe d'entrer.

— J'espère que tout va bien pour ton père ? demanda-t-il.

Elle acquiesça.

— C'est une bonne chose. Assieds-toi, Maddie.

Elle s'empressa de lui obéir. Plus vite ils en auraient fini avec cette discussion, plus vite elle pourrait se retirer dans sa propre chambre et se reposer de la journée qu'elle venait de vivre.

L'arrivée de Percy avec un plateau ne fit qu'ajouter à la sensation d'irréalité qu'elle éprouvait. Elle l'observa en silence tandis qu'il débouchait une bouteille de champagne, puis versait deux coupes avant de s'éclipser par une porte de service.

— À quoi trinquons-nous ?

Remi lui tendit une coupe et haussa les épaules.

— Je sais que j'ai pu paraître un peu… « clinique », tout à l'heure.

— Alors maintenant tu essaies de t'adoucir ? Tu as peur que je change d'avis ?

— Tu m'as donné ta parole et je sais que tu es une femme de parole.

Sans lui laisser le temps de réagir à ce compliment inattendu, il ajouta :

— Mais je veux aussi te faire savoir que je ferai en sorte de rendre notre union aussi agréable que possible.

Notre union…

Elle trembla lorsqu'il fit tinter son verre contre le sien et s'assit tout près d'elle.

— De quoi d'autre voulais-tu discuter ? parvint-elle à articuler.

Il prit une gorgée, puis posa son verre sur la table basse.

— Il est impératif que ce mariage fonctionne pour le bien de mon peuple. La transition devra se faire rapidement une fois que ma mère aura quitté le trône. C'est pourquoi nous devons accélérer les choses. Ton père sera bientôt en route pour Genève et il restera en isolement pendant les huit prochaines semaines. Si nous devons nous marier dans cinq semaines, alors...

— Cinq semaines ? Mais... Je croyais qu'un mariage royal exigeait des mois de préparation !

— Ma mère attend cet événement depuis trop longtemps. Elle fera en sorte de simplifier le protocole.

À l'évocation de ses fiançailles brutalement interrompues par une tragédie, un silence de plomb tomba entre eux, et Maddie sentit les larmes lui monter aux yeux en se rappelant la mise en garde de Remi : elle ne devait surtout pas tomber amoureuse de lui, car son cœur appartenait à jamais à une autre.

Elle détourna le regard tandis qu'il posait la main sur son bras.

— Une dernière chose...

— Oui ?

— Bien que ce ne soit pas un mariage d'amour, je m'attends à ce que tu agisses comme si cela en était un en public.

Maddie ne put retenir un rire amer.

— Alors, je devrai te témoigner mon affection en public, c'est cela ?

— Dans les limites du raisonnable, oui.

Mon Dieu, il était incroyable !

— Et toi ? Comment es-tu censé te comporter ?

— Je ferai ma part, sois-en certaine.

— Tout cela est-il vraiment nécessaire ?

— Oui. De plus, dans le cadre de la préparation à tes futures fonctions officielles, tu devras apprendre l'étiquette et la diplomatie.

Comme elle ouvrait la bouche, il l'arrêta d'un geste.

— Si tu es sur le point d'exprimer des réserves, abstiens-toi pour l'instant. La tâche peut sembler accablante au premier abord, mais je suis sûr que tu seras à la hauteur. Tu n'étais qu'une toute jeune femme quand tu as dû prendre soin de ton père et bouleverser ta vie pour lui. Je suis convaincu qu'être mon épouse te sera beaucoup moins difficile. Et souviens-toi : ce n'est qu'un rôle temporaire qui plus est...

En le voyant se lever et s'avancer vers elle, elle retint son souffle. Sans dire un mot, il pencha son visage vers le sien et l'embrassa.

Quand il releva la tête, ils se regardèrent longtemps en silence. Ce fut Maddie qui rompit le charme de l'instant.

— Pourquoi as-tu fait cela ? finit-elle par bégayer.

— Simple exercice d'entraînement. Il faut que tout le monde croie à ce mariage, Maddie...

À partir de cet instant, les événements s'enchaînèrent de manière inexorable. Quand ils quittèrent l'hôtel, le lendemain matin, une meute de journalistes les attendait sur le perron.

— Que se passe-t-il ? demanda Maddie.

— Mon service de presse a fait savoir aux personnes autorisées que notre liaison s'était transformée en un engagement plus... sérieux.

Lorsqu'ils arrivèrent dans un aéroport privé et qu'elle découvrit le somptueux jet appartenant au royaume de Montegova, elle se répéta mentalement que tout cela n'était qu'un jeu.

À peine avait-elle pris place à bord que Remi s'éclipsa avec une poignée de conseillers et qu'un homme âgé se présenta à elle en tant que spécialiste de l'histoire de Montegova chargé de lui enseigner tout ce qu'elle devait savoir afin d'exercer au mieux ses futures fonctions officielles.

Dans les heures qui suivirent, elle apprit que seuls les ancêtres directs de Remi et leurs épouses avaient gouverné Montegova. C'est alors que les paroles de Remi lui revinrent à l'esprit : « Il faut que tout le monde croie à ce mariage, Maddie... »

Cela signifiait-il qu'il avait l'intention d'avoir un enfant ? Avec elle ?

Elle en était là de ses réflexions quand Remi la rejoignit. Il congédia rapidement le vieil homme, puis demanda :

— Qu'est-ce qui ne va pas ? On dirait que tu as vu un fantôme.

— Je viens de découvrir que seuls les héritiers directs pouvaient accéder au trône de Montegova. Cela signifie-t-il que...

— Mes enfants seront amenés à régner un jour, oui, acheva-t-il à sa place. Ce qui signifie que la loi m'oblige à consommer mon mariage pour qu'il soit légitimement reconnu. Mais quand je te conduirai dans mon lit la nuit de notre mariage, ce ne sera pas pour te faire un enfant...

Cette déclaration pourtant censée détendre l'atmosphère ne fit qu'intensifier la douleur qui lui vrillait le cœur. Loin de les réunir, ce mariage ne ferait que les séparer davantage, Remi et elle, elle en était certaine...

La vague de froid qui la submergea était toujours présente au moment de l'atterrissage, où les attendait un important comité d'accueil. On les conduisit ensuite en cortège jusqu'à Playagova, la capitale. Au moment où ils arrivèrent au palais, un bâtiment grandiose, Maddie avait le cœur qui cognait à grands coups dans sa poitrine.

Elle sentit alors les longs doigts de Remi se poser sur les siens, faisant naître une onde de chaleur dans tout son corps. Depuis qu'il avait mentionné leur nuit de noces, des images érotiques se succédaient dans son esprit, refusant de disparaître.

Pourtant, ce n'était pas du tout le moment de penser à cela. Bientôt, il la présenterait à sa mère, la reine Isadora, et si elle voulait faire bonne impression, un minimum de préparation s'imposait.

Elle prit une profonde inspiration puis, tournant la tête, croisa son regard confiant. Comme s'il avait deviné son inquiétude, Remi dit simplement :

— Sois toi-même et tout ira bien...

Une heure plus tard, une élégante porte à double battant s'ouvrit devant eux et un majordome s'avança à leur rencontre.

— Sa Majesté est prête à vous recevoir, annonça l'homme.

La salle à manger contenait une table assez grande pour trois douzaines de personnes. La reine de Montegova était assise à une extrémité. Ses yeux pareils à ceux de Remi les suivirent tandis qu'ils s'approchaient, et Maddie eut l'impression qu'ils lisaient en elle comme dans un livre ouvert.

— Mère, quel plaisir de vous voir ! dit Remi en se penchant pour l'embrasser.

La reine Isadora posa sur son fils un regard froid, puis elle se tourna vers Maddie qui, comme l'exigeait le protocole royal, fit une révérence.

— C'est un honneur de vous rencontrer, Votre Majesté, murmura-t-elle.

— Elle a des manières... C'est déjà quelque chose, ironisa la reine.

— Mère ! gronda Remi.

Isadora se tourna brusquement vers lui.

— Ce n'est pas comme cela que les choses auraient dû se dérouler. Quand je t'ai envoyé en Angleterre pour régler le problème de son frère, je m'attendais à davantage de circonspection. Au lieu de ça, tu es revenu avec elle...

— Votre Majesté, je vous serais très reconnaissante de ne pas parler de moi comme si je n'étais pas là.

Deux paires d'yeux stupéfaits se tournèrent vers elle.

C'est la reine Isadora qui prit la parole en premier.

— Vous avez du caractère, jeune fille. Cela aussi, je vous l'accorde.

— Que m'accordez-vous d'autre, Votre Majesté ? Si nous devons former une famille, j'aimerais savoir comment ne pas vous offenser.

— Ne nous précipitons pas ! Vous n'êtes pas encore tout à fait de la famille.

— Mais elle le sera. J'ai pris ma décision, déclara Remi.

À ces mots, la reine pâlit, puis un silence de mort s'installa dans la grande salle à manger. Ensuite, contre toute attente, la reine Isadora laissa échapper un profond soupir et hocha longuement la tête.

— Très bien, très bien, finit-elle par déclarer, si c'est ton choix, mon fils, je l'accepte...

Hélas, son épreuve était loin d'être terminée, Maddie ne tarda pas à le découvrir. Pendant les deux heures que dura le repas, la reine l'interrogea sur tout, depuis les animaux de compagnie qu'elle avait eus dans son enfance à la désertion de sa mère, en passant par la dépression de son père.

Elle sortit de cette entrevue étrangement libérée, soulagée d'avoir pu enfin se décharger du lourd fardeau des secrets honteux de sa famille...

Pourtant, elle n'était pas encore tirée d'affaire, loin de là, songea-t-elle tandis que Remi l'escortait dans sa suite. Elle devait à tout prix se protéger de lui, et la petite voix qui, dès leur première rencontre, lui avait soufflé de ne pas s'approcher de lui, était devenue assourdissante : *Tu dois à tout prix éviter de tomber amoureuse de lui.* Et c'est exactement ce qu'elle avait l'intention de faire, aussi longtemps que ce mariage d'opérette durerait !

8

Maddie lisait le bulletin de santé de son père quand Remi entra dans le grand salon attenant à sa suite. Comme cela s'était produit régulièrement au cours de ces cinq dernières semaines passées à Montegova, elle sentit un puissant trouble l'envahir à la vue de cet homme à la virilité éclatante, dont la démarche féline et la bouche sensuelle suscitaient en elle un élan de plus en plus difficile à refréner.

Les pensées réconfortantes sur les progrès de son père cédèrent la place à une tension familière tandis que Remi la fixait de son regard intense. Scrutant son visage, Maddie y reconnut aussi d'autres expressions qu'elle aurait préféré ne pas voir…

Dès l'instant où ils avaient atterri à Montegova, Remi avait pris ses distances, la traitant avec une certaine froideur et, chaque jour qu'elle passait au palais, elle se rendait compte à quel point Remi avait aimé et chéri Céleste.

Depuis son appartement dans l'aile est où personne ne pénétrait jamais jusqu'à la jument Isabelle bouchonnée avec amour chaque jour mais que personne ne montait jamais, Remi n'avait pas seulement érigé un sanctuaire en hommage à Céleste, il s'était également entouré de souvenirs de son amour perdu.

Chaque nouvelle découverte que Maddie faisait à ce sujet déclenchait une douleur fulgurante dans son cœur, une douleur d'autant plus insupportable qu'elle tentait de nier son pouvoir sur elle.

— Je ne pensais pas te revoir aujourd'hui, dit-elle en posant le bulletin.

Pendant la première semaine, Maddie avait été grisée par l'euphorie provoquée par l'annonce de leur mariage et par le flot incessant de cadeaux venus des autres coins du royaume pour célébrer leurs fiançailles.

Mais cette euphorie s'était vite dissipée quand elle avait compris – et constaté – que l'homme qu'elle s'apprêtait à épouser ne partageait pas l'enthousiasme de son peuple, et que l'attention qu'il prodiguait à sa future épouse quand ils étaient en public n'était qu'une mascarade.

En réalité, Remi la fuyait dès qu'il en avait l'occasion.

— Ceci appartenait à ma grand-mère, qui l'a porté le jour de son mariage, dit-il en sortant de sa poche un écrin de velours bleu.

— Pourquoi fais-tu cela ? demanda Maddie. Pourquoi m'épouses-tu si cela te chagrine à ce point ?

Il se raidit.

— Ai-je besoin de te rappeler mes raisons une fois de plus ?

— Je sais que tu le fais pour ton peuple, mais...

— Tu crois que je ne souhaite pas ce mariage ? coupa-t-il.

— En effet, répondit-elle avec audace. Je pense que tu donnerais n'importe quoi pour que la femme que tu épouses – moi, en l'occurrence – soit quelqu'un d'autre. Dis-moi que j'ai tort !

Il pâlit, puis répondit d'une voix blanche :

— Ce raisonnement est inutile et nous fait perdre notre temps. Le passé est le passé, on ne peut rien y changer.

Elle se leva pour lui faire face, et répondit :

— Et pourtant, tu laisses le passé te dicter ton avenir. Si tu n'as pas encore fait ton deuil, attends avant de t'engager de nouveau. J'ai rencontré ton peuple. Il comprendra que tu aies besoin de temps pour...

Ses mots s'évanouirent lorsqu'il jeta l'écrin sur le siège qu'elle venait de quitter pour lui saisir les épaules.

— Nous avons conclu un accord. Si c'est ta façon d'essayer de te défiler, réfléchis bien !

— J'essaie...

Elle reprit son souffle avant d'ajouter :

— Personne n'ose parler d'elle, ni prononcer son nom à voix haute de crainte de te chagriner. Tout le monde chuchote.

— Quoi ?

— Tu m'as bien entendue.

Ses yeux se plantèrent dans les siens, comme pour la mettre en garde.

— Tu fouilles dans des histoires qui ne te concernent pas.

Elle eut un rire amer.

— Ah bon ? Tu crois vraiment que cela ne me concerne pas ?

— Tout à fait.

Elle serra les poings, mais sa douleur était toujours là.

— Je ne suis pas un robot dénué de sentiments. Je ne pourrai pas jouer la comédie éternellement.

— Est-ce une menace voilée ?

Elle soupira.

— Non, mais je me demande si cette union que toi et ton peuple appelez de vos vœux ne risque pas de vous décevoir quand vous vous rendrez compte qu'elle n'est pas ce que vous attendiez...

— Tu oses me dire comment veiller au bien-être de mon peuple ? gronda-t-il.

— J'essaie de te donner une nouvelle perspective. Tu ne devrais pas rejeter d'emblée les méthodes de ta mère. On ne sait jamais, tu pourrais trouver sur sa liste une femme que tu finiras par aimer...

— Parce que tu crois que je ne t'aime pas ?

Sa poitrine se serra quand elle répliqua :

— As-tu vraiment besoin que je réponde à ça ?

Il la dévisagea pendant quelques secondes interminables, puis prit ses lèvres en un baiser fougueux, presque violent ; D'une main, il lui agrippa la taille tandis qu'il plongeait l'autre main dans ses cheveux pour approfondir encore son baiser.

Ils étaient tous les deux haletants quand Remi finit par s'écarter d'elle. Sans la lâcher du regard, il souffla :

— Je n'ai peut-être pas de sentiments envers toi, mais je ne désire personne d'autre que toi. Tu comprends ?

Elle aurait voulu y croire, car elle ressentait elle aussi cet élan qui la poussait vers lui. Hélas, elle en était incapable.

— Ce n'est que du sexe, dit-elle d'une voix tremblante.

— C'est plus que ce que partagent la plupart des gens.

— Et quand... le désir sera éteint ?

— Eh bien, nous mettrons en place une coexistence pacifique.

— Ne me dis pas que cela te suffira ! lança-t-elle, presque furieuse, en se dégageant de son étreinte.

— Pour le bien de mon royaume, il vaudra mieux que je m'en accommode. Quant à toi, je te déconseille de revenir sur notre accord.

Avant qu'elle puisse répondre, il désigna du regard le dossier médical posé sur la chaise.

— Pour ton père, ça évolue bien, n'est-ce pas ?

— Oui.

— Pourquoi ne pas décider que sa santé est ton objectif principal, dans ce cas ?

Mais... Et moi ? Qu'en est-il de mon cœur ? De mon désir profond ?

Les mots restèrent bloqués dans sa gorge alors qu'il lui montrait l'écrin de velours.

— Porte ce collier demain, à l'église. Cela me ferait très plaisir, dit-il avant de quitter la suite.

Le lendemain matin, Maddie vit se présenter à sa porte une armée d'assistants venus l'aider à se préparer pour la cérémonie du mariage. Ils s'acquittèrent de leurs tâches avec une efficacité discrète, des sourires aimables et une excitation bien maîtrisée. Hélas, cela ne suffit pas à vaincre son trac car ce mariage, quoi qu'on en dise, n'était pas un mariage comme les autres. Elle s'apprêtait à épouser le prince héritier de Montegova – un homme qui allait monter sur le trône quelques semaines plus tard...

Quand on l'aida à passer sa robe de mariée, elle en eut le souffle coupé. Elle l'avait choisie parmi la vaste sélection présentée par les meilleurs stylistes du royaume, quelques jours après l'annonce des fiançailles, et l'avait tout de suite adorée. Toute de soie et de dentelle rebrodée de diamants, elle était légèrement décolletée et lui arrivait aux genoux. Dans le dos, la coupe élégante formait un V profond de la nuque à la taille, qui serait recouvert par le traditionnel voile de dentelle.

Elle esquissa un sourire tandis qu'on lui présentait la boîte contenant le collier de mariage de la grand-mère de Remi. Des murmures admiratifs s'élevèrent derrière elle quand le « clic » du fermoir retentit et que les deux rangs de diamants scintillèrent à son cou.

Maddie cligna des yeux en découvrant son reflet dans le miroir. Elle s'était réveillée ce matin dans une profonde solitude, après avoir passé une bonne partie de la nuit à mouiller de larmes son oreiller. Elle aurait tant souhaité que son père soit à ses côtés en ce moment solennel où elle allait unir son destin à celui de Remi... !

Elle prit sur une table de chevet la lettre que celui-ci lui avait envoyée et la relut.

Chère Maddie,

Ces dernières années ont été difficiles pour nous tous, mais surtout pour toi. Je n'ai pas été là pour te soutenir et je t'ai laissé tomber.

Mon but n'est pas de te demander pardon, mais d'exprimer ma fierté d'avoir une fille telle que toi, ma joie de voir tes réussites dans la vie et mon admiration devant ta force.

Mon seul regret aujourd'hui est de ne pas pouvoir être à tes côtés pour t'accompagner jusqu'à l'autel.

Je te souhaite un long mariage heureux et fructueux, ma chérie.

Quant au pardon... Peut-être qu'un jour je te le demanderai.

Quand je serai assez fort et assez digne pour mériter d'être à nouveau ton père.

Pour l'instant, je t'envoie tout mon amour,

Papa.

Celle lettre lui avait déchiré le cœur. Et elle se sentait si seule, aujourd'hui. Pour éviter d'autres scandales, Remi avait insisté pour qu'elle dise la vérité sur sa situation de famille. Elle avait donc envoyé un communiqué de presse pour expliquer que son père était en cure de désintoxication. La nouvelle avait été très largement commentée mais, son passé n'étant plus un secret désormais, elle pouvait entrer dans l'église la tête haute.

Maddie fut stupéfaite de découvrir, près de la voiture qui l'attendait, la silhouette d'un homme ressemblant comme deux gouttes d'eau à Remi.

Il lui tendit la main et baisa la sienne avec élégance.

— Je m'appelle Zak, dit-il. Mon frère m'a dit que vous pourriez avoir besoin de mes services pour vous conduire jusqu'à l'autel.

— Ravie de vous rencontrer, Zak, mais vous n'êtes pas obligé de faire cela, bredouilla-t-elle.

— Mon offre n'est pas complètement altruiste. En vérité, j'avais très envie de connaître ma future belle-sœur avant qu'elle n'épouse mon frère. Alors, on y va ?

Maddie prit une profonde inspiration et essuya une larme.

— Merci...

Quelques minutes après s'être installée à côté de lui dans la voiture, elle sentit sa nervosité grandir tandis que la foule rassemblée pour assister à la cérémonie s'inclinait sur leur passage.

Zak eut la gentillesse de lui faire la conversation pendant qu'ils progressaient vers Duomo Montegova, la cathédrale du XVIe siècle réservée aux cérémonies royales.

Maddie souriait en faisant des signes de la main, tout en s'efforçant d'oublier qu'elle s'apprêtait à épouser un homme qui, elle le savait, ne l'aimerait jamais.

Elle comprit qu'elle avait échoué lorsqu'elle vit Remi, debout devant l'autel. Son costume gris sur mesure, impeccable, mettait en valeur son corps imposant. Soudain, tout disparut : les demoiselles et les garçons d'honneur, les fleurs, les vitraux somptueux... Elle n'avait plus d'yeux que pour Remi, qui prit sa main et posa sur elle son regard brillant d'une détermination farouche.

— Tu es sublime, murmura-t-il, visiblement ému.

Ces mots semblaient sincères, mais elle ne put s'empêcher de penser qu'il aurait aimé les dire à une autre. Derrière son voile, elle tenta de déchiffrer l'expression de son regard – en vain.

Serait-ce cela, sa vie, désormais ? Passerait-elle son temps à chercher des signes indiquant que Remi ressentait pour elle autre chose que ce que lui dictaient son sens du devoir et ses obligations ?

Le prêtre toussa discrètement et, comme un automate, elle répéta les mots qu'elle avait appris avec soin la semaine précédente. Mais, à l'idée que cette fois, ses vœux l'engageraient pour le reste de sa vie, elle ne put s'empêcher de trembler sous sa robe de dentelle.

— Je te prends, Remirez Alexander Montegova, pour époux...

Le murmure de soulagement qui parcourut la foule lui confirma qu'elle n'était pas la seule à être nerveuse, en cet instant. À son tour, Remi prononça ses vœux d'un ton solennel, sans hésitation, puis glissa l'alliance à son doigt. Elle retint son souffle quand, de l'index, il souleva son voile, avant d'incliner la tête pour sacrifier à une tradition séculaire...

Son baiser fut doux mais bref, et, dès que ses lèvres se séparèrent des siennes, il passa un bras autour de sa taille et murmura :

— Bravo, tu as admirablement bien joué. Ce n'était pas si difficile, n'est-ce pas ?

Elle lui sourit sans répondre, incapable de prononcer un seul mot. À son annulaire, la bague de platine et de diamant semblait peser une tonne. Cependant, elle garda le sourire durant tout le banquet, qui fut interminable, jusqu'à la dernière danse.

Lorsqu'elle regagna sa suite pour se changer avant de partir en lune de miel au palais d'Ambre – la résidence que le grand-père de Remi avait offerte à ce dernier – elle avait tant souri que les muscles de ses joues étaient douloureux.

Lors de la réception, elle avait à peine touché aux mets fabuleux qui avaient été servis et n'avait pris que quelques gorgées du champagne millésimé. Heureusement, personne n'avait paru remarquer son manque d'appétit.

— Tout va bien, Votre Altesse ?

Maddie sursauta en s'entendant appeler par son nouveau titre, et répondit simplement :

— Oui, merci.

Encore un peu de patience. Ensuite, il faudra te préparer pour la nuit...

De nouveau, elle se sentit nerveuse. Et cela n'avait rien à voir avec l'imminente promenade en montgolfière prévue avec Remi, un événement qui marquerait la fin de leur cérémonie de mariage. Oui, son mari la désirait. Assez pour ignorer son inexpérience ? Et pour combien de temps ?

Elle réussit à chasser ces questions de son esprit un temps, jusqu'à ce qu'elle se retrouve de nouveau face à Remi. Il s'était changé et avait passé un costume bleu marine, assorti d'une chemise blanche immaculée et d'un nœud papillon en velours. Impeccablement coiffé et rasé, il était l'image parfaite de la séduction lorsqu'il prit sa main pour la conduire jusqu'au ballon géant frappé du blason royal de la maison de Montegova.

De l'autre main, elle souleva sa robe du soir en lamé or, et se joignit à son *mari* pour saluer leurs invités avant de monter dans la nacelle.

Tous ses sens s'enflammèrent lorsque Remi fit signe au technicien de la montgolfière. Quelques minutes plus tard, ils s'envolaient dans le ciel, une coupe de champagne millésimé à la main.

Le spectacle en dessous d'elle était époustouflant. Une seule chose aurait pu encore ajouter à la magie de l'instant : l'amour de l'homme qui se trouvait à ses côtés.

— Combien de temps dure le vol ? demanda-t-elle pour détendre l'atmosphère, soudain électrique.

— Moins d'une heure.

— Je suis surprise que ce mode de transport te soit autorisé. Tes gardes du corps doivent être contrariés de ne pas pouvoir te suivre.

— Ils sont tout près, dit-il en jetant un regard par-dessus son épaule.

Elle remarqua qu'un hélicoptère les suivait de loin, si discret qu'ils ne l'entendaient pas.

— As-tu déjà connu la véritable intimité ?

Il haussa les épaules.

— Je préfère les laisser faire leur travail. Ils savent ne pas s'imposer. Durant les cinq prochains jours, ils ne s'approcheront pas plus près.

— Tu veux dire que le palais d'Ambre a son propre service de sécurité ?

Il leva son verre et prit une gorgée avant de répondre :

— Ça t'intéresse vraiment de le savoir ?

— Oui. Pourquoi demander, sinon ?

— Pour éviter d'aborder un sujet plus délicat, peut-être...

Dans une tentative folle pour calmer ses nerfs, elle prit une longue gorgée de champagne, mais ses mains se mirent à trembler lorsqu'elle vit les yeux de Remi briller : il n'essayait pas de cacher son désir pour elle.

— De quoi veux-tu parler ?

— Du fait que je te ferai mienne dès cette nuit, répondit-il avec calme.

Le timbre profond de sa voix, plus grisant que le champagne, envahit tout son être et, quand sa main se referma sur la sienne, elle ne put s'empêcher de frémir.

— Je préférerais que tu ne boives pas trop.

— Ce n'est pas le cas ! protesta-t-elle.

— Tu as à peine touché à ton assiette.

— Essaierais-tu de me gâcher mon plaisir ?

Il fixa longuement sa bouche.

— Le seul plaisir que je veux que tu éprouves, c'est celui de me sentir enfoui au plus profond de toi. Je n'en tolérerai pas d'autre.

Troublée à l'extrême, elle fut incapable de riposter. N'aurait-elle pourtant pas dû s'indigner ?

Comme ils entamaient la descente, un feu d'artifice éclata dans le ciel qu'un magnifique coucher de soleil peignait de rose et d'orange. Émerveillée, Maddie enlaça la taille de Remi et resta ainsi lovée contre lui jusqu'à ce que les flèches du palais d'Ambre se dressent à l'horizon.

Plus petit que le siège officiel de la monarchie, il n'en était pas moins superbe. Mais au moment où la montgolfière atterrit sur le gazon d'un magnifique parc, Maddie n'avait qu'une seule pensée en tête : offrir sa virginité à son mari, sans crainte ni regret.

9

Remi ralentit le pas pour s'accorder à celui de sa nouvelle épouse tandis qu'ils arpentaient les couloirs de son palais préféré. Malgré la curiosité qu'elle manifestait depuis leur arrivée pour tout ce qui les entourait, le frémissement de ses doigts dans sa main trahissait son appréhension. Il pouvait se dépêcher d'en finir, pour calmer son inquiétude, ou encore... se tenir éloigné d'elle pour cette nuit.

Non.

Ce n'était pas une bonne idée. Ce mariage devait être consommé. De toute façon, s'il ne le faisait pas... il risquait de devenir fou.

Comme elle avait l'air un peu pâle, il ralentit encore l'allure.

— Depuis combien de temps ce palais est-il dans ta famille ? demanda-t-elle une fois qu'ils se furent assis dans le salon le moins formel de la maison.

— Mon arrière-grand-mère l'a fait construire et offert en cadeau de mariage surprise à mon arrière-grand-père.

— Et il a apprécié sa surprise ?

— Selon les historiens, il y est resté au moins six mois... Pour son premier séjour !

— Cela ne m'étonne pas. Cet endroit est d'une beauté époustouflante.

En la regardant effleurer du doigt le cristal ambré d'une lampe, il eut une bouffée de désir telle qu'il ne put s'empêcher de prendre de nouveau sa main pour la porter à ses lèvres.

— Je te ferai faire une visite plus complète plus tard, dit-il, conscient que sa voix était plus rauque, tout à coup. Pour l'instant, nous avons mieux à faire...

Sans attendre sa réponse, il la souleva dans ses bras et emprunta l'escalier menant à sa chambre.

— Qu'est-ce que tu fais ? Je peux très bien marcher ! protesta-t-elle.

Il resserra son étreinte autour d'elle.

— Non, cela fait partie de la tradition, ici, à Montegova.

Il s'arrêta sur la dernière marche de l'escalier et prit le temps de l'admirer. Comme il scrutait son ravissant visage, une petite voix lui souffla qu'il devait faire *plus*. Depuis quelque temps, il l'avait tenue à distance parce qu'il s'attendait à ce qu'elle trouve une faille, un moyen de dénoncer leur accord. Il avait proféré des menaces voilées, l'avait laissée livrée à elle-même alors qu'il aurait pu lui accorder un peu plus de son temps et de son attention.

Il avait remarqué son hésitation avant qu'elle prononce ses vœux, et cela l'avait fortement déstabilisé. S'il voulait que ce mariage fonctionne, il devait faire... plus. Il avait négocié des accords commerciaux au plus haut niveau et se targuait d'être un bon diplomate. Alors pourquoi l'idée de s'engager davantage dans le contrat qu'il avait passé avec Maddie le troublait-il à ce point ?

Il reprit son souffle et dit avec franchise :

— Je te désire, Maddie. Plus encore maintenant qu'il y a une demi-heure ou au moment de notre première rencontre.

Il promena sur elle ses yeux assombris.

— Veux-tu que je te le prouve ?

Son hochement de tête fut timide, un peu hésitant, mais il fit courir le feu dans ses veines. Sitôt la porte de sa chambre refermée derrière eux, sans même poser Maddie, il prit sa bouche et, quand elle mêla sa langue à la sienne, il faillit perdre le contrôle.

Il l'avait à peine lâchée qu'il glissa les doigts dans son

chignon et pencha son visage vers elle, incapable d'attendre une seconde de plus pour goûter à sa femme.

Sa femme...

Pour la première fois depuis la tragédie, l'idée qu'une autre que Céleste puisse occuper cette place auprès de lui ne lui déchirait pas le cœur. Parce que la cérémonie s'était déroulée sans anicroche ? Ou parce que son désir physique pour Maddie atténuait la culpabilité et la douleur ? En tout cas, il avait bien l'intention d'en profiter, ne serait-ce que pour une soirée...

Il embrassa ses lèvres douces et veloutées, puis glissa sa langue plus profondément dans sa bouche tandis qu'elle laissait échapper un gémissement.

— Ça te plaît, *piccola* ? souffla-t-il contre ses lèvres.

— Hum... Oui.

— Alors attends...

Remi lui donna le plus passionné des baisers, et ne cessa que lorsqu'ils furent tous deux hors d'haleine. Puis il la poussa doucement vers le lit et, une fois qu'elle fut assise, il lui retira ses chaussures. Il sentit son pied trembler, et elle retint son souffle lorsqu'il remonta le long de ses jambes, sans quitter son visage des yeux.

— Pourquoi me regardes-tu comme ça ? demanda-t-elle d'une voix étouffée.

— Tu seras bientôt à moi. Je veux savoir ce qui te plaît.

Elle rougit.

— Est-ce que c'est grave si je dis « tout » ?

Quand il entendit cet aveu, ses mains se crispèrent légèrement sur ses genoux. Lui aussi aurait voulu tout prendre d'elle, mais en avait-il le droit sachant qu'il ne se donnerait pas entièrement ?

Chassant ces pensées obsédantes d'un signe de la tête, il fit glisser ses mains plus haut sur sa chair de soie, jusqu'à ce que ses doigts rencontrent le bord de sa culotte.

— Lève-toi et tourne-toi, *piccola*.

Elle obéit, et il se leva à son tour pour abaisser la fermeture et révéler à son regard son dos souple et délicat. Tout en déposant une pluie de baisers sur sa nuque, il la débarrassa de sa robe, puis de son soutien-gorge, avant de faire glisser le morceau de satin sur ses jambes.

Le goût de sa peau, la sensation de ses hanches nues sur ses paumes, l'odeur de son sexe le rendaient fou de désir. Délaissant son dos, il la fit doucement pivoter et happa dans sa bouche la pointe dressée d'un sein.

— Remi...

Elle gémit tandis que de la langue, il taquinait ses mamelons durcis.

Ils basculèrent sur le lit, où elle s'allongea sans dire un mot, offerte, le laissant promener son regard sur le magnifique paysage de son corps et s'attarder sur le cœur secret de sa féminité, impatient de le découvrir enfin.

N'y tenant plus, il s'agenouilla et glissa la tête entre ses cuisses pour lui prodiguer la plus intime des caresses. Très vite, il la sentit s'arc-bouter, lever les hanches vers sa bouche avant de s'abandonner à un orgasme qui secoua son corps tout entier.

Il se débarrassa à la hâte de ses vêtements, hébété par la soif qu'il brûlait d'étancher, et il déroulait un préservatif lorsqu'il l'entendit murmurer son nom :

— Remi...

Une digue se rompit en lui et, avant qu'elle puisse parler, il captura de nouveau sa bouche, désireux d'oublier les émotions trop fortes qui le traversaient. Lorsqu'il lui saisit ses poignets et les maintint au-dessus de sa tête, elle laissa échapper un cri de plaisir.

— Es-tu prête à être mienne, Madeleine ?

Elle hocha doucement la tête.

— Oui...

Avec un gémissement sourd, Remi la pénétra d'un coup de reins.

L'éclair de douleur qui la traversa lui arracha un cri. Sans réfléchir, elle libéra ses poignets et enfonça ses ongles dans les épaules de Remi.

— Doucement...

— Je ne peux pas...

— Si, tu le peux, dit-il en se retirant pour mieux entrer de nouveau en elle.

Sous ses assauts répétés, Maddie, loin de la douleur qu'elle avait éprouvée un peu plus tôt, sentit un bonheur indicible inonder son corps. Elle était persuadée que leur nuit à Londres l'avait éveillée au désir et, tout à l'heure, quand il l'avait fait jouir de sa langue, elle avait cru atteindre le sommet du plaisir.

Mais tout cela n'était rien en comparaison de ce qu'elle ressentait maintenant : sa bouche qui dévorait ses lèvres, ses mains sur son corps, son sexe qui pilonnait le sien...

— Oh... Mon Dieu !

— *Dio mio...*

Il continua de bouger en elle à un rythme de plus en plus fort, jusqu'à ce que son corps tendu à l'extrême se cabre une dernière fois tandis qu'ils s'abandonnaient tous deux à l'extase.

Pendant un long moment, seul le bruit de leurs souffles saccadés et de leurs cœurs battant à tout rompre brisa le silence de la chambre. Puis Remi se retira et roula sur le dos ; Maddie, comblée, s'étira langoureusement.

Elle était plongée dans une douce rêverie lorsqu'elle sentit deux bras puissants la soulever.

— Où m'emmènes-tu ?

— Un bon bain te fera du bien, dit-il avant de la déposer avec précaution dans une baignoire d'eau chaude parfumée au jasmin.

Maddie ne put s'empêcher de rougir lorsqu'il la rejoignit et se glissa derrière elle. Pourtant, ce qu'ils venaient de faire était bien plus intime que de partager un bain, pensa-t-elle.

Quand il enroula les bras autour d'elle, toutes les barrières qu'elle avait tenté d'ériger autour de son cœur s'effondrèrent. C'est ce qu'elle voulait. Lui. Pour toujours...

— Quelque chose ne va pas ? Tu as mal ?

— Non, tout va bien, répondit-elle.

Elle mentait. Elle n'allait pas bien. Loin de là. Elle sentait qu'elle était en train de tomber désespérément amoureuse d'un homme qui ne lui appartiendrait jamais. Terrifiée à l'idée de se trahir, Maddie garda la tête baissée quand il commença à savonner doucement son corps.

Avait-il fait la même chose avec Céleste ? Heureusement, elle résista à l'envie de lui poser la question et se détendit peu à peu sous la caresse de ses mains puissantes et douces. Quand elle se retourna, elle fut aussitôt captive de son regard sensuel posé sur ses lèvres. Levant la main, elle effleura sa bouche, son menton, l'arête de son nez patricien, ses sourcils... Il était la perfection, et elle eut envie de pleurer en songeant qu'il ne serait jamais à elle.

Mais il est là, maintenant. Il est à toi pour l'instant.

Elle passa la main sur son torse musclé et son ventre plat, hésitant à descendre plus bas lorsqu'il souffla :

— Touche-moi...

Sans un mot, elle entoura de ses doigts la peau chaude et douce de son sexe et commença à le caresser, jusqu'à ce qu'il murmure dans un souffle :

— Arrête...

L'instant d'après, il plongeait les doigts dans ses cheveux et pillait ses lèvres avec passion.

Fermement accrochée à ses épaules, Maddie gémit quand il la saisit par les hanches pour s'enfoncer une nouvelle fois en elle et la posséder, encore et encore...

La sensation de douleur qu'elle avait ressentie plus tôt avait disparu, faisant place à un plaisir décuplé. Les larmes aux yeux, elle s'arc-bouta contre lui et, très vite, ils s'envolèrent tous deux vers le septième ciel, qu'ils atteignirent dans un même cri.

Ils restèrent longtemps enlacés, et quand ils eurent retrouvé leur souffle, Maddie se prit à espérer que, peut-être, avec le temps, ils pourraient construire quelque chose ensemble. Que le plaisir partagé formerait la base d'une union plus solide, plus durable...

Perdue dans ses pensées, elle le sentit soudain se tendre contre elle. Puis il se leva et sortit de la baignoire sans un mot.

— Remi ?

Il lui fallut quelques secondes pour comprendre ce qui n'allait pas.

Oh mon Dieu !

Dans le feu de leur étreinte, ils avaient oublié d'utiliser une protection.

Remi noua une serviette autour de ses hanches et gronda :

— Comment ai-je pu être si négligent ?

— Nous l'avons été tous les deux, Remi.

— Je ne parle pas de *toi*. J'ai été négligent avec *elle*, et je me suis promis de ne plus jamais recommencer. J'ai rompu ma promesse. Avec toi.

Elle le regarda, abasourdie, comme s'il l'avait giflée.

— Tu veux parler de… Céleste ? C'est notre nuit de noces, Remi. Ça ne signifie peut-être rien pour toi, mais ça signifie quelque chose pour moi. Comment peux-tu parler de ton ex-fiancée dans un moment pareil ?

— Qu'est-ce que tu veux dire ? Te protéger est mon devoir, Maddie. Ma priorité.

Elle serra les poings pour tenter de chasser le malaise qui s'emparait d'elle et dit :

— Pouvons-nous en discuter calmement ? Entre adultes responsables et rationnels ?

Il la regarda longuement, puis acquiesça d'un signe de tête brusque.

Au sortir de la baignoire, au moment où elle se saisissait du peignoir que lui tendait Remi, Maddie fut prise d'un vertige. Remi la rattrapa juste avant que ses jambes ne se dérobent sous elle.

— *Dio mio*, gronda-t-il. Est-ce que ça va ?

Le vertige se dissipa aussi vite qu'il était arrivé et elle répondit :

— Oui, je vais bien. Lâche-moi…

— Non.

Sans qu'elle puisse protester, il la soutint jusqu'à la chambre à coucher et la fit asseoir sur le lit.

— Nous parlerons quand tu auras mangé quelque chose et pris un peu de repos.

— Non, je veux parler maintenant !

Il la toisa d'un regard impérieux qui lui rappela qu'il était le prince de Montegova, et habitué à être obéi.

— Il y a des sujets sur lesquels tu as ton mot à dire, Maddie, mais je suis responsable de ta santé et de ton bien-être, que tu as négligés ces derniers temps. Tu n'as presque rien mangé de la journée, et tu as soumis ton corps à rude épreuve aujourd'hui. Si tu souhaites avoir une discussion avec moi, fais ce que je te demande.

Elle leva le menton et répliqua d'un air de défi :

— Tu ne me crois pas capable d'avoir un échange digne de ce nom ?

— Je préférerais discuter quand la tension sera un peu retombée.

Sur ce, il décrocha le téléphone sur la table de chevet, donna quelques instructions et raccrocha.

— On va t'apporter un repas.

— Tu t'en vas ? demanda-t-elle, regrettant ses paroles sitôt qu'elles eurent franchi ses lèvres.

Son regard rivé au sien, il répondit :

— Il vaut mieux que je te laisse seule pour l'instant.

— Parce que tu ne supportes pas d'être près de moi ?

— Parce que je suis sûr que si nous dînons ensemble, tu ne pourras pas attendre la fin du repas pour me dire tout ce que tu as sur le cœur. Je me trompe ?

Il ne se trompait pas. Elle voulait se débarrasser du sujet maintenant, alors qu'il ne songeait qu'à organiser une retraite diplomatique.

— De toute façon, même si tu avais tort, je ne pourrais pas t'empêcher de partir, n'est-ce pas ?

— Non, en effet. Repose-toi, Maddie. Nous nous verrons dans quelques heures.

C'est notre nuit de noces ! voulut-elle crier, mais elle ravala ses paroles. Il n'avait pas besoin qu'on le lui rappelle, son regard sombre prouvait qu'il ne l'avait pas oublié.

Elle le regarda s'éloigner en direction de la porte, qu'il referma doucement derrière lui. Aussitôt, Maddie eut l'impression que son univers venait de basculer dans les ténèbres.

Son mari lui avait fait l'amour sans protection, la nuit de leur mariage. Et sa première pensée avait été pour sa fiancée disparue. Comment, dans ces conditions, imaginer que ce mariage ne soit pas voué à l'échec ?

Maddie se laissa tomber sur les oreillers et s'efforça de respirer calmement. Elle n'aurait jamais dû accepter de l'épouser. Elle n'aurait jamais dû signer ce pacte avec le diable.

Mais si elle ne l'avait pas fait, que serait devenu son père ?

Elle avait toujours les larmes aux yeux quand, un quart d'heure plus tard, la porte s'ouvrit doucement sur une femme d'âge mûr qui se présenta comme la gouvernante en chef, accompagnée d'une employée plus jeune qui poussait un chariot vers le lit.

Elles déposèrent un plateau de nourriture et un verre d'eau de source de Montegova sur ses genoux. En voyant leurs regards furtifs, Maddie regretta d'avoir retiré son peignoir, puis se dit que cela n'était pas plus mal, après tout. Au moins, personne au palais ne douterait que son mariage ait été réellement consommé. Elle réussit même à rougir lorsque la gouvernante ramassa sa robe négligemment jetée à terre et la déposa avec soin sur le canapé.

Elle prit un fruit, un peu de pain plat et de fromage, but le jus d'orange et un verre d'eau. Elle soupçonnait Remi d'avoir demandé à la gouvernante de s'assurer qu'elle mangeait, car cette dernière trouva un prétexte pour s'attarder et ne prit congé que lorsqu'elle eut terminé son assiette.

Laissée seule avec ses pensées, Maddie comprit soudain que ce mariage voué à l'échec pourrait bien avoir déjà des conséquences. Indépendamment ou non du fantôme de Céleste...

Si le destin en avait décidé ainsi pour elle, elle serait enceinte du futur héritier du trône de Montegova dès le lendemain de sa nuit de noces. Une chose était certaine, en tout cas : cette nouvelle ne réjouirait guère son nouveau mari, bien au contraire.

Remi arpentait son bureau faiblement éclairé, tout en réfléchissant à ce qui venait de lui arriver. Il l'avait bien mérité, et payait cher le prix de son insouciance. Comment avait-il pu se laisser aveugler par la volupté au point de commettre une erreur aussi grossière ?

Bien sûr, il n'avait pas prévu de faire l'amour à Maddie une deuxième fois, mais en quoi le fait que cela ne lui était jamais arrivé auparavant constituait-il une excuse ?

La vérité, c'est qu'il avait perdu la tête.

La beauté de Maddie, sa fougue, sa découverte émerveillée de la sensualité... Tout cela l'avait excité plus qu'il n'aurait cru possible, ce soir.

Il s'était abandonné, il avait laissé son corps prendre le pas sur sa raison. Complètement. Désormais, il fallait faire face aux possibles conséquences.

Maddie ne prenait aucune contraception.

Il avait lu son dossier médical – il savait que son nouveau médecin lui avait suggéré de ne commencer la pilule qu'après le mariage, au cas où elle la supporterait mal. La responsabilité lui incombait donc, à lui et à lui seul. Comment avait-il pu se montrer aussi imprudent ?

Il n'y aurait peut-être pas de conséquences...

Il n'y croyait guère. Il était tombé au premier obstacle et, en plus, il refusait de reconnaître qu'il n'avait pas pensé à Céleste plus d'une ou deux fois depuis son retour à Montegova. Seule Maddie avait occupé son esprit, obsédé qu'il était de vouloir la garder auprès de lui...

Parce que admettre la vérité aurait été trop douloureux ?

Oui, sans doute.

Son « oubli » de ce soir était-il en réalité un acte manqué, une façon de s'assurer que Maddie reste auprès de lui ? Il s'était pourtant juré de ne plus jamais se montrer négligent avec la santé d'autrui...

Cette pensée troublante en amena une autre, bien plus gênante encore.

La paternité. Sa nouvelle épouse pourrait bien porter le prochain roi ou la prochaine reine de Montegova... *Son enfant !* Cette réalité le frappa comme un coup de poing en plein visage, mais il fut plus déconcerté encore de se rendre compte qu'il en avait envie, et se prenait même à l'espérer...

Non. Il ne pouvait pas désirer une chose pareille, faute de le payer très cher.

Déconcerté, il se passa nerveusement la main dans les cheveux. Comme il tentait de se remémorer le visage de Céleste, il fut surpris de ne voir que Maddie, Maddie et sa colère quand elle lui avait lancé des accusations.

Cela ne devait pas se reproduire. S'il se trouvait que cette nuit était lourde de conséquences, il ferait tout ce qui était en son pouvoir pour assurer la sécurité de Maddie. Si en revanche le destin lui donnait une seconde chance, il continuerait d'aller de l'avant et veillerait à ne plus jamais baisser sa garde. C'était la seule chose à faire...

Il contourna son bureau et se laissa tomber dans son fauteuil. Quel scénario préférait-il ? Il était incapable de le dire car, dans les deux cas, il serait prisonnier. Mais il n'avait pas le choix : il fallait jouer la sécurité.

Il se massa longuement les tempes, comme pour retarder le plus possible le moment d'agir.

Puis il décrocha le téléphone.

10

Le soleil se glissait sous les lourds rideaux de soie quand Maddie ouvrit les yeux. L'anxiété, ajoutée à la fatigue de la journée du mariage, riche en émotions fortes, avait finalement eu raison d'elle et elle avait plongé dans un sommeil sans rêve juste après minuit.

Le cœur battant, elle se redressa, et vit ses pires craintes confirmées. Remi n'était pas revenu dans la chambre ou, s'il l'avait fait, il avait choisi de ne pas la réveiller.

Elle se leva péniblement, et constata que le dressing ne contenait que des vêtements appartenant à Remi. L'idée de porter de nouveau la robe qu'il lui avait enlevée la veille était au-dessus de ses forces, aussi enfila-t-elle à la hâte le peignoir qu'elle avait utilisé au sortir du bain.

Après avoir pris une profonde inspiration, elle quitta la suite et tomba nez à nez avec une domestique. De quelques années sa cadette, celle-ci lui fit une révérence et déclara :

— Votre Altesse, je vais vous escorter dans votre appartement et vous préparer pour votre petit déjeuner avec Son Altesse.

Tout à coup, Maddie, qui avait craint que Remi n'ait quitté le palais, se sentit soulagée. Elle balbutia des remerciements et suivit la jeune femme jusqu'à la seule autre porte de ce vaste couloir, qui donnait sur une suite attenante à celle de Remi. Résolument plus féminine, cette partie était décorée dans des tons ambrés, et une garde-robe complète l'y attendait.

Après une douche rapide, elle opta pour une robe de soleil

citron pâle, glissa ses pieds dans d'élégantes mules et se brossa les cheveux. Un léger fard sur les joues et une petite touche de gloss sur les lèvres, et elle était prête.

Remi était assis au bout d'une grande table en merisier, impeccablement vêtu et coiffé. À sa façon de la saluer, elle sentit qu'un gouffre infranchissable les séparait.

— Bonjour, Maddie. As-tu bien dormi ?

Elle haussa les épaules.

— Je me suis un peu reposée, oui...

Son regard vacilla, mais il garda le silence alors qu'un majordome en uniforme s'approchait. Maddie savait qu'elle rencontrerait la même résistance que la veille si elle entamait la discussion maintenant, aussi se força-t-elle à manger une tranche de pain grillé et des œufs brouillés, et à avaler une tasse de thé.

Dès qu'elle posa ses couverts, Remi se leva et déclara :

— Nous parlerons dans mon bureau.

Elle le suivit dans plusieurs couloirs magnifiquement décorés avant d'entrer dans une vaste bibliothèque dont les murs, couverts d'étagères du sol au plafond, exposaient des ouvrages reliés de cuir.

Mais elle n'était pas là pour lire. Elle était là pour discuter, pour tenter de sauver son mariage.

Elle cacha son trac quand Remi ferma la porte et se dirigea vers la fenêtre, jetant un bref coup d'œil au-dehors avant de lui faire face.

— Ce qui s'est passé hier soir ne doit plus jamais se reproduire, dit-il en préambule.

Elle se laissa tomber dans le siège le plus proche.

— Il est trop tard pour demander l'annulation du mariage, Remi, répondit-elle d'un ton qu'elle voulait léger mais qui sonna étrangement faux.

Il pinça les lèvres.

— Ce n'est pas tout à fait la ligne de conduite que j'ai l'intention d'adopter.

— Alors éclaire-moi, je t'en prie...

— Je suis conscient que les préparatifs du mariage ont été éprouvants pour toi. Maintenant que tout est terminé, nous pouvons nous détendre un peu.

— N'est-ce pas à ça que sert une lune de miel ?

Il acquiesça d'un signe de tête.

— Je te propose de la prolonger, si tu le souhaites, en restant ici, au palais d'Ambre. C'est là que ma mère a choisi de vivre quand elle était enceinte de moi.

— Tu veux dire que... je resterais ici toute seule et que tu retournerais au Grand Palais ? demanda-t-elle, alarmée.

— Oui, répondit-il.

— Nous sommes mariés depuis vingt-quatre heures à peine et déjà tu veux que nous nous séparions ? Parce que, soyons clairs, c'est ce que tu proposes, n'est-ce pas ?

— Madeleine...

Elle leva la main.

— N'essaye pas de reformuler cela en termes diplomatiques. Nous avons fait l'amour sans protection et maintenant tu as peur...

Il prit une longue inspiration, avant de reprendre la parole :

— Disons que... je mets en place des garde-fous.

— En me bannissant ? rétorqua-t-elle, amère.

Une ombre passa sur son visage, mais il tint bon.

— Nous continuerons à nous voir, mais nous ne vivrons pas sous le même toit.

Elle se leva, incapable de rester assise plus longtemps.

— De quoi as-tu si peur, Remi ? demanda-t-elle soudain.

Pendant longtemps, il garda le silence, puis il reprit la parole :

— Ce qui est arrivé à Céleste était ma faute, avoua-t-il, d'un ton dépourvu de toute émotion.

— Comment ça ?

— Elle souffrait de migraines depuis des mois avant notre mariage. Les médecins avaient recommandé des examens, mais elle m'avait supplié de l'emmener en voyage d'affaires avec moi. J'étais réticent, mais elle m'a convaincu et je suis allée à l'encontre des conseils de ses médecins. Les maux de tête ont empiré durant notre voyage, et elle a été victime d'une rupture d'anévrisme en plein vol de retour. Si elle était restée à la maison, ou même revenue un jour plus tôt, les médecins auraient peut-être pu la sauver...

Choquée par ce récit, Maddie prit le temps de réfléchir avant de répondre :

— Comment peux-tu t'en vouloir pour ça ? Vous ne pouviez pas savoir ce qui se passerait. Et puis, Céleste voudrait-elle vraiment que tu vives un enfer sans fin parce qu'elle n'est plus là ?

— Quel est l'intérêt de souffrir si on n'en tire aucun enseignement ?

— Apprendre de ses erreurs est une chose, s'interdire toute expérience nouvelle en est une autre.

— *Dio mio.* J'essaie de te protéger, Maddie ! s'écria-t-il d'un ton dur.

— Tu ne peux pas maîtriser l'avenir, Remi. Personne ne le peut. Tu crois me protéger, mais tu ne fais que t'empêcher de vivre une existence bien remplie, heureuse. Et ce n'est pas ce que je veux pour moi.

Les yeux de Remi s'étrécirent.

— Qu'est-ce que ça veut dire ?

— Ça veut dire que tu ne peux pas me garder en cage, même si tu es persuadé d'avoir de bonnes raisons de le faire.

— Tu es une princesse maintenant et, dans quelques semaines, tu seras ma reine. Que cela te plaise ou non, ton nouveau statut t'impose de nouvelles contraintes. Tu ne peux pas faire tout ce que tu veux, vivre tes rêves...

— Mais je n'ai pas non plus l'obligation d'être malheureuse, de m'enfermer dans ce palais. Pourquoi vivre loin de toi ? Loin des yeux, loin du cœur, c'est ça... ?

Il se passa la main dans ses cheveux, puis répondit :

— *Dio !* Tu te rends compte que tu es peut-être enceinte ?

— Et alors ? La grossesse n'est pas une peine de prison, que je sache.

— Mais cela comporte des risques.

— C'est vrai, comme la vie elle-même. J'en ai fait l'expérience, mais je suis toujours là. Toujours en vie. Et si je ne suis pas enceinte ?

Il pinça les lèvres.

— Toute contraception a ses failles. Et puisque j'ai prouvé que je ne savais pas me contrôler avec toi, il vaut mieux que...

— Tais-toi ! lança-t-elle, redoutant la suite.

Son visage se ferma complètement.

— N'oublie pas à qui tu t'adresses, Maddie. Il est inutile de discuter avec moi. Ma décision est prise : notre mariage nécessitait d'être consommé pour être valide. Maintenant que nous avons fait notre devoir, il n'y aura plus d'intimité entre nous.

Entre la fureur et le désespoir, Maddie planta ses yeux dans les siens.

— Très bien, Votre Altesse, dit-elle avec ironie. Puisque tu n'as pas besoin de ma permission pour disparaître, je suppose que si je ne te vois pas dans les heures ou les jours qui viennent, c'est que tu seras parti.

— Maddie...

— Et puisque cette discussion est terminée, permets-moi d'aller faire connaissance de ma nouvelle résidence. Je suppose que ton offre de me faire visiter les lieux ne tient plus ?

Il acquiesça.

— J'ai du travail.

— Alors je ne te retiens pas, répondit-elle avec raideur.

Durant un long moment, il la fixa sans bouger, puis hocha la tête d'un air impérieux avant de tourner les talons pour quitter la bibliothèque.

Maddie se laissa tomber sur le canapé, le souffle court. Et quand, une demi-heure plus tard, elle entendit un hélicoptère atterrir puis repartir, elle ne put s'empêcher d'éclater en sanglots.

Elle ne revit pas Remi pendant trois longues semaines : même s'il rentrait tard un soir sur deux, il repartait dès le lendemain matin.

Maddie tenta de combattre son désespoir en explorant

chaque recoin de sa nouvelle maison. Après avoir visité toutes les pièces du palais d'Ambre, elle passa des heures dans le labyrinthe, puis découvrit les écuries remplies de pur-sang, d'étalons et de deux juments. Comme elle ignorait si elle était enceinte, elle se contenta de les admirer de loin.

Se tenir occupée l'empêchait de s'adonner à un passe-temps malsain : surfer sur Internet et sur les réseaux sociaux pour voir ce qu'on racontait au sujet de Remi et de sa famille. La fièvre du mariage s'étant apaisée, les gens se tournaient maintenant vers le couronnement à venir. Et Remi semblait complètement impliqué dans les préparatifs, effectuant des visites dans les grandes villes du royaume.

Ses réponses énigmatiques lorsqu'on lui demandait où se trouvait son épouse commençaient à alimenter les ragots. Un bébé royal était-il déjà en route ?

Aussi ne fut-elle pas surprise de recevoir la visite de Remi, accompagné de son médecin. Elle se reposait sur la terrasse située à l'arrière du palais et surplombant de jolis jardins en espalier quand son hélicoptère atterrit. Incapable de s'en empêcher, elle chercha sur le visage de son mari des signes indiquant qu'elle lui avait manqué autant qu'il lui avait manqué, et prit pour une lueur de désir ce qui n'était que le reflet de son arrogance princière.

— Madeleine..., murmura-t-il en déposant un baiser sur la joue.

Son cœur frémit à ce contact, mais elle s'efforça d'afficher un air nonchalant.

— Votre Altesse...

Elle le sentit se raidir.

— Tu aurais dû m'appeler pour me dire que tu venais avec ton médecin, je t'aurais dit que c'était inutile.

— Pardon ?

Elle jeta un coup d'œil au médecin qui, derrière lui, se tenait à une distance respectueuse, et plaqua un sourire sur son visage.

— Je ne passerai pas de test. Nous serons fixés dans une semaine ou deux, de toute façon.

— Madeleine...

— Le personnel me traite déjà comme si j'étais en porcelaine, alors j'aimerais bien profiter de mes derniers instants de liberté avant d'être cloîtrée ici pendant les neuf prochains mois ! Renvoie le docteur, Remi, ou je le ferai moi-même. Et pendant que nous y sommes, je t'informe que mes bagages sont prêts. Je retourne à Playagova, avec ou sans ton accord. Je suis sûre que tout le monde a compris que cette lune de miel était terminée...

Il la regarda comme si elle était devenue folle, mais elle tint bon.

— Si c'est ce que tu veux...

— Oui, tout à fait. Merci.

Le médecin fut reconduit jusqu'à un 4x4 tandis que Maddie s'installait dans l'hélicoptère au côté de son mari. Pendant le vol de trente-cinq minutes, Remi passa plusieurs coups de téléphone, dont un particulièrement rapide.

— Quoi qu'il en soit, il faut régler ça avant de revenir à Montegova, Zak, ordonna-t-il en anglais.

Quand il raccrocha, sa mâchoire était tendue.

— Tout va bien avec Zak ? demanda-t-elle.

— Il vaudrait mieux que ce soit le cas, car j'ai trop de travail pour m'occuper de ses problèmes.

Elle haussa les épaules.

— Je ne l'ai rencontré que très brièvement, mais il semble capable de se débrouiller seul.

Pour la première fois depuis qu'il était monté à bord de l'hélicoptère, Remi leva les yeux vers elle. Elle eut le temps d'y voir une étincelle de désir, qui s'éteignit aussitôt.

— Puisque tu sembles penser que tu es à la hauteur de ton nouveau rôle, je t'informe que nous sommes invités demain soir chez ma marraine. Elle organise un dîner de précouronnement en mon honneur.

— C'est avec plaisir que je t'accompagnerai, répondit-elle avec une assurance qu'elle était loin de ressentir.

Après l'atterrissage, ils entrèrent dans le palais où ils furent chaleureusement accueillis, et Maddie sourit en acceptant plusieurs bouquets de fleurs de la part des enfants du personnel.

Même la reine Isadora s'approcha d'elle alors qu'elle allait se retirer dans sa suite.

— Bienvenue, ma chère. Vous arrivez juste à temps pour me souhaiter bon voyage.

Maddie écarquilla les yeux de surprise.

— Vous partez, Majesté ?

La reine Isadora hocha la tête avec enthousiasme, ses yeux brillant d'une joie presque enfantine.

— Première étape : la Nouvelle-Zélande. J'ai toujours voulu visiter Hobbiton.

— J'espère que vous profiterez bien de cette escapade...

— Merci, répondit la reine.

Son visage était grave quand elle pivota vers son fils, en conversation avec son assistant.

— Les choses peuvent vous paraître difficiles en ce moment, ajouta-t-elle en se tournant vers elle, mais j'ai appris que la persévérance était souvent récompensée.

— Je m'en souviendrai, répondit simplement Maddie.

La reine hocha la tête, puis s'éloigna à la hâte, la laissant songeuse.

Elle admirait un bouquet de chrysanthèmes et de pivoines tout en réfléchissant aux dernières paroles de la reine Isadora quand elle perçut près d'elle le déclic d'un appareil-photo.

Se sachant « piégée » par le photographe du palais, elle plaqua un sourire sur son visage, qui se figea sur ses lèvres quand elle croisa le regard de Remi.

Quand celui-ci baissa les yeux vers son ventre plat, elle retint son souffle un instant, dans l'espoir qu'il allait engager la conversation. Hélas, une seconde plus tard, il tourna les talons et disparut.

Elle se sentait toujours un peu mélancolique quand, le lendemain soir, elle franchit avec son mari les grilles d'une somptueuse propriété très bien gardée.

Ils étaient à peine sortis de la voiture qu'une femme mince et élégamment vêtue que Maddie n'avait vue que dans des magazines people se précipita vers eux. Stupéfaite, Maddie souffla à Remi :

— Margot Barringhall ! C'est elle... ta marraine ?

— Margot est une comtesse anglaise, mais sa mère est originaire de Montegova. C'est aussi la meilleure amie de ma mère, expliqua-t-il.

— Tu n'as pas l'air très ravi d'être ici, commenta Maddie, remarquant qu'il était soucieux.

— J'aime bien Margot, mais elle aime jouer à des petits jeux...

— Quel genre de jeux ?

— Tu verras, dit-il, énigmatique.

— Remi, mon cher, quel plaisir de te voir !

Les bras tendus, Margot l'embrassa, et son sourire s'élargit encore lorsque Remi lui rendit son étreinte.

— Maman ne m'aurait pas pardonné si je n'avais pas pris le temps de te voir avant le couronnement, dit-il.

Margot éclata de rire, mais Maddie vit son expression changer quand elle se tourna vers elle, une seconde plus tard.

— Ah, et voici la jeune mariée ! Pardonnez-moi d'être partie juste après la cérémonie, mais j'avais un engagement que je devais à tout prix honorer.

Son regard s'attarda sur son ventre plat comme elle ajoutait :

— Même si c'était si... précipité, j'aurais aimé pouvoir profiter de tout cela. Bref, bienvenue dans la famille ! Puis-je vous appeler Madeleine ?

Remi était la seule à utiliser son prénom, et elle eut soudain du mal à accorder ce privilège à qui que ce soit d'autre. Elle sourit d'un air contraint.

— Maddie me convient aussi...

— J'espère que vous vous adaptez à votre nouveau rôle ? Ça doit être intimidant.

— Cela se passe bien, merci de vous en soucier, répondit Maddie.

Le véritable sens de la question ne lui avait pas échappé : Margot ne parlait pas de son rôle de princesse, mais de la place réelle qu'elle occupait dans la vie de Remi.

Satisfaite d'avoir fait mouche, la comtesse se tourna vers son filleul.

— Viens donc prendre un verre dans le salon bleu.

Elle prit son bras, et Maddie crut un instant que Remi allait la planter là. Mais sa main attrapa la sienne au passage, et elle sentit naître un frisson dans tout con corps quand leurs paumes se touchèrent.

Elle était tellement soucieuse de ne pas laisser paraître le trouble qui s'était emparé d'elle qu'elle retint à peine les noms des célébrités et des membres de la famille royale qui honoraient de leur présence la majestueuse demeure de Margot. Mais quand celle-ci les conduisit vers un trio de femmes qui lui ressemblaient étrangement, Maddie se sentit mal à l'aise.

— Remi, tu te souviens de Charlotte ? Elle est revenue de Sydney pour accepter un poste à l'ONU. J'ai réussi à la convaincre de rentrer au pays après deux ans d'absence. Qui sait ? Elle pourrait prendre un poste ici, à Montegova.

La mère et la fille échangèrent un regard complice.

— Bienvenue chez toi ! lança Remi poliment mais avec une certaine retenue. Je suis sûr que mes ministres pourront faciliter tes démarches si nécessaire.

Charlotte cacha sa déception derrière sa coupe de champagne tandis que Remi portait son attention vers les deux autres jeunes femmes, Sage et Violet, les jumelles de la comtesse.

— Violet est aussi rentrée récemment de New York. Elle a fini son stage chez ton frère. J'ai essayé de joindre Zak pour qu'il me donne la lettre de recommandation promise, mais il n'était pas disponible, gémit Margot.

Remi semblait tendu. Avant qu'il ne puisse répondre, Violet lança :

— Tu as essayé de joindre Zak ? Je t'avais demandé de ne

pas le faire. J'ai dit que je m'en occuperais, maman, fit-elle d'un ton de reproche tandis que ses joues déjà pâles blanchissaient davantage.

Tout à coup, Maddie se rappela qu'elle avait déjà aperçu Violet, dans l'église, tandis qu'elle remontait l'allée au bras de Zak. Celui-ci avait paru nerveux en la voyant.

— Mais cette lettre est importante, ma chérie ! insista Margot. Tu as travaillé sous la direction de Zak pendant six mois et cela fait déjà deux mois que tu es rentrée à la maison. Il est temps de passer à l'étape suivante de ta carrière.

Violet rougit cette fois, puis s'éclipsa après avoir bredouillé une vague excuse.

— Ah, voici le majordome qui vient annoncer que le dîner est servi ! lança Margot en gratifiant Remi de son plus beau sourire.

Maddie la vit passer un bras sous celui de Remi, la laissant seule derrière eux. Margot Barringhall aurait-elle voulu lui signifier qu'elle n'était qu'une étrangère à ses yeux qu'elle ne s'y serait pas prise autrement. Peut-être voulait-elle aussi lui faire comprendre que c'était l'une de ses filles et non elle qui aurait dû devenir la prochaine princesse de Montegova... D'ailleurs, Charlotte Barringhall ne semblait-elle pas couvrir Remi des yeux ?

Maddie sentit l'aiguillon de la jalousie la toucher au cœur, provoquant une douleur plus forte que toutes celles qu'elle avait ressenties jusqu'alors.

Son humeur ne s'améliora pas lorsque, au cours des trois heures qui suivirent, des nausées se mirent à lui soulever le cœur, lui rendant insupportable la simple vue des plats qui se succédaient sur la table richement dressée. Le plus pénible étant que la comtesse continuait de la traiter par le mépris, saisissant de manière peu subtile chaque occasion de vanter les mérites de ses filles.

Pour sa part, Remi était l'incarnation même de la diplomatie, se contentant apparemment de laisser sa marraine faire et dire ce qu'elle voulait. Mais, de temps en temps, l'expression amusée que Maddie surprenait sur son visage enfonçait l'aiguillon plus loin encore dans son cœur.

À maintes reprises, elle se jura de ne plus regarder dans sa direction mais, comme pour la mettre au supplice, il entama une discussion en tête à tête avec Charlotte. Ils chuchotaient, et semblaient si complices qu'elle ne put s'empêcher de les observer.

Elle ne pouvait pas nier qu'ils formaient un couple remarquable, pas plus qu'elle ne pouvait nier la jalousie et le dépit qui lui déchiraient le cœur. Soudain, elle surprit le regard de Sage posé sur elle. Un regard de pitié qui ajouta encore à son désarroi. Humiliée, elle serra les doigts autour de son verre d'eau.

Heureusement, le dîner se termina peu après. Comme Remi s'approchait d'elle, elle prit une profonde inspiration afin de chasser la nausée qui l'assaillait de nouveau.

— Excuse-moi un instant, murmura-t-elle avant de se hâter vers les toilettes, consciente de son regard sur elle.

Ce n'était pas seulement l'état de son mariage qui lui donnait des haut-le-cœur, songea Maddie en observant sa mine pâle dans le miroir. Dans l'espoir d'arrêter de trembler, elle se rinça la bouche et s'efforça de prendre quelques inspirations profondes.

Comme son malaise persistait, elle s'aspergea le visage d'eau fraîche.

Si elle était enceinte – et son instinct lui criait que c'était le cas – alors le stress n'était pas bon pour son enfant à naître et il fallait l'éviter à tout prix.

Elle pensait savoir à quoi elle s'exposait en acceptant d'épouser Remi, mais la froideur de celui-ci et l'attitude méprisable de Margot l'avaient déstabilisée. Si l'on ajoutait à cela l'incertitude liée à sa grossesse…

Maddie tentait de se calmer quand la porte s'ouvrit sur Violet, qui se figea en la voyant, et baissa ses yeux mouillés de larmes.

Maddie fronça les sourcils.

— Est-ce que ça va ?

Violet se racla la gorge avant de demander :

— Est-ce que Remi vous a dit quelque chose au sujet de Zak ? Sait-il où il se trouve ?

Maddie se retint de lui avouer que Remi ne lui faisait pas de confidences, et répondit seulement :

— Non. Je suis désolée.

— Oh ! c'est très bien. Merci...

Violet sourit, puis quitta les toilettes à la hâte.

Maddie songea à lui emboîter le pas, mais une violente nausée la contraignit à s'enfermer dans les toilettes pour soulager son estomac. Elle s'apprêtait à sortir quand deux voix s'élevèrent :

— Je ne sais pas exactement où il l'a dénichée, mais tu devrais peut-être le prévenir avant qu'il ne mette le trône en péril, Margot. L'histoire de son père est tout à fait scandaleuse. Et si elle lui ressemblait ?

Margot eut un rire méprisant.

— Remi n'a pas besoin qu'on lui dicte sa conduite. Mon filleul a toujours été très raisonnable. Il se rendra bientôt compte qu'il a commis une regrettable erreur. Heureusement, le divorce est monnaie courante de nos jours, même parmi les membres de la famille royale.

Maddie se mordit le poing pour ne pas hurler.

— Es-tu sûre de ce que tu dis ?

— Absolument sûre. Il fait ça pour s'assurer d'accéder au trône. S'il est toujours marié l'année prochaine à la même date, je t'invite à déjeuner chez Claridge ! Et s'il est redevenu célibataire, alors nous pourrons fêter la future union de ma Charlotte avec le roi de Montegova...

Les deux femmes éclatèrent de rire, puis passèrent sans transition à un autre sujet de conversation tandis que Maddie, anéantie, retenait son souffle.

Cinq minutes atroces s'écoulèrent avant qu'elle ne se retrouve de nouveau seule, le cœur en lambeaux.

Elle sortit des toilettes et dut se faire violence pour retourner à la soirée. Elle ne se sentait pas capable de supporter la simple vue de Charlotte au côté de Remi. Et si Margot avait raison ?

Elle se dirigea vers une grande baie vitrée qui donnait sur

une terrasse dominant les jardins. Accoudée à la balustrade, Maddie prit une grande respiration. Elle commençait à se détendre quand elle sentit un picotement familier sur sa nuque. Aussitôt, elle se figea, incapable de se retourner pour faire face à son mari – dont elle saurait sans doute bientôt avec certitude qu'il était le père de son enfant…

Elle ne voulait pas non plus regarder la vérité en face : malgré les circonstances pour le moins insolites de leur rencontre et l'étrange accord qu'ils avaient tous deux conclu, ses sentiments pour lui ne cessaient de grandir – tout comme son angoisse de l'avenir. Si elle croisait son regard, il comprendrait tout, elle en était certaine…

— Est-ce que tu m'évites, Maddie, ou est-ce que tu t'es simplement trompée de direction en revenant vers moi ? lança-t-il d'une voix tendue.

Elle garda le regard fixé sur l'horizon tandis qu'il s'approchait, et répondit sans le regarder, les mains serrées autour de sa pochette :

— J'avais besoin de prendre l'air… Tu aurais pu m'avertir que je passerais la soirée à subir des affronts.

— Tu m'as assuré que tu étais prête à tout. Je t'ai simplement donné l'occasion d'apparaître en public.

Sa voix était assez proche pour qu'elle sente son souffle sur sa nuque.

— Eh bien, j'ai pris une bonne leçon, en effet ! Je serai mieux armée la prochaine fois.

— Retourne-toi, Maddie. Aie au moins la courtoisie de me regarder quand tu t'adresses à moi, commanda-t-il sèchement.

Priant pour ne pas perdre son sang-froid, elle obtempéra et sentit une mèche de cheveux s'échapper de son chignon et glisser contre sa joue tandis qu'elle se forçait à croiser son regard incisif.

— Dans quelle position se trouve Charlotte, sur ta liste de prétendantes ? Car elle y est, n'est-ce pas ? Pour que Margot refuse de reconnaître l'alliance à mon doigt, elle doit figurer tout en haut ! Ou tout le monde est-il déjà au courant que ce mariage est une imposture ?

Le visage de Remi se durcit.

— Parle moins fort...

— C'est tout ce que tu as à dire ? répliqua-t-elle, le cœur serré.

— Non. J'ai beaucoup plus à dire. Mais ce n'est ni le moment ni l'endroit.

Il réduisit l'espace qui les séparait et leva la main comme pour toucher sa mèche de cheveux rebelle mais, au dernier moment, il laissa retomber son bras, le poing serré.

Le cœur lourd, elle demanda :

— Trouverons-nous un jour le bon moment ?

Il s'approcha encore, et elle crut qu'elle allait flancher quand il l'encercla de ses bras et prit appui contre la balustrade.

Sa poitrine effleurait la sienne et, pendant ce qui lui parut une éternité, ils se regardèrent simplement dans les yeux, comme coupés du monde...

Le brouhaha de la fête et les conversations s'estompèrent et, tout à coup, elle ne vit plus que Remi. Quand il pencha la tête vers elle, elle retint son souffle...

Pendant un bref instant, une autre émotion, assez puissante pour la faire tressaillir, passa sur son visage légèrement rougi par le désir.

Cette expression, elle l'avait déjà surprise hier, à sa descente d'hélicoptère, et de nouveau durant son bref échange avec la reine... Elle continuait de la hanter quand il la prit par la taille et l'attira à lui.

Comme mues par une volonté propre, ses mains se posèrent sur les muscles fermes de son torse alors qu'il prenait sa bouche avec un gémissement sourd.

Il lui donna un baiser profond, dévastateur, presque féroce. Abandonnée, elle le laissa passer doucement la langue sur sa lèvre inférieure, en une caresse érotique si douce qu'elle fit courir des frissons dans tout son corps.

Elle agrippa sa nuque et se lova contre lui.

Comme si cette réaction avait encore attisé sa flamme, il

approfondit son baiser tandis que sa main se posait sur son sein. Éperdue de désir, elle lui mordilla la lèvre, et il laissa échapper un juron...

Elle était si bouleversée qu'il lui fallut un moment pour remarquer qu'il s'était raidi. Tout à coup, il s'écarta d'elle et elle sursauta, brusquement ramenée à la réalité par le rire des invités, dans la salle de réception. Mon Dieu ! Qu'avaient-ils fait ? Les avait-on vus ?

Remi fit un nouveau pas en arrière, et se recomposa une expression neutre. Mais elle perçut un soupçon de regret dans son regard, comme s'il se sentait coupable de s'être comporté avec aussi peu de retenue.

Une brise soufflait sur le jardin, et elle frissonna.

— Si nous en avons terminé avec nos obligations mondaines, pouvons-nous partir, maintenant ? dit-elle d'un air pincé.

— Bien sûr...

Son ton était neutre, et sa démarche assurée lorsqu'il la raccompagna à l'intérieur.

Ils prirent rapidement congé de leurs hôtes, et ni l'un ni l'autre ne parla durant le trajet de retour en voiture et les longues minutes qu'il leur fallut pour regagner à pied l'aile du palais qui leur était réservée. S'attendant à ce qu'il l'escorte jusqu'à la porte de sa suite, Maddie fut déçue de le voir se diriger vers des baies vitrées donnant sur un jardin.

Sa gorge se serra lorsqu'elle perçut un éclair de tristesse, dans ses yeux, vite remplacé par une expression dure, sans pitié. Quand il ouvrit la bouche pour parler, elle retint son souffle.

— Ce qu'il s'est passé tout à l'heure sur la terrasse n'aurait pas dû arriver.

Il avait parlé avec calme, mais son angoisse était indubitable. Le ventre noué, elle le regarda lutter contre ses émotions.

Il n'y avait qu'une seule raison à cela : la culpabilité.

En comprenant qu'il ne cesserait jamais d'aimer sa défunte fiancée, elle ressentit une douleur profonde, immédiatement suivie d'une bouffée de colère.

— C'était juste un baiser, Remi. Ne t'inquiète pas, tu ne brûleras pas en enfer pour ça !

Il eut un étrange rictus avant de répondre :

— Néanmoins, je t'avais donné ma parole...

— Je ne te l'ai pas demandé, alors inutile de te fustiger parce que tu es persuadé d'avoir trahi la mémoire de ta fiancée. Ou s'agit-il d'autre chose ? Se peut-il que tu aies apprécié ce baiser et que tu t'en veuilles à cause de cela ? Que tu refuses de reconnaître que ta propre femme t'excite ?

Une rage froide passa dans son regard.

— Madeleine...

Elle haussa les épaules d'un air résigné avant d'ajouter :

— Tu es un homme intelligent, Remi. Si cela ne signifiait rien pour toi, tu ne serais pas aussi affecté. Et tu ne te donnerais même pas la peine de m'en parler – encore moins d'entrer dans les détails...

Ses yeux gris plantés dans les siens, il laissa échapper un rire cruel et rétorqua :

— Tu crois savoir ce qui m'excite ?

Elle rit à son tour.

— Non, pas du tout. Je ne fais que constater des faits. Nous avons fait l'amour, et tu y as pris plaisir avant de t'éloigner aussitôt de moi. Ce soir, nous nous sommes embrassés. Visiblement, tu as apprécié l'expérience mais maintenant tu me détestes, et tu te détestes toi-même de te sentir attiré par une roturière telle que moi.

Il était immobile, et pourtant elle eut l'impression qu'il se dressait devant elle, comme pour répondre physiquement à l'affront.

— Pour te haïr, il faudrait que j'aie des sentiments pour toi, ne serait-ce qu'un peu. Or ce n'est pas le cas. Et à l'avenir, je te remercierai de ne pas chercher à me psychanalyser.

Les larmes qu'elle s'était efforcée de retenir toute la nuit menacèrent de couler tandis que la cruelle vérité se faisait jour en elle.

Pourquoi s'obstinait-elle à vouloir sauver un mariage de

circonstance, voué à l'échec depuis le début ? Désormais, le mieux à faire était d'avouer sa défaite pour limiter les dégâts.

— Ne t'inquiète pas. Il n'y aura plus d'occasion pour cela, murmura-t-elle comme une vague de tristesse la submergeait.

Elle aurait voulu disparaître, tout oublier, mais elle se força à lui faire face quand il la fusilla du regard.

— Qu'est-ce que ça veut dire ?

— Ça veut dire que je n'irai pas au match de polo de charité demain. En fait, tu n'auras plus à souffrir de ma présence pendant longtemps.

Il se raidit, mais elle se rendit compte qu'il tentait de réprimer un tremblement.

— Qu'essaies-tu de me dire exactement, Madeleine ?

Elle déglutit avec peine. Inutile de chercher à se mettre la tête dans le sable, elle était enceinte du bébé de Remi. L'héritier du trône de Montegova. L'accepter enfin l'emplit à la fois d'inquiétude et d'une joie très vive. Elle avait besoin de temps seule pour assimiler la nouvelle.

— Ce que j'essaie de te dire, c'est que tes pires craintes se sont réalisées, lâcha-t-elle soudain.

Remi pâlit, tandis que ses yeux s'assombrissaient puis se braquaient sur son ventre encore plat.

— Oui, fit-elle en réponse à sa question muette. Cela reste à confirmer, mais... Disons que mon intuition féminine me souffle que je porte ton enfant, Remi. Demain, nous le saurons avec certitude, alors il te reste une nuit pour songer à la manière dont tu veux me faire sortir de ta vie...

Sa voix se brisa sur ces derniers mots. Incapable de supporter ce supplice plus longtemps, elle courut se réfugier dans son appartement.

Elle l'entendit la suivre et s'arrêter sur le seuil qu'il n'avait jamais franchi depuis qu'ils avaient prononcé leurs vœux. Elle se tourna brusquement pour lui faire face alors qu'il allait s'avancer.

Il levait les mains pour la toucher quand elle lança :

— Que fais-tu ?

Son visage se referma, mais la détermination se lisait dans ses yeux.

— Il faut que nous parlions...

— Cela peut attendre jusqu'à demain matin, coupa-t-elle en s'efforçant de quitter des yeux cet homme trop sexy, trop viril – cet homme qui ne serait jamais à elle...

Elle tourna les talons. Elle avait mal à la tête d'avoir souri toute la soirée. À moins que ce ne soit Margot, avec son attitude faussement détachée, qui lui ait donné la migraine ? Elle se laissa tomber sur le canapé et se massa les tempes.

— Qu'est-ce qui ne va pas ? demanda-t-il brusquement.

Maddie sursauta. Elle n'avait pas remarqué qu'il s'était approché. Pendant un long moment de tension, elle le regarda, incapable de prononcer un seul mot. Puis, enfin, elle parvint à dire :

— J'ai mal à la tête. Je dois me lever tôt pour m'entretenir avec mon père, et je préférerais être en forme pour cela...

C'était la première conversation qu'elle aurait avec son père depuis qu'il avait quitté l'Angleterre pour partir se faire soigner en Suisse. Elle ne voulait pas la manquer car, pour l'instant, cet échange était le seul lien qui la rattachait encore au monde réel.

Sa voix faiblit lorsque Remi passa devant elle pour aller dans la salle de bains. Il revint peu après avec un flacon de pilules et en mit deux dans sa main.

— Prends ça, lui dit-il en lui tendant un verre d'eau.

— Je vais bien...

— Prends-les, Maddie. C'est une faible dose, ordonna-t-il, la mâchoire serrée.

— Je préfère éviter, Remi. À cause du *bébé*... Ne pas prononcer ce mot ne changera rien à la réalité de la situation, tu sais.

Il se crispa légèrement.

— Tu crois que j'ai décidé de faire comme si de rien n'était ?

Soudain, elle eut honte d'avoir osé exprimer cette pensée. Et dans l'incapacité de répondre ou d'endiguer l'espoir qui l'habitait, elle se leva pour se diriger dans sa chambre.

Remi la suivit.

— Pourquoi tu ne m'as pas dit que tu ne te sentais pas bien ?

— C'est juste un mal de tête, Remi.

— Les maux de tête peuvent cacher autre chose, reprit-il en posant les yeux sur son bras désormais guéri.

— Ce n'est rien d'autre qu'une légère migraine, Remi, je t'assure. Une bonne nuit de sommeil, et il n'y paraîtra plus.

Il ne répondit pas, se contentant d'avancer vers le lit et de tirer la couverture. Pendant un long moment, il fixa les draps, apparemment perdu dans ses pensées, puis il marmonna un vague « bonne nuit », et regagna sa suite.

Une heure plus tard, son mal de tête avait disparu, mais son angoisse avait encore grandi lorsqu'elle entendit s'ouvrir la porte de communication de leurs chambres.

Remi se tenait debout dans l'encadrement. Il avait retiré sa veste de smoking. Ses cheveux étaient en désordre, comme s'il avait passé la dernière heure à y passer les doigts, et il avait la mine sombre.

— Remi, que...

— Je ne partirai pas d'ici, coupa-t-il d'un ton laconique. Tout accepter sans rien faire mène à la catastrophe, Madeleine, je l'ai appris à mes dépens. Tu me dis que je vais être père, et quoi que cela implique, je veux que nous en parlions sans attendre. Maintenant.

11

Muette de stupeur, elle le regarda se diriger d'un pas déterminé vers son lit.

— Comment te sens-tu ?

Les doigts serrés sur le luxueux couvre-lit, elle luttait pour tenter de calmer les battements effrénés de son cœur quand elle se rappela que cet homme viril, beau à couper le souffle, lui était interdit. Complètement et définitivement interdit. De plus, elle savait que le temps qu'il lui restait à passer en sa compagnie était limité, et elle l'avait accepté. C'était sa dernière chance de garder des souvenirs de lui.

Elle se passa nerveusement la langue sur les lèvres et s'obligea à lever les yeux.

— Je vais mieux, beaucoup mieux. Mon mal de tête a disparu.

Ces yeux auxquels rien n'échappait s'attardèrent sur son visage, sur sa bouche et, soudain, l'atmosphère se tendit.

« Tout accepter sans rien faire mène à la catastrophe, Madeleine, je l'ai appris à mes dépens. »

— De... De quoi voulais-tu me parler, exactement ? demanda-t-elle soudain.

Il ne répondit pas tout de suite et, comme il gardait son regard intense fixé sur elle, elle retint son souffle.

L'instinct de survie lui criait de fuir ce contact à tout prix, de se dérober, mais elle était comme pétrifiée.

Non ! décida-t-elle alors. Quel que soit son avenir, il était temps pour elle d'y faire face.

Remi regardait sa femme, tout en se repassant mentalement les événements de la veille.

Ces trois dernières semaines sans elle avaient été un enfer, chaque jour pire encore que le précédent. En réalité, elle lui manquait, mais il n'en avait même pas conscience, ou plutôt il refusait de se l'avouer. Il avait l'intention de le lui dire une fois que les choses se seraient apaisées entre eux. Mais, une fois dans sa chambre, il n'avait même pas été capable de se déshabiller, encore moins de trouver un semblant de répit.

L'idée que le temps lui glissait entre les doigts l'avait soudain frappé. N'avait-il pas déjà assez perdu de temps ? N'avait-il pas su, dès l'instant où elle était montée dans sa voiture, que Madeleine Myers avait le pouvoir de faire basculer sa vie et son univers, radicalement et irrémédiablement ?

Comment aurait-il pu trouver le sommeil, sachant que demain, il serait peut-être trop tard ? Qu'il risquait de perdre la femme qui lui avait volé son cœur – et qui, selon toute vraisemblance, portait son enfant ?

De nouveau, il posa son regard sur son visage, luttant contre l'appréhension qui lui serrait la poitrine, cherchant ses mots. Pendant des semaines, il l'avait repoussée. Et si… ?

— Madeleine…

— Qu'es-tu venu me dire ?

Il prit une longue inspiration, puis se jeta à l'eau :

— … Que je suis un mari qui a négligé sa femme beaucoup trop longtemps. Je ne commettrai pas cette erreur une seconde fois.

Son souffle tremblait, mais elle soutint son regard.

— S'il s'agit de confirmer ma grossesse, tu peux appeler le médecin. De toute façon, aucun de nous n'arrivera à dormir avant d'avoir eu la réponse à cette question. Il vaut mieux être fixé maintenant car, après ça, rien ne sera plus pareil, Remi.

Il aurait voulu lui parler à cœur ouvert mais, pour la première fois de sa vie, il n'arrivait pas à trouver les mots. Alors, il n'insista pas. Il prit le téléphone et appela son médecin.

Celui-ci arriva en moins d'une demi-heure. Des minutes

sans fin pendant lesquelles ses paroles restèrent bloquées dans sa gorge.

— Le protocole royal exige que le résultat du test soit aussi précis et fiable que possible. Le plus sûr est d'effectuer une analyse sanguine, expliqua le médecin.

— Oui, bien sûr..., dit Remi. Et combien de temps cela prend-il pour connaître le résultat ? Quelques heures, je crois ?

— Vas-tu... rester ? balbutia Maddie.

Remi hocha la tête et s'approcha d'elle.

— Si tu le veux bien, j'aimerais qu'on le découvre ensemble, murmura-t-il.

Maddie aurait voulu que son cœur cesse de tambouriner dans sa poitrine, mais la lueur de désir profond qu'elle avait perçue dans le regard de Remi, il y a un instant, lui revenait sans cesse à l'esprit. Pourtant, il s'était vite ressaisi et, devant le médecin, avait repris une expression stoïque.

Dès que la prise de sang fut terminée et que le médecin fut sorti, Maddie se leva.

— Est-ce que ça va ? demanda son mari.

Elle éclata d'un rire amer.

— Comme si tu t'en souciais !

— Bien sûr que je m'en soucie ! protesta-t-il en s'avançant vers elle.

Peu à peu, son odeur unique de vent et de terre qui lui manquait tellement qu'elle en avait mal s'insinua en elle, affolant ses sens, attisant son désir de lui.

De nouveau, un rire lui échappa.

— Cela fait plus d'une heure que tu es entré dans ma chambre et tu ne m'as toujours pas dit ce que tu voulais me dire. Je suppose que désormais ça n'a plus d'importance, pour toi ?

Elle le sentit s'immobiliser derrière son dos.

— Tu te trompes, Maddie. C'est même probablement la chose la plus importante que j'aie jamais dite à quiconque.

Elle se retourna pour lui faire face, la colère, le désespoir et le désir se mêlant en elle, annihilant toute retenue.

— Vraiment ? explosa-t-elle. Alors qu'est-ce qui t'en empêche ? Tu as peur de me faire plus de mal que tu ne l'as déjà fait ? Quoi que ce soit, dis-le et qu'on en finisse ! Ou préfères-tu que je fasse semblant de faire comme si tout allait bien ? Cela t'aiderait-il à te maîtriser, ce que tu sembles avoir beaucoup de difficulté à faire quand tu es avec moi... ?

Il hocha la tête, les traits tendus, puis répondit :

— Je commence à penser que ce mariage était... une erreur.

— Eh bien, c'est bien fait pour toi !

— Maddie...

Sa voix tremblait, et il baissa les yeux vers son ventre encore plat avant de s'éloigner de quelques pas, puis de s'avancer de nouveau vers elle pour prendre son menton entre ses doigts.

— Les choses vont changer, dit-elle.

— Qu'est-ce qui va changer, au juste ?

— Mon père est sorti de la chambre d'isolement. J'ai l'intention d'aller le voir dès que possible. Et... Ensuite, je rentrerai chez moi, à Londres.

Remi pâlit tandis que l'angoisse assombrissait ses yeux.

— Non, décréta-t-il. Tu ne peux pas partir. Tu ne peux pas me quitter. Je ne te laisserai pas faire.

Le ton particulier de sa voix la fit réagir.

— Tu ne peux pas me garder auprès de toi, Remi. Pas comme ça. Pas comme ça. Nous n'arriverons à rien tant que Céleste...

— Je n'ai pas repensé à Céleste depuis la première fois que je t'ai embrassée, lâcha-t-il avec force.

Elle sursauta.

— Quoi ?!

Il lui saisit fermement les épaules. Une lueur terrifiante brillait dans ses yeux.

— Tu sembles penser qu'elle dicte chacun de mes gestes. J'admets que le fait de l'avoir perdue dans des circonstances aussi dramatiques m'a profondément affecté... Mais à partir du moment où j'ai fait ta connaissance, la seule fois où j'ai pensé à elle, c'est quand j'ai essayé de me servir de sa mémoire pour étouffer mes sentiments pour toi.

— Tes sentiments pour moi ? Quels sentiments ?

— Des sentiments différents de ceux que je croyais éprouver au début. Plus difficiles à gérer, aussi. Et j'avoue que ça me terrifie de voir à quel point j'ai envie de toi...

— Pourtant tu n'as pas eu de mal à garder tes distances...

Il eut un rire triste.

— Tu crois vraiment que cela a été simple ? Te quitter a été la chose la plus difficile que j'aie jamais faite. Rester à l'écart était plus pénible encore. Pourquoi est-ce que je revenais tous les deux jours, à ton avis ?

— Parce que tu voulais sauver les apparences ?

Il jura à voix basse, puis reprit :

— Tu devrais savoir que lorsqu'il s'agit de toi, les apparences m'importent très peu. Non, je revenais parce que, même loin de toi, je continuais à te désirer. Même si je ne pouvais pas être avec toi, il fallait que je sois près de toi. Et je ne suis pas parti à cause de toi, mais à cause de ma faiblesse. Je suis amoureux de toi, Madeleine. Mais je t'ai mise dans une position impossible en te forçant à m'épouser... Et, depuis, je n'ai cessé de me battre pour t'empêcher de partir, de me quitter.

— Alors... Tu as l'intention de me rendre ma liberté ? murmura-t-elle.

— C'était mon intention dès le lendemain de notre nuit de noces, mais cela n'a pas duré. Il aurait fallu m'arracher le cœur pour que j'accepte de te laisser partir. Je ne peux pas vivre sans toi, Maddie. J'ai été soulagé quand tu as insisté pour revenir au palais. Mais t'approcher sans pouvoir être avec toi vraiment a été un véritable supplice. Je suis donc ici pour te demander de prendre avec moi un nouveau départ. Pour voir si nous pouvons repartir de zéro, quels que soient les résultats des tests.

Il secoua longuement la tête, puis déclara :

— Cela signifie que tu n'as pas le droit de me quitter. Pas pour l'instant...

— Crois-tu que c'est mon intention ?

— Je ferai tout ce que tu veux, dit-il. Nous pouvons retourner au palais d'Ambre ou nous installer ici. Le personnel m'a dit que tu t'étais attachée au labyrinthe.

— J'aimais bien me perdre dans cet endroit pour tenter de t'oublier... Tu m'as tellement manqué !

Ses yeux gris argenté s'illuminèrent, traversés d'émotions si vives qu'elle en eut le souffle coupé.

— Je t'aime, Maddie. Donne-moi une autre chance. Je ne veux plus jamais être séparé de toi.

— J'accepte à une condition, Remi.

— Laquelle ?

— Embrasse-moi. Aime-moi. Fais-moi tienne encore une fois...

Il l'embrassa avec tant d'ardeur qu'elle en fut bouleversée. Et quand il attrapa sa main pour la conduire dans sa suite, elle ne résista pas...

Elle le laissa se déshabiller et l'allonger sur son lit. Quand il fut nu et se glissa entre ses bras, elle caressa sa joue et murmura :

— Remi ?

— *Si, amore dea ?*

— Je t'aime, moi aussi.

— Veux-tu... rester avec moi ? Être ma reine ? Régner à mes côtés ?

— Oh ! Remi...

— C'est à mon tour d'exiger un baiser.

Émue aux larmes, elle noua les bras autour de son cou en guise de réponse...

Deux heures plus tard, fraîchement douchés, ils descendirent l'escalier principal main dans la main. Enfin, le médecin allait leur communiquer le résultat des tests de grossesse !

Quand il confirma que Maddie portait bien l'héritier de Montegova, Remi, fou de joie, la souleva dans ses bras et la porta jusqu'à l'étage.

Après avoir annoncé la bonne nouvelle à la reine, ils appelèrent le père de Maddie. Celle-ci avait les larmes aux yeux de le savoir heureux, et lui promit de lui rendre bientôt visite avec son mari.

— Es-tu prêt à être père ? demanda-t-elle à Remi en se glissant entre ses bras.

Il la dévora des yeux tandis que sa main se posait sur son ventre.

— Avec toi à mes côtés, je peux tout affronter, ma chérie...

— Dieu, comment l'amour peut-il à la fois faire aussi mal et rendre aussi heureux ?

— Parce que c'est le sentiment le plus puissant de tous répondit-il. Et être aimé de toi est une bénédiction.

— Je t'aime, Remi. Pour toujours.

Siempre, mia regina.

Épilogue

Confortablement allongée dans un transat au bord de la piscine du palais d'Ambre, Maddie regardait son mari faire des longueurs.

À cinq mois de grossesse, son ventre était assez arrondi pour que son état soit visible, ce que lui confirma Remi qui, sortant la tête de l'eau, promena son regard sur son corps avant de déclarer :

— T'ai-je dit à quel point tu étais époustouflante, enceinte ?

— Pas depuis ce matin, non, dit-elle en souriant.

Il sortit de l'eau et vint s'agenouiller près d'elle pour l'embrasser.

— J'en ai le souffle coupé tellement tu es belle, *amore mio*, dit-il en s'écartant d'elle à regret.

— Tu n'es pas mal non plus, Majesté.

Le roi Remirez de Montegova prenait très à cœur son nouveau rôle de souverain, et son peuple l'adorait plus encore que lors de son couronnement, trois mois auparavant.

Mais ce qu'il préférait, c'est quand Maddie utilisait son titre pour s'adresser à lui, dans les moments intimes.

Ses yeux s'assombrirent soudain, et un sourire arrogant ourla ses lèvres quand il s'attarda sur ses seins tendus sous son maillot de bain.

Il protesta lorsque son téléphone se mit à sonner. Il répondit, et ses traits se crispèrent au fil de la conversation. Puis il raccrocha brutalement et jeta son téléphone avec humeur.

— Est-ce que tout va bien ? demanda Maddie en mêlant ses doigts aux siens.

Contrarié, il répondit :

— Pas vraiment. On dirait que Jules n'est pas le seul de mes frères à me donner du fil à retordre. Zak ne répond pas au téléphone et... Violet Barringhall semble avoir disparu, elle aussi.

— Et... Faut-il en informer les autorités ?

Il secoua la tête.

— Mon équipe de sécurité m'informe qu'ils sont sains et saufs, et curieusement ils se trouvent au même endroit, dans une petite île des Caraïbes !

— Tu crois... qu'ils sont ensemble ?

— Sans doute. Et je suppose qu'ils souhaitent rester injoignables. Mais, quoi qu'ils fassent, je ne les laisserai pas gâcher ce moment.

Elle le regarda sans comprendre.

— Ce moment ? Quel moment ?

— Le plus parfait des moments, comme chaque seconde que je passe avec toi, ma femme, mon cœur. Et avec notre fils. Avec cet amour qui remplit mon cœur chaque jour...

Il l'embrassa de nouveau, la main posée sur son ventre. C'est l'instant que choisit leur bébé pour donner son premier coup de pied.

Maddie sursauta, et des larmes de joie jaillirent de ses yeux.

— Oh ! mon Dieu, tu as senti ?

Le sourire de Remi était tremblant.

— Oui. C'était notre fils, qui vient de nous confirmer ce que je sais déjà : chaque jour où tu tiens mon cœur entre tes mains est un jour béni, que je ne voudrais manquer pour rien au monde. Je t'aime, Madeleine.

— Je t'aime, mon roi. Pour toujours et à jamais...

LEANNE BANKS

Princesse malgré elle

Traduction française de
FLORENCE MOREAU

DIADÈME

HARLEQUIN

Titre original :
A HOME FOR NOBODY'S PRINCESS

Ce roman a déjà été publié en 2013

1

Sa fille le détestait, c'était la triste réalité !

Sur cette terrible pensée, Benjamin Garner ouvrit prudemment la porte d'entrée de sa vaste demeure et s'immobilisa.

Désormais, il était un étranger dans sa propre maison.

Il soupira. Comment les choses en étaient-elles arrivées là ? La réponse était simple : sa fille de cinq mois ne pouvait pas supporter sa vue. Chaque fois qu'il s'approchait d'elle, elle poussait des cris à réveiller tous les habitants de Silver City.

Il entra dans la maison d'un pas aussi léger que ses boots, son mètre quatre-vingt-dix et ses cent kilos le lui permettaient. Coco Jordan, la jeune nourrice qui exerçait depuis son arrivée au ranch une influence magique sur la petite Emma, avait beau lui assurer que sa fille pouvait dormir sans qu'il y ait un silence absolu autour d'elle, il avait un peu de mal à le croire.

Il se demandait parfois si l'enfant ne possédait pas des pouvoirs spéciaux qui lui permettaient de détecter sa présence à distance, soit par l'odeur, soit par l'ouïe, dès qu'il franchissait le seuil de la demeure, et ce, même si elle se trouvait dans la chambre d'enfant. Soudain, il fronça les sourcils : comment pouvait-il nourrir de telles pensées ? C'était bien la preuve qu'il était en train de devenir fou.

Boomer, dont la race restait indéterminée, s'avança vers lui en claudiquant. Il avait été l'un de ses meilleurs chiens de garde pour les troupeaux mais, depuis qu'il s'était pris la patte dans des fils barbelés, il ne courait plus aussi vite. Comme l'animal avait bien mérité sa retraite, il passait désormais son temps à quémander de la nourriture auprès de la gouvernante dans la cuisine, ou bien il sommeillait tout simplement sur le canapé.

Benjamin se pencha pour caresser Boomer, et il en éprouva une certaine sérénité : son chien, au moins, l'aimait ! Il se dirigea vers son bureau situé à l'arrière de la maison et passa devant la cuisine.

— Ha ! s'exclama une voix.

Il sentit son estomac se contracter. Il connaissait cette voix ! Il décida de ne pas s'arrêter.

— Benjamin !

Cette fois, la nourrice l'interpellait de son timbre à la fois grave et doux.

— Vous ne pouvez pas passer votre temps à l'éviter, ajouta-t-elle.

— Ha ! répéta Emma.

Prenant une profonde inspiration, il se retourna et leur fit face, à toutes deux, du seuil de la cuisine... Sa fille le fixait de ses grands yeux bleus suspicieux, tandis que Coco déployait toute sa délicatesse pour encourager l'enfant à accueillir son père sans hurler. Pour l'instant, aucun cri n'avait encore retenti, mais nul doute que cela ne tarderait pas.

— Elle vient juste de terminer son repas, elle devrait être de bonne humeur, déclara Coco. Vous ne voulez pas essayer de la prendre ?

Instinctivement, il se tendit : un serpent à sonnettes était plus facile à manier ! Repoussant alors son chapeau en arrière, il haussa les épaules.

— Je ne me suis pas lavé les mains, objecta-t-il.

— Ce n'est pas grave, lui assura-t-elle. Elle ne va pas en mourir.

— Très bien, fit-il d'un ton résigné en ouvrant les bras et en se préparant psychologiquement au rejet qu'il allait essuyer. Je vais la prendre.

Coco s'approcha de lui, et il nota que les yeux d'Emma s'écarquillaient un peu plus à chacun de ses pas.

— Allez, on essaie ! murmura Coco à Emma. C'est ton papa,

il est grand et fort et il prendra soin de toi. Il ne faut pas avoir peur de lui, il est dans ton camp.

Sur ces paroles rassurantes, elle plaça gentiment la fillette dans ses bras. Il la serra contre lui en retenant sa respiration, tandis qu'Emma levait les yeux vers lui, toujours démesurément ouverts. Il compta en silence. Un. Deux. Trois. Quatre. Cinq.

Il la vit alors presser les lèvres et jeter un coup d'œil affolé en direction de Coco. Dès qu'elle fit la moue, il comprit ce qui l'attendait... Aussitôt, en effet, sa fille poussa un cri aigu qui monta très rapidement en volume. À cet instant, il croisa le regard découragé de Coco et secoua la tête.

— Tenez, dit-il en lui rendant sa fille. Il est inutile de torturer plus longtemps cette pauvre enfant. D'ailleurs, n'est-ce pas pour lui éviter les tourments que je vous emploie ?

Coco frictionna alors gentiment le dos du nourrisson.

— Mais il va falloir que nous nous habituions à vous, n'est-ce pas, Emma ? Nous allons bien trouver une façon de...

— Peut-être qu'elle commencera à m'apprécier quand elle soufflera sa première bougie, trancha-t-il.

Après quoi, il tourna les talons, tout en s'efforçant de surmonter sa déception.

— Attendez une seconde, dit alors Coco.

Il sentit ses longs doigts se poser sur son bras et regarda par-dessus son épaule.

— Peut-être qu'elle n'aime pas votre chapeau, qu'il lui fait peur, suggéra-t-elle. La prochaine fois, si vous l'enleviez, elle...

— Très bien, nous ferons l'essai la prochaine fois, coupa-t-il. Mais maintenant je dois travailler à la gestion des stocks. À plus tard.

Il s'éloigna, particulièrement crispé.

Il aurait pu gérer son ranch une main attachée derrière le dos, mais il n'était pas capable de tenir sa fille plus d'une minute dans ses bras sans qu'elle ne se mette à hurler de peur. Un jour, il faudrait bien que cela change ! Pour le moment, il ignorait comment y parvenir...

Il se passa la main sur le front. Qu'est-ce que Brooke avait bien pu raconter à leur fille ? Qu'avait-elle dit sur son compte ? Il se demandait sincèrement si son ex-maîtresse n'avait pas martelé à sa fille, depuis sa naissance, que son père était un homme épouvantable et si, avant de mourir dans un accident à l'arrière de la moto de son dernier amant en date, elle ne lui avait pas définitivement perverti le cerveau. Était-ce possible ?

Il avait eu une liaison éphémère avec Brooke, le temps d'un week-end. Puis il était revenu à lui, et elle aussi. Des semaines plus tard, quand Brooke lui avait appris qu'elle était enceinte, il lui avait tout de suite proposé de l'épouser, même en sachant qu'ils n'étaient pas faits l'un pour l'autre. Néanmoins, il n'était pas homme à se soustraire à ses responsabilités. Elle avait refusé le mariage, mais accepté son soutien financier. Il avait donc dû se résigner à être père deux fois par mois. Il n'avait vu Emma que trois fois quand Brooke était décédée.

Il était alors devenu un père à plein temps, dont la simple vue faisait hurler sa fille.

De nouveau, il sentit son estomac se contracter. Parfois, il était si découragé qu'il se demandait s'il arriverait un jour à la prendre dans ses bras sans qu'elle ne s'étrangle de peur.

Il prit une profonde inspiration dans l'espoir de s'oxygéner le cerveau et de retrouver des idées claires, et porta son attention sur l'écran de son ordinateur. De toute façon, il n'allait pas régler le problème avec Emma aujourd'hui. En revanche, il était reconnaissant au destin d'avoir placé Coco sur son chemin ! Son enfant se sentait en sécurité avec elle, et ce, depuis l'instant où la jeune femme l'avait prise dans ses bras. Coco était une femme ordinaire dotée de pouvoirs extraordinaires quand elle était en contact avec des bébés, ce qui était exactement ce qu'il recherchait. Soudain, il se demanda si elle était aussi ordinaire qu'il voulait bien le penser...

Il secoua la tête. Pourquoi nourrissait-il de vaines pensées ? Sur son écran, le curseur clignotait. Il devait entrer les bons chiffres dans les cases de sa feuille Excel, et il avait bien d'autres préoccupations que Coco.

Coco suivit du regard son patron tandis qu'il se dirigeait vers son bureau pour s'y enfermer.

Sa haute stature et ses larges épaules étaient imposantes, pensa-t-elle, tout en secouant légèrement Emma pour qu'elle se calme. Pas étonnant que la petite soit impressionnée !

En cet instant, Emma s'agrippait à elle comme une petite sangsue. Coco était certaine que sa mère lui manquait, même si cette dernière n'avait pas dû être particulièrement maternelle.

Elle aurait aussi parié que Benjamin avait employé d'autres nounous avant elle, mais que celles-ci avaient jeté l'éponge. Peu de personnes avaient envie de vivre dans un ranch, au milieu de nulle part, au Texas. Et pourtant, c'était précisément ce qui lui convenait à elle, après toutes ces journées auprès de sa mère, dans un établissement de soins palliatifs. Elle se réjouissait également d'avoir quitté son minuscule appartement et de ne plus passer la nuit seule chez elle. Pourtant, maintenant que sa mère était morte, elle était vraiment seule au monde.

S'occuper d'un bébé avait une vertu thérapeutique, même si Emma était une enfant insécurisée et effrayée. À vrai dire, elle aussi commençait à être un peu angoissée. La veille, deux parfaits étrangers s'étaient aventurés jusque sous la véranda, et elle leur avait enjoint de partir. Étaient-ils venus réclamer le paiement d'une autre dette laissée par sa mère ?

Chaque fois qu'elle y pensait, elle sentait la panique s'emparer d'elle. Sa mère ne lui avait pratiquement rien laissé. Elle avait été obligée de contracter un prêt supplémentaire, alors qu'elle devait déjà rembourser ses prêts étudiants, pour payer l'enterrement. La maladie de sa mère l'avait poussée à arrêter ses études, mais elle était résolue à les terminer, même si cela devrait attendre encore un peu. Il lui fallait tout d'abord retrouver un certain équilibre. Dès qu'elle avait franchi la grille du ranch, elle avait été conquise et elle avait compris que l'endroit était fait pour elle. En outre, Emma l'avait tout de suite adoptée.

La gouvernante de Benjamin, qui travaillait pour ce dernier depuis des années, la rejoignit dans le vestibule.

— Combien de temps va-t-il lui falloir pour qu'il comprenne

qu'il doit s'armer de patience et tenir cette petite dans ses bras jusqu'à ce qu'elle arrête de pleurer ? fit-elle en soupirant.

— On ne peut pas lui imputer l'entière responsabilité de la situation, répondit Coco. Emma n'est pas du tout coopérative !

Le visage ridé de Sarah s'adoucit.

— Cette pauvre petite a connu tant de changements en si peu de temps ! Et qui sait dans quel genre d'environnement elle vivait, avec Brooke Hastings ?

Elle eut un grognement méprisant.

— Cette fille ne pensait qu'à sortir, poursuivit-elle. Je me demande comment Benjamin a pu être attiré par elle.

Coco, elle aussi, s'était interrogée sur l'étrange couple qu'avaient formé cette jeune fille de Dallas réputée pour sa vie débridée et un propriétaire de ranch aussi sérieux que Benjamin Garner.

— Ils se sont sans doute trouvé quelque chose, répondit-elle.

Sarah eut un haussement d'épaules agacé.

— Pour une nuit, passe encore, mais de là à avoir un enfant... Bien sûr, dès que Benjamin a appris qu'elle était enceinte, il a fait ce qui s'imposait et l'a demandée en mariage. Mais elle a refusé, sous prétexte qu'elle ne voulait pas se sentir prisonnière. Elle avait encore bien trop de choses à vivre. C'est ce qu'elle lui a répondu !

— Est-ce qu'elle a continué à faire la fête tous les soirs, pendant sa grossesse ? s'enquit Coco, soucieuse des répercussions sur sa petite protégée.

— Elle a mis un peu la pédale douce pendant cette période, mais dès qu'Emma est née on l'a revue dans toutes les fêtes.

Sarah la regarda.

— Comme je vous suis reconnaissante d'avoir répondu à l'annonce ! Vous êtes arrivée à temps, quelques jours de plus, et je craquais. Cette petite chipie était sage quand je la prenais dans mes bras, mais dès que je la posais elle se mettait à hurler. Je ne pouvais plus rien faire. J'ai accumulé un retard fou que je n'ai pas encore tout à fait rattrapé, d'ailleurs, marmonna-t-elle.

— Cette annonce tombait bien pour moi aussi, répondit

Coco. Mais il faudra bientôt que je prenne quelques heures pour moi afin de régler des affaires personnelles.

— C'est tout à fait normal ! Cela fait deux semaines que vous travaillez sans discontinuer. Je vous remplacerai pendant ce temps-là.

La vieille femme toucha la joue d'Emma et lui sourit.

— Elle est adorable quand elle ne pleure pas, ajouta-t-elle.

— J'essaierai de prendre mon rendez-vous au moment de sa sieste, dit Coco.

— Vous êtes fatiguée, observa Sarah. Il va falloir que nous trouvions une solution pour que Benjamin et sa fille se supportent. Qui aurait pu croire qu'un homme comme lui serait paniqué devant un petit bébé ?

Elle eut un petit rire.

— Prévenez-moi quand vous vous absenterez, reprit-elle. Je m'occuperai de la petite.

— Merci, Sarah, répondit Coco.

Elle se demanda néanmoins si elle ne pourrait pas tout simplement emmener l'enfant avec elle. Elle était réticente à l'idée de créer un nouveau traumatisme à Emma ou à Benjamin.

Plus tard ce soir-là, dans sa chambre qui jouxtait la chambre d'enfant, elle n'arrivait pas à trouver le sommeil. Elle était préoccupée par les deux hommes qui lui avaient rendu cette visite inopinée et se demandait ce qu'elle devait faire. Venaient-ils récupérer de l'argent emprunté ? Fallait-il qu'elle prenne conseil auprès d'un avocat ? Elle ne cessa de se tourner et de se retourner dans son lit avant de finir par trouver le sommeil.

Tout à coup, un cri la réveilla, et elle se redressa dans son lit. Son cœur battait à tout rompre tandis qu'elle essayait de recouvrer ses esprits.

Un autre cri perça bientôt le silence, et elle se rendit compte que c'était Emma. La petite avait dû faire un autre cauchemar, pensa-t-elle. Avant de connaître Emma, elle n'aurait jamais cru qu'un bébé pouvait avoir des cauchemars. Elle sauta de son lit et se précipita vers la chambre de l'enfant. Elle n'alluma pas la lumière, car elle était familière des lieux.

Sauf que cette fois elle se cogna contre un mur humain et faillit perdre l'équilibre.

Benjamin ! comprit-t-elle quand ses yeux s'habituèrent à l'obscurité.

Par réflexe, elle se raccrocha aux épaules de Benjamin pour s'empêcher de tomber. Le contact de sa peau douce et chaude accéléra les battements de son cœur. Pour l'empêcher de tomber, Benjamin passa une main autour de sa taille.

— Désolée, dit-elle enfin, tandis qu'un curieux frémissement sensuel la parcourait.

— Comme Emma ne se calmait pas, je me suis levé, dit-il d'une voix rauque qui la troubla.

Elle recula d'un pas.

— Désolée, répéta-t-elle. Je dormais profondément, sans doute.

— Vous avez besoin de prendre un peu de repos, dit-il en passant la main dans ses cheveux.

— Nous verrons si c'est possible, éluda-t-elle.

Puis elle poussa la porte de la chambre d'enfant. Les cris d'Emma augmentèrent alors de façon exponentielle. Elle se précipita vers le berceau et prit le bébé, qu'elle se mit à bercer contre elle.

— Ce n'est rien, ma puce, tout va bien, dit-elle. Tout est rentré dans l'ordre, ne te mets pas dans cet état, tu es en sécurité.

Emma continuait à pleurer, ses sanglots interrompus par des hoquets.

De voir l'enfant aussi bouleversée, Coco sentait son cœur se serrer. Elle se mit à la bercer doucement pour tenter de la calmer.

— Regarde, tout va bien maintenant, tu n'as plus rien à craindre.

Emma poussa un lourd soupir, puis un deuxième. La petite fille avait collé sa bouche contre son bras et faisait des petits bruits. Les rires se substituèrent aux sanglots.

— Elle a l'air de s'être remise, dit Benjamin, qui se trouvait derrière Coco.

Emma continuait à babiller joyeusement, et Coco tourna la tête vers Benjamin. Il portait un pantalon de pyjama... et rien d'autre. En le voyant, elle sentit son cœur faire un bond dans sa poitrine.

— J'en ai bien l'impression aussi, répondit-elle, le souffle court.

— Je me demande pourquoi elle se réveille toujours en hurlant, enchaîna Benjamin, une main sur la hanche, perplexe.

— Cela n'arrive pas toutes les nuits, répondit-elle en frottant le dos du bébé. Il faut lui laisser le temps de s'adapter. Elle finira par se calmer.

— Elle a bientôt un rendez-vous chez le pédiatre, dit-il. Peut-être qu'il pourra nous éclairer. Je préférerais que vous l'y emmeniez, car si je m'en charge elle va passer son temps à crier.

— Entendu, répondit-elle. À propos, j'aimerais prendre quelques heures demain ou après-demain. Je dois régler des affaires personnelles.

— Pas de problème. Sarah vous remplacera. Je pense que je vais embaucher une autre personne à temps partiel pour qu'elle vous relaie de temps à autre. Emma vous mène la vie dure, j'en ai bien conscience, conclut-il d'un air navré.

— Nous devons encore lui laisser un peu de temps, répondit-elle. Parfois, chez les jeunes enfants, tout se résout de façon spontanée.

Elle sentit alors le petit corps de Coco se détendre contre elle.

— Peut-être que, dans la pénombre, vous lui feriez moins peur, ajouta-t-elle. Approchez-vous, on va bien voir.

— Je l'ai déjà fait, ça n'a pas marché, répondit-il d'un ton sec.

— Mais là, c'est différent. Vous ne portez pas votre Stetson. Peut-être que...

— Non, pas ce soir, une autre fois ! dit-il d'un ton ferme. Je n'ai pas envie qu'elle se remette à hurler. À demain.

Sans un mot de plus, il sortit de la chambre.

Coco s'assit dans le rocking-chair et soupira. Elle était fort triste qu'Emma et Benjamin soient si tendus en présence l'un de l'autre. Quand elle avait accepté ce poste de nourrice, elle avait pensé qu'il s'agissait juste d'une phase de transition, et que la petite fille cesserait de crier sitôt qu'elle voyait son père approcher. Depuis deux semaines qu'elle était employée au ranch, il lui semblait au contraire que la situation s'aggravait au lieu de s'améliorer. En adoptant une stratégie d'évitement pour ne pas contrarier sa fille, Benjamin réduisait les possibilités d'interaction avec elle.

Elle se demanda si elle ne devait pas tout simplement lui mettre Emma dans les bras et le laisser se débrouiller avec elle. Puis elle se dit que son découragement tenait à son manque de sommeil. Elle ne pouvait pas laisser tomber la fillette. Son petit corps tout chaud et relaxé contre le sien était une marque de confiance qui l'émouvait profondément. Comme Emma dormait à présent à poings fermés, elle se leva et la reposa dans son berceau avant de regagner sa chambre. Cette fois, dès qu'elle posa la tête sur l'oreiller, elle s'endormit.

Le lendemain, après avoir recouché Emma pour sa sieste du matin, Coco se prépara pour aller en ville. Alors qu'elle descendait les marches de la véranda, elle vit une Mercedes noire s'arrêter devant la maison. Sa gorge se noua... C'était la même voiture que deux jours plus tôt, quand deux hommes en costume noir s'étaient présentés à la porte...

La sueur perla à son front. Elle jeta un rapide coup d'œil par-dessus son épaule, espérant que personne d'autre n'avait aperçu les visiteurs. Le cœur cognant violemment dans sa poitrine, elle s'avança vers la Mercedes.

La portière côté passager s'ouvrit, et un homme en descendit. Il avait des cheveux gris et un léger strabisme.

— Mademoiselle Jordan, commença-t-il. Je suis Paul Forno. Je représente la maison Devereaux. Mon associé et moi souhaitons discuter d'une question importante avec vous.

La maison Devereaux ? Elle n'aurait su dire s'il s'agissait d'une maison de mode ou d'une agence de recouvrement.

Quand le chauffeur descendit à son tour du véhicule, un élan de panique la gagna.

— Écoutez, commença-t-elle, vous êtes sur une propriété privée, qui est également mon lieu de travail.

— Nous le savons, mademoiselle, et nous vous prions d'accepter nos excuses. Toutefois, nous devons vous annoncer une nouvelle d'ordre privé. Si vous pouviez nous accorder un tout petit peu de votre temps...

— C'est impossible maintenant, répondit-elle. J'étais sur le point de partir.

L'homme soupira.

— Comme vous voudrez, mademoiselle, mais nous n'avons pas non plus beaucoup de temps. S'il vous plaît, prenez au moins ma carte de visite, et appelez-moi dès que vous le pouvez.

Il lui tendit alors une carte.

Confuse, mais peu désireuse de le montrer, elle hocha brièvement la tête, puis fourra la carte dans son sac à main avant de se diriger vers sa voiture acquise au prix de cinq ans d'économies.

« Nous n'avons pas non plus beaucoup de temps », avait dit l'homme. Qu'est-ce que cela pouvait bien signifier ? Et surtout, qui désignait ce « nous » ? Sa main tremblait quand elle tourna la clé de contact. Regardant dans le rétroviseur, elle ressentit un léger soulagement lorsque la Mercedes quitta le ranch et disparut dans un nuage de poussière.

Elle avait besoin d'air et baissa sa vitre. Ces hommes ressemblaient à ceux qui s'étaient présentés chez sa mère, deux mois avant sa mort. Celle-ci était profondément endettée et n'était pas en mesure de payer. Or, les créanciers s'impatientaient. Coco l'avait aidée dans la mesure de ses moyens, mais vers la fin elle ne travaillait plus qu'à temps partiel, sa mère requérant tout son temps et son énergie. Les fins de mois étaient difficiles, alors de là à payer des dettes...

Toutefois, était-elle responsable en quelque façon des dettes de sa mère ? Elle n'avait jamais cosigné de prêt, mais elle avait utilisé une carte de crédit au nom de sa mère quand elles avaient eu un problème électrique, ainsi que pour régler des réparations de voiture. Peut-être que ces opérations avaient été refusées par la banque.

Toute à ses pensées, elle quitta à son tour la propriété et gagna la route nationale qui conduisait en ville. Elle ne savait vraiment pas ce qu'elle devait faire. Elle se souvint alors d'une amie qui était assistante juridique et se promit de l'appeler.

Arrivée dans le centre-ville de Silver City, elle se gara près d'un restaurant et descendit de voiture. Tout ce qu'elle voulait, c'était une boisson réconfortante, un chocolat chaud ou une bolée de cidre chaud, ainsi que la compagnie de son amie Kim, qui était serveuse dans le restaurant. Elles s'étaient connues au lycée. Depuis, Kim s'était mariée et installée à Silver City. Elles avaient déjà déjeuné ensemble quand Coco était arrivée en ville, le mois précédent. Depuis, elle était passée au restaurant une ou deux fois seulement, son emploi du temps fort chargé ne lui laissant guère de loisirs.

Elle entra dans l'établissement accueillant, et l'hôtesse se dirigea tout de suite vers elle pour la saluer.

— Comment allez-vous, mademoiselle ? lui demanda-t-elle en la reconnaissant. Je vous conduis à une table ?

— Je vais bien, merci, et oui, je veux bien m'asseoir.

— Cette banquette vous convient-elle ?

Dès qu'elle eut pris place dans le box, Kim Washburn lui fit un petit signe de la main. Elle lui répondit par un sourire. Quelques minutes plus tard, Kim la rejoignait.

— Où est la petite ? s'enquit-elle.

— Elle fait la sieste. J'en ai profité pour prendre quelques heures de liberté, Sarah s'en occupera à son réveil. J'avais des courses à faire.

— Comme je comprends ! Tu n'as pas pris un seul jour de congé depuis que tu as signé ton contrat. Bon, qu'est-ce que je te sers ?

— Un chocolat chaud, dit-elle. Ou plutôt non : du cidre chaud.

Kim se mit à rire.

— Tu veux les deux ?

— Non, finalement, je vais prendre un chocolat chaud avec des marshmallows.

Son amie la regarda avec attention.

— Quelque chose te chagrine ? Tu n'as pas l'air en grande forme.

— Non, je suis juste un peu fatiguée, ce n'est rien, répondit Coco.

Kim haussa les épaules : il était clair qu'elle ne la croyait pas.

— Bon, si je peux t'aider en quoi que ce soit, n'hésite pas, dit-elle.

Puis elle regagna le comptoir.

Coco se mordit la lèvre. Elle était tellement habituée à se débrouiller seule qu'elle ne savait pas comment accepter de l'aide quand on lui en proposait. Quelques instants plus tard, Kim revenait avec un mug rempli de chocolat chaud et débordant de marshmallows.

Coco lui sourit.

— Merci, dit-elle avant d'ajouter à voix basse : Est-ce que je peux te confier un secret ?

— Bien sûr. De quoi s'agit-il ?

— Il se peut que j'aie besoin d'un conseil juridique, avoua-t-elle alors avec réticence.

Kim ouvrit de grands yeux et se glissa sur la banquette en face d'elle.

— Ah bon ? Tu n'es pas mariée, donc tu ne peux pas divorcer. Par ailleurs, je ne peux pas croire que tu aies commis le moindre délit.

— Non, cela n'a rien à voir, se défendit Coco. Je veux juste savoir qui prend en charge les dettes d'une personne quand elle meurt. Il faut que je sache si je suis responsable des dettes de ma mère.

— Moi, ce que je peux t'en dire, c'est que, tant que tu n'as rien cosigné, tu n'es pas responsable. Quand les parents de mon mari sont morts, ils avaient une tonne de dettes, et aucun enfant n'a été contraint de les régler. En contrepartie, l'agence de recouvrement a pris tout ce que ses parents possédaient et les enfants n'ont hérité de rien.

Elle arqua un sourcil curieux.

— Qu'est-ce qui s'est passé ? Raconte !

— Deux inconnus sont venus chez Benjamin Garner. Ils me rappellent, par leur aspect, les créanciers qui tournaient autour de la maison pour se faire payer, quand ma mère était malade.

— S'ils essaient d'obtenir de l'argent de toi, ce sont des escrocs. Tu devrais en parler à Benjamin. Il leur réglera leur compte en un rien de temps.

— Mais c'est mon employeur ! s'écria-t-elle. Je serais vraiment gênée de lui exposer mes problèmes.

— Si ces hommes continuent à venir au ranch, il va finir par s'en rendre compte. Il vaut mieux que tu l'en informes avant qu'il ne découvre le pot aux roses. Et je peux t'assurer que personne n'est mieux placé que Benjamin pour te protéger d'éventuels escrocs.

Kim frappa la table du plat de sa main.

— Bon, il faut que je retourne travailler. Régale-toi avec ces marshmallows, et surtout parle à Benjamin.

Coco considéra les marshmallows, et elle sentit son appétit fondre à l'idée de discuter avec son patron des dettes de sa mère.

— Tant que je la tiens dans mes bras et que je la berce, tout va bien. Mais, dès que je la pose, c'est une autre histoire. J'espère que je ne vais pas avoir un tour de reins, sinon, je vous présenterai la facture du médecin, déclara Sarah à Benjamin d'un ton sec.

Emma avait repéré son père. Benjamin continuait de s'étonner qu'une enfant aussi jeune — pas même âgée de six mois — soit capable de fusiller un homme du regard. Tournant les talons, il se dirigea vers son bureau.

— Hep, pas si vite ! déclara Sarah. Le moins que vous puissiez faire, c'est tout de même de dire bonjour à votre fille.

— Je ne tiens pas à la faire pleurer, répondit-il.

— Je prends le risque. Vous ne pouvez pas fuir éternellement votre enfant.

— Je ne la fuis pas. Seulement, je ne vois pas la nécessité de la perturber.

En dépit de ses propos, il s'approcha d'elle et de Sarah. L'enfant le fixait comme un canon prêt à cracher un boulet.

— Hou ! fit-il soudain à voix basse.

Sarah et Emma poussèrent alors un petit cri en même temps.

— Pourquoi est-ce que vous avez fait ça ? lui reprocha aussitôt Sarah. Vous allez lui faire peur.

Il haussa les épaules et s'avança un peu plus près. Puis il prit doucement le bras potelé et doux du bébé dans sa main.

— Tu sais, princesse, tôt ou tard, tu vas te rendre compte que toi et moi, nous sommes embarqués sur un même bateau pour un très très long voyage... Mais tant que tu ne l'auras pas compris, tu vas me faire la guerre, j'en ai bien conscience.

À cet instant, Emma fronça les sourcils mais, curieusement, ne se mit pas à pleurer. Elle se contenta de lui lancer un regard dur et méfiant, puis se mit à fixer son chapeau.

— Il te dérange ? demanda-t-il.

Il retira alors son Stetson et le tendit dans sa direction, puis il pensa à Coco. Dès qu'il l'avait vue, il avait su qu'elle était tendre et douce.

— Coco prétend que oui, poursuivit-il.

Emma regarda tour à tour le chapeau et son père et, l'espace d'une seconde, il vit passer un éclat de douceur dans les yeux bleu intense de sa fille.

La porte d'entrée s'ouvrit alors, puis les pas de Coco résonnèrent dans le vestibule. Il reconnaissait son pas, songea-t-il. Il se retourna et vit Boomer s'avancer vers elle en claudiquant.

— Salut, mon vieux, l'entendit-il dire.

Quelques secondes plus tard, elle se matérialisait devant lui, l'air soucieux.

— Comment cela s'est-il passé ?

— Ha ! s'exclama Emma.

— Tout va bien tant que je la fais sauter sur mes genoux, répondit Sarah d'un ton maussade.

Emma tendit immédiatement les bras vers Coco.

— Vous avez pu régler vos affaires ? demanda Sarah.

Le regard de Coco s'assombrit, et elle prit Emma dans ses bras.

— En partie, dit-elle.

Puis elle se tourna vers Benjamin.

— J'aimerais... J'aimerais discuter avec vous quand vous aurez un peu de temps.

Surpris, il haussa les épaules.

— Pas de problème. Dites-moi quand vous souhaitez que l'on se voie. Je suis dans mon bureau cet après-midi, mais en soirée j'ai un rendez-vous avec les éleveurs de bétail.

Coco le considéra un instant.

— Dites-moi quand cela vous arrange, fit-elle.

Devant ses traits tirés, il éprouva une curieuse prémonition et espéra qu'elle n'avait pas une mauvaise nouvelle à lui annoncer. Il avait assez de problèmes à gérer ; il n'avait certainement pas besoin que la nourrice de sa fille lui en crée davantage. Il l'avait employée pour qu'elle le soulage de ses problèmes, pas qu'elle les exacerbe !

— Je peux vous voir jusqu'à 18 heures aujourd'hui, ou à partir de 21 heures ce soir, dit-il.

Elle prit une profonde inspiration.

— À partir de 21 heures, c'est préférable, Emma sera couchée.

Il acquiesça d'un hochement de tête, puis remit son chapeau.

— Entendu. Je vous attends à 21 heures dans mon bureau.

— Euh... Peut-on discuter dans le salon ? demanda-t-elle alors.

Sa requête le surprit.

— Oui, si vous voulez, répondit-il. À tout à l'heure. J'ai du travail.

Ce soir-là, juste avant 21 heures, Emma s'endormit sans lutter. Coco la plaça alors dans son berceau, puis elle sortit tranquillement de la chambre, laissant la porte entrebâillée.

Il y avait un écoute-bébé, mais elle préférait pouvoir elle aussi entendre la fillette au cas où elle aurait crié.

En cet instant, elle regrettait presque le rendez-vous qu'elle avait demandé à Benjamin. Elle avait espéré qu'Emma mettrait du temps à s'endormir et qu'il soit ensuite trop tard pour qu'elle le rejoigne dans le salon et lui expose ses problèmes personnels…

Elle avait une boule dans l'estomac. Benjamin était un homme à poigne ; il ne faisait pas bon être en conflit avec lui. Restait à espérer qu'il soit de son côté !

2

Coco hésita sur le seuil du salon.

Elle se demandait maintenant pourquoi elle avait suggéré qu'ils se voient dans cette pièce... Sans doute était-ce en raison des canapés en cuir brun et des tons ocre de la décoration. À la réflexion, elle se dit que le bureau aurait été un endroit plus approprié.

Soudain, Benjamin se dressa devant elle. Elle crut que son cœur s'arrêtait de battre.

— On dirait que vous avez besoin d'un petit remontant, décréta-t-il.

Elle secoua la tête.

— Non, je vais bien, merci !

— Mouais, fit-il d'un ton sceptique. Entrez.

Elle lui emboîta le pas, et s'assit timidement sur le canapé, en face de lui. Il avait pris place dans le fauteuil au cuir patiné. Il la regarda, attendant qu'elle prenne la parole, mais sa gorge était toute sèche.

Elle ouvrit la bouche, et seul un couac enroué en sortit.

S'emparant du verre de whisky qu'il s'était servi et qu'il avait placé sur la table basse, il le lui tendit.

— Vous avez besoin d'un peu d'alcool. Buvez !

Elle but une gorgée de whisky qui enflamma sa gorge sur son passage.

— Encore, dit-il.

Elle hésita, mais il hocha la tête pour l'encourager. Elle obtempéra.

— Cela me suffit, décréta-t-elle en reposant le verre. J'ai besoin de votre aide.

Il prit le verre qu'il avait partagé avec elle et avala à son tour un peu d'alcool.

— C'est ce que j'ai cru comprendre. Quel est le problème ?

— Je ne suis pas sûre de le cerner moi-même… Des hommes ont essayé d'entrer en contact avec moi.

— Des hommes ? répéta-t-il.

Une sensation désagréable le traversa.

— Ils sont déjà venus deux fois à la maison et…

— Quelle maison ? demanda-t-il en se redressant sur son siège.

— Ici, au ranch, dit-elle.

— Mais pourquoi est-ce qu'ils viennent ici ? demanda-t-il. Et comment se fait-il qu'aucun membre de mon personnel ne les ait vus ?

— C'est pour moi qu'ils viennent, observa-t-elle.

Puis elle sortit une carte de visite de son sac à main et la lui tendit.

— Je ne connais pas la maison Devereaux, précisa-t-elle.

Reprenant brièvement son souffle, elle repoussa une mèche derrière son oreille.

— Comme vous le savez, poursuivit-elle, ma mère est décédée il y a quelques mois. À la fin de sa vie, elle n'avait plus beaucoup d'argent…

Elle se mordit la lèvre.

— Les créanciers commençaient à venir frapper à la porte, réussit-elle à articuler. Ces hommes me font penser à eux.

Benjamin fronça les sourcils et reposa son whisky. Il étudia la carte de visite.

— Est-ce que vous avez cosigné l'un de ses prêts ? demanda-t-il.

Elle secoua la tête.

— Je vais appeler mon frère, dit-il. Il est avocat. Je lui demanderai s'il connaît la maison Devereaux. Entretemps, si ces types reviennent, je veux que vous m'appeliez immédiatement sur mon portable.

Elle parut hésiter.

— Y a-t-il quelque chose que vous ne m'ayez pas dit ? demanda-t-il.

— Non, c'est juste que... Je ne sais pas si j'ai eu raison de vous entraîner dans cette affaire.

— Ces hommes viennent sur *ma* propriété sans y être invités. Par ailleurs, vous êtes une employée importante. Par conséquent, cette affaire me concerne au premier plan, déclara-t-il avec fermeté.

La vulnérabilité qu'il lut alors sur ses traits le troubla, mais il préféra chasser bien vite cette sensation. Coco possédait une fraîcheur qui, conjuguée à sa silhouette mince, lui donnait l'air très jeune. Elle était douce et innocente, et attendait sans doute le Prince charmant et le grand amour. Et ces rêves-là, ce n'était pas lui qui pourrait les concrétiser ! En général, il sortait avec des femmes qui ne requéraient pas une grande attention, qui connaissaient les travers de la gent masculine et n'attendaient rien de lui. Brooke avait été l'exception qui confirmait la règle.

— Il faut que vous me promettiez de m'appeler s'ils reviennent, insista-t-il.

Elle soupira et acquiesça, à contrecœur.

— Entendu, mais j'espère malgré tout qu'ils vont m'oublier.

À cet instant, il eut le pressentiment qu'il s'agissait d'un vœu pieux.

— Je voulais juste m'assurer qu'il n'y avait pas de malentendu entre nous, dit-il en se levant. Eh bien, à demain, Coco !

Le lendemain, alors que Coco habillait la petite Emma, elle lui désigna la photo de Benjamin qu'elle avait placée sur la commode de la chambre d'enfant.

— Papa, dit-elle à l'enfant en détachant bien chaque syllabe. C'est ton papa.

La fillette était de bonne humeur et réclamait moins les bras que d'ordinaire. Elle était heureuse de constater ses progrès et espérait qu'ils auguraient aussi d'un rapprochement entre le bébé et son père.

On sonna à la porte alors qu'elle était en train de donner son déjeuner à Coco.

Sarah entra quelques secondes plus tard dans la cuisine.

— Les deux hommes sont revenus. Vous savez, ceux qui viennent de la part de Dev... quelque chose, j'ai oublié la fin.

Coco sentit son estomac se nouer. Elle hésita un instant à les renvoyer, comme la dernière fois, mais elle se rappela la promesse faite à Benjamin. Elle déglutit avec difficulté.

— Dites-leur de patienter dans le petit salon, s'il vous plaît, répondit-elle enfin.

Puis elle prit son téléphone portable.

Dès que Sarah fut sortie de la cuisine, elle sélectionna le numéro de Benjamin dans son répertoire.

— Benjamin, répondit-il d'un ton sec.

— C'est moi, Coco, lui dit-elle. Les hommes sont ici, dans le petit salon.

— Est-ce que vous savez ce qu'ils veulent ?

— Pas encore. J'étais en train de donner son déjeuner à Emma. Je vous ai appelé parce que vous m'aviez fait promettre de vous prévenir au cas où ils reviendraient.

— J'arrive aussi vite que possible, dit-il.

Et il raccrocha.

Coco tendit la nourriture d'Emma à Sarah, qui était revenue, et se rendit dans le petit salon. Les deux hommes se levèrent immédiatement en la voyant entrer.

— Mademoiselle Jordan, merci de nous recevoir, déclara l'un d'eux. Je m'appelle Paul Forno, et voici mon collègue, Gerald Shaw.

Tendue, Coco croisa les mains dans son giron.

— Si vous êtes ici pour les dettes de ma mère, autant vous dire que je ne pourrai rien régler, lança-t-elle d'emblée.

M. Forno plissa le visage, confus.

— Les dettes de votre mère ? répéta-t-il. J'ignorais que

Mlle London avait des problèmes d'argent. Selon nos informations, elle avait largement de quoi vivre, après l'accord qu'elle avait passé avec votre père.

— Mlle London ? fit-elle à son tour, soudain aussi interloquée que son interlocuteur. Ce n'est pas le nom de ma mère. Il y a erreur sur la personne. Je ne suis pas celle que vous recherchez.

M. Forno la considéra un instant.

— Vous savez que vous êtes une enfant adoptée, n'est-ce pas ?

— Bien sûr, mais...

Elle s'interrompit, luttant pour maîtriser ses émotions, tout en s'efforçant de comprendre le but de la visite de ces hommes.

— S'agit-il de ma mère biologique ? reprit-elle alors. J'ai essayé de la retrouver il y a des années, mais on m'a dit qu'elle ne souhaitait pas me rencontrer. Est-ce qu'elle aurait changé d'avis ?

M. Forno échangea un regard avec son associé.

— Malheureusement...

À cet instant, la porte du petit salon s'ouvrit, et Benjamin pénétra dans la pièce, avec l'assurance du maître des lieux.

— Un problème ? demanda-t-il.

En le voyant, Coco éprouva un vif sentiment de soulagement.

— Je crois qu'il y a surtout un malentendu, répondit-elle.

Benjamin se tourna vers les deux hommes.

— Il ne devrait pas être difficile de lever les mystères. Si vous avez une bonne raison pour voir Mlle Jordan, alors dites-nous de quoi il s'agit. Sans quoi, partez et ne revenez jamais, car vous l'importunez.

M. Forno s'éclaircit la voix.

— C'est un sujet de nature délicate... Nous préférerions nous entretenir en tête à tête avec Mlle Jordan.

— C'est à elle de décider, répondit Benjamin.

— Je souhaite que M. Garner reste, déclara-t-elle d'un ton assuré. Quelle que soit la nouvelle que vous m'apportez, vous pouvez l'exposer en sa présence.

M. Shaw soupira.

— Dans ces conditions, monsieur, il va falloir que vous nous signiez un document de confidentialité.

— Je ne signerai rien du tout, rétorqua Benjamin. Je vous rappelle que vous êtes chez moi, et que vous me faites perdre mon temps, ainsi qu'à mon employée.

M. Shaw parut à la fois nerveux et perplexe.

— Dans ces conditions, vous devez promettre de garder la plus grande confidentialité concernant ce que nous allons vous dire.

Benjamin hocha la tête avec réticence.

— Bien, nous attendons, fit-il.

M. Forno prit alors la parole.

— Permettez-nous de nous présenter, monsieur Garner. Je suis Paul Forno, et voici mon associé, Gerald Shaw, de la maison Devereaux. Mais peut-être pourrions-nous nous asseoir.

Sans cacher son impatience, Benjamin prit un siège. Les autres l'imitèrent.

— Comme je vous l'ai dit, nous représentons la maison Devereaux, commença l'homme.

— De quoi s'agit-il, au juste ? demanda Benjamin.

M. Shaw cilla.

— De la maison royale des Devereaux, précisa-t-il alors. La famille régnante du pays de Chantaine.

— Je n'en ai jamais entendu parler, marmonna Benjamin.

L'air désespéré, M. Forno tourna le regard vers Coco, qui haussa les épaules.

— Désolée, mais moi non plus.

— Ah bon ? s'exclama-t-il. Chantaine est une île, petite mais néanmoins charmante, au large de l'Italie. La famille Devereaux y règne depuis des siècles.

— Et quel rapport avec Coco ? demanda brusquement Benjamin.

M. Forno soupira et déclara à l'adresse de cette dernière :

— Votre mère biologique était Ava London. Elle a eu une liaison qui a duré fort longtemps avec le prince Edward, et vous êtes...

Il toussota.

— Le fruit de cette relation, termina-t-il.

Coco sourcilla et regarda le messager d'un air perplexe. Après toutes ces années, elle apprenait enfin qui étaient ses parents biologiques, et la nouvelle lui paraissait irréelle... Elle secoua la tête, à la fois surprise et dubitative.

— Vous êtes en train de me dire qu'Ava London et le prince Edward étaient mes parents biologiques ?

— Oui, ce sont bien eux, confirma-t-il.

Elle était tellement abasourdie qu'elle en avait le souffle court.

— Mon père est un prince ?

— Il l'était, oui, confirma M. Forno.

— Vous parlez au passé ! s'écria-t-elle alors, le cœur battant. Ne me dites pas qu'il est mort ! Et ma mère, est-elle encore en vie ?

— Malheureusement, Son Altesse Royale est décédée, il y a plusieurs années, et son fils Stephan lui a succédé. Quant à votre mère biologique, sa mort remonte à une semaine, dit-il.

— Oh ! fit-elle avec tristesse.

Depuis la disparition de sa mère, elle se sentait terriblement seule. Elle n'avait pas de famille proche, ni de frères et sœurs. Et voilà qu'on lui révélait enfin l'identité de ses géniteurs, mais qu'on lui annonçait en même temps qu'ils étaient morts.

— Et qu'est-ce que cela change pour Mlle Jordan ? s'enquit alors Benjamin.

— Eh bien... La maison Devereaux souhaite que Mlle Jordan accepte son invitation de se rendre à Chantaine et de rencontrer les membres de la famille royale.

— Aller à Chantaine ? Mais comment ? demanda Coco.

— De la façon la plus habituelle de nos jours, répondit M. Forno, son éternel sourire aux lèvres. Par un vol transatlantique.

Ses pensées se bousculaient dans sa tête... Puis elle regarda Benjamin et comprit aussitôt qu'elle ne pourrait pas s'y rendre : il comptait sur elle, tout comme Emma. Elle secoua la tête.

— C'est impossible, dit-elle. Je viens juste de commencer

mon travail ici, et le bébé dont je m'occupe a besoin de moi. Mais je vous remercie de l'invitation.

Les deux hommes parurent surpris.

— Vous refusez l'invitation des Devereaux ?

— Le moment n'est guère opportun, ni pour moi, ni pour mon employeur, dit-elle en jetant un coup d'œil à Benjamin, qui semblait surpris par sa décision.

— Vous en êtes certaine ? demanda ce dernier.

— Tout à fait. J'ai signé un contrat avec vous, et j'ai bien l'intention de tenir mes engagements, répondit-elle.

Elle se leva.

Les trois hommes la regardaient, comme si elle était subitement devenue une extraterrestre, tandis que mille pensées l'assaillaient. Elle savait finalement qui étaient ses parents biologiques, tout comme elle savait qu'ils n'avaient pas voulu d'elle. Elle avait aussi un frère — un prince — qui ne devait sans doute pas se réjouir de son existence.

— Y a-t-il d'autres Devereaux ? demanda-t-elle subitement. Est-ce que j'ai...

Elle s'interrompit. C'était idiot, ce ne pouvait être que des demi-frères ou demi-sœurs qui, pas plus que le prince, ne l'apprécieraient. Pourtant, elle ne put refréner sa curiosité.

— Est-ce que le prince Edward a eu d'autres enfants ?

— Oui, répondit M. Shaw. Le prince Stephan, les princesses Valentina, Fredericka, Bridget et Phillipa, ainsi que le prince Jacques.

M. Forno échangea alors un regard avec M. Shaw, qui ajouta :

— Le prince Edward a également eu un autre enfant avec votre mère biologique. Un fils.

— Un autre ? dit-elle, incrédule. Eh bien ! On ne peut pas dire qu'il chômait.

M. Shaw s'éclaircit la gorge, mais ne répondit pas.

Benjamin eut un rire sourd.

— Entièrement d'accord avec vous, Coco, approuva-t-il.

Ces paroles l'arrachèrent pendant quelques secondes à son état de choc, mais bien vite elle reprit :

— Attendez un peu… Vous êtes en train de me dire que mon père biologique a eu six, non, sept autres enfants, et que l'un d'entre eux est issu de la même mère que la mienne… Où est-il ? Qui est-il ?

— Il réside actuellement en Australie, où il exerce la profession d'ingénieur. Il est très difficile à joindre, expliqua M. Shaw. Nous ne pouvons pas vous donner plus d'informations sur lui. La nouvelle de votre existence peut éclater à tout moment.

— Comment ça ? reprit alors Benjamin. Je pensais que c'était une affaire confidentielle.

— C'est exact, mais nous redoutons qu'il y ait des fuites et que la presse apprenne la nouvelle de l'existence des enfants illégitimes du prince Edward, répondit M. Shaw.

— Je comprends mieux à présent pourquoi vous étiez si déterminés à rencontrer Coco, observa Benjamin. Et aussi pourquoi vous l'invitez à Chantaine. En la contrôlant, vous contrôlez la pagaille que la nouvelle est susceptible de déclencher.

— Il est tout à fait compréhensible que les Devereaux aient envie de rencontrer Mlle Jordan, répliqua M. Shaw.

— Et de votre côté, vous conviendrez que tout cela fait beaucoup de nouvelles à la fois pour Mlle Jordan, et je suis certain que vous lui accorderez un peu de temps pour réfléchir.

— Bien sûr, répondit M. Shaw. Il faudrait juste qu'elle signe un document par lequel elle s'engage à ne pas parler du sujet avec la presse…

— Elle ne signera aucun document qui n'aura été attentivement étudié par un avocat ! trancha Benjamin.

— Monsieur, il est dans l'intérêt de Mlle Jordan de ne pas en discuter en public. Une fois que la nouvelle aura éclaté, elle sera submergée par les paparazzi. En signant ce document, elle pourra justifier son refus des interviews.

— Mlle Jordan n'a rien à justifier ! rétorqua Benjamin en se levant. Et maintenant, dans la mesure où elle a vos coordonnées, je présume que nous pouvons nous en tenir là pour aujourd'hui.

Les deux visiteurs parurent déçus.

— Appelez-nous si vous changez d'avis concernant ce document ou votre visite à Chantaine, déclara M. Forno à Coco.

Benjamin avait raison, pensa-t-elle. Elle devait intégrer toutes ces nouvelles avant de prendre la moindre décision, et nul doute qu'il lui faudrait un certain temps !

— Je ne pense pas que je changerai d'avis, dit-elle, mais j'ai votre numéro de téléphone, au cas où.

Puis les deux hommes regagnèrent la sortie.

Une fois qu'ils furent seuls, elle sentit le regard de Benjamin sur elle. Elle leva les yeux vers lui.

— Tout va bien ? lui demanda-t-il.

Désireuse de masquer à quel point elle était ébranlée, elle releva le menton.

— Bien sûr, que ça va ! déclara-t-elle. Ce sont des nouvelles un peu curieuses, mais j'ai toujours su que j'étais une enfant adoptée. Je savais aussi que mes parents biologiques ne souhaitaient pas me rencontrer. Maintenant, je comprends mieux pourquoi...

À cet instant, Sarah entra dans le petit salon.

— Ils sont partis ? Parfait. J'étais en train de passer commande au supermarché quand ils m'ont interrompue. Est-ce que vous pouvez reprendre le bébé, Coco ? demanda-t-elle.

— Oui, bien sûr, répondit cette dernière.

Puis elle tendit les bras de façon automatique.

Sarah sortit du salon et, à la terrible odeur qui lui monta soudain au nez, elle comprit pourquoi la gouvernante avait grand hâte de se débarrasser de l'enfant...

— Quelqu'un a besoin d'être changé, dit-elle en souriant à l'adresse de l'enfant.

Elle leva les yeux vers Benjamin.

— Le devoir m'appelle ! s'exclama-t-elle.

— Une minute ! fit-il.

— Je vous assure que ça ne peut pas attendre, c'est urgent, dit-elle.

Elle se précipita hors de la pièce.

Elle entendit le bruit de ses pas derrière elle, et il la rejoignit dans la chambre d'enfant. Nerveuse, elle fit rapidement disparaître la couche souillée et, en un rien de temps, le bébé fut changé. Elle le prit alors dans ses bras, puis se tourna vers Benjamin.

— Merci d'avoir été à mes côtés pendant ce rendez-vous, lui dit-elle.

— Je ne suis pas certain que vous vous rendiez compte de l'impact psychologique que ces nouvelles peuvent avoir sur vous, déclara-t-il. Votre père était un prince. Il est possible que vous ayez un héritage. Et d'une certaine façon, vous êtes une princesse !

Elle devina alors, à la lueur qui passa dans ses yeux, que cet aspect de la situation l'horrifiait.

— C'est ridicule ! Je ne suis pas une princesse, c'est sûr ! Tout comme je suis convaincue qu'il n'y a pas d'héritage pour moi. Sinon, ils me l'auraient tout de suite annoncé.

Soudain, elle se tut, considérant ses propos.

— Ce n'est pas votre avis ? Je suis une enfant illégitime, et à mon avis ils ont pris toutes les précautions pour se couvrir. Je ne pense pas qu'Edward soit le premier homme de la famille Devereaux à répandre sa semence si généreusement. Enfin, je veux dire, certains hommes ont du mal à se contrôler et…

Elle s'interrompit, comprenant soudain que Benjamin pouvait se sentir visé par ses paroles.

— Ce que je veux dire, reprit-elle, c'est qu'il a engendré huit enfants, ce n'est pas rien. Ce n'est pas comme si il avait été le père d'un ou deux enfants…

— J'ai compris, fit Benjamin. Quand vous voudrez entrer en contact avec les Devereaux, faites-le-moi savoir, c'est tout.

— Cela ne risque pas de se produire ! s'écria-t-elle. Ils ne veulent pas réellement faire ma connaissance. D'ailleurs, leur père n'a jamais voulu de moi.

Elle se sentit soudain extrêmement vulnérable. Jusqu'à présent, elle se croyait seule au monde, et elle avait effectué un gros travail sur elle pour accepter la situation. Mais maintenant ce n'était plus le cas, et pourtant elle sentait bien que cette nouvelle famille ne l'accueillerait pas à bras ouverts.

— Ma vie est assez compliquée comme ça, poursuivit-elle. Je n'ai pas besoin que...

— Vous verrez, vous changerez d'avis, prédit-il.

Elle fronça les sourcils.

— Vous n'en savez rien !

Il glissa ses pouces dans les poches avant de son jean.

— Si, j'en suis certain. À un certain moment, vous éprouverez le besoin de rencontrer vos frères et sœurs. Tout le monde veut connaître sa famille, surtout si, comme vous, on pensait ne pas en avoir. Moi, en tout cas, à votre place, c'est ce que je ferais.

— Ah bon ? fit-elle, étonnée.

— Oui. J'ai trois frères, deux habitent à Silver City, en centre-ville, et un à Claytor Junction, dans le Colorado. Ils occupent une place importante dans ma vie. Et plus encore depuis que mon père est mort et que ma mère est partie pour le Costa Rica.

— Le Costa Rica ? répéta-t-elle.

Il haussa les épaules.

— Ma mère a toujours voulu voyager. Mais comme, avec mon père, ils sont rarement partis en vacances, elle en profite depuis son décès. Elle gère son deuil par la fuite. Un jour, elle se lassera.

Elle se mordit la lèvre.

— Vous ne lui en voulez pas ? Vous n'aimeriez pas qu'elle vive ici ?

Il se mit à rire.

— Oh non ! Elle avait besoin de partir. Elle a beaucoup souffert de la mort de mon père. Je suis content qu'elle ait eu le courage de partir. Chacun fait son deuil comme il le peut.

— Et vous, c'est pour cette raison que vous avez eu une liaison avec Brooke ?

Il la considéra, puis poussa un soupir.

— Peut-être... J'avais sans doute besoin de distraction. Il fallait que je m'occupe du ranch, c'était un dur travail, et aucun de mes frères ne voulait prendre la relève.

— Ah bon ?

— Ils n'ont pas cette vocation. L'un est avocat, l'autre, spécialisé en investissements, l'autre, informaticien. Il ne restait que moi.

— Je n'y connais pas grand-chose en la matière, dit-elle, mais j'ai l'impression que vous faites un sacré bon boulot.

Il esquissa un demi-sourire.

— Merci. Je fais effectivement du bon travail, du moins je le crois.

Emma commença à remuer, leur signifiant son impatience.

— Et, si je peux arriver à m'approcher de ma fille sans qu'elle se mette à hurler, je serai un homme comblé, ajouta-t-il.

— Il faudrait commencer par retirer ce chapeau, lui dit-elle.

— Je ne pense pas que cela fasse une énorme différence, rétorqua-t-il.

— Vous pouvez toujours essayer, l'encouragea-t-elle.

Alors, en soupirant, il retira son Stetson.

Emma le considéra un instant, sans broncher.

— Je n'arrive pas à croire que c'est juste ce fichu chapeau qui la fait pleurer, marmonna-t-il.

Le bébé tendit la main vers son père.

— Approchez-vous, souffla Coco.

Il lui lança un coup d'œil dubitatif, mais obtempéra. Emma tendit sa petite main et lui toucha le menton.

— Ha ! fit alors Emma.

— Il y a du progrès ! s'exclama Coco, incapable de dissimuler la trace de victoire dans sa voix.

S'abandonnant à la main maladroite de sa fille, qui tâtait à présent son visage, il fit la grimace.

— C'est une question d'opinion, fit-il.

— Au moins, elle ne crie plus.

— C'est vrai, admit-il en touchant lui aussi les petits doigts d'Emma.

À cet instant, l'enfant écarquilla les yeux et retira brusquement sa main.

— Ne l'effrayez pas, le réprimanda Coco.

— Comment ça va, ma chérie ? demanda-t-il alors à Emma.

Soutenant son regard, l'enfant agita la main vers lui.

— Ha ! dit-elle de nouveau.

— Ha ! répondit-il.

Et il prit sa main dans la sienne.

— Tu es ma petite fille, ne l'oublie jamais, continua-t-il en embrassant délicatement sa paume. Jamais.

Emma agita alors les jambes et le regarda droit dans les yeux, mais elle ne se mit pas à crier.

Coco avait raison, pensa Benjamin. Son Stetson devait l'effrayer. Mais elle avait surtout raison sur un autre point : il devait se calmer et se contenter d'aimer son enfant. Et cela pourrait être un peu plus compliqué que prévu.

Durant les jours qui suivirent, Coco s'efforça de faire abstraction de ce que les deux hommes de la maison Devereaux lui avaient appris de sa famille biologique. Ses géniteurs ne l'avaient pas désirée. Ses demi-frères et demi-sœurs n'étaient pas vraiment intéressés par elle. Car, si tel avait été le cas, l'un d'eux ne se serait-il pas déplacé en personne pour la rencontrer ? Et, s'agissant de son frère, lui aussi semblait se contreficher de son existence.

Cette pensée la peinait mais, depuis la mort de son père, elle n'avait jamais plus été réellement heureuse. Elle s'était mise à vivre dans la peur de perdre sa mère et de se retrouver seule au monde. Pendant longtemps, elle s'était dit que cela n'arriverait pas tout de suite, jusqu'à ce qu'on diagnostique un cancer à sa mère et que tout parte à vau-l'eau.

Rester auprès de sa mère durant les derniers jours de sa vie avait été l'expérience la plus importante de sa vie, mais aussi la plus difficile. Elle avait espéré que cet accompagnement lui apporterait une certaine paix, mais depuis la disparition de sa mère elle se sentait agitée. Il lui arrivait de se réveiller en sursaut au beau milieu de la nuit, saisie de panique.

Toutefois, s'occuper d'Emma lui procurait un étrange

soulagement. L'enfant l'avait tout de suite acceptée, comme si un lien avait existé d'emblée entre elles deux. Même si Emma était tourmentée, il existait une sorte de calme dans la routine quotidienne. Bien sûr, l'enfant pleurait et criait, mais elle souriait aussi, et elle aimait se faire câliner. Quelque chose en elle apaisait la tristesse de Coco. Et puis, Coco voulait aider Emma à surmonter sa peur. Elle était depuis peu au ranch Garner, mais elle ressentait déjà un très fort désir de protection envers l'enfant, et elle était par ailleurs déterminée à apporter la paix entre le bébé et le père.

À cet instant de sa vie, c'était primordial.

Néanmoins, elle sentait aussi monter en elle de la curiosité envers la famille royale. Dans ses rares moments de détente, elle fit des recherches en ligne sur la famille Devereaux et Chantaine. La plupart de ses frères et sœurs lui parurent snobs, à l'exception de la princesse Phillipa, qui avait de beaux cheveux frisés. Elle fut par ailleurs surprise de découvrir que Valentina vivait au Texas, avec son mari et leur fille.

Sa demi-sœur vivait dans le même État qu'elle !

Elle aurait pu prendre sa voiture et lui rendre visite, pensa-t-elle alors. Cela dit, il se pouvait aussi que la princesse Valentina n'ait aucune envie de la rencontrer. Bien qu'elle ait affirmé ne rien attendre de ses demi-frères et demi-sœurs, elle était préoccupée depuis la visite de Forno et de Shaw. Et, quand elle se couchait, des pensées incessantes lui traversaient l'esprit. Tout au fond d'elle, elle désirait une famille : des sœurs, des frères, des cousins, des tantes, des oncles… Elle s'était crue seule au monde, mais… était-il fou de penser qu'elle ne l'était pas ?

Le lendemain, Coco plaça Emma dans le porte-bébé et, prenant une canne à pêche et l'attirail nécessaire, elle se rendit au bord d'un des ruisseaux qui coulaient sur le ranch. Quelques minutes plus tard, tout en repensant à toutes les parties de pêche qu'elle avait faites avec son père avant ses dix ans, elle jeta sa ligne dans le ruisseau, et, assise sur la berge, attendit.

Attendit et attendit encore. Et quand elle sentit qu'elle avait une prise, elle remonta une belle truite. Elle rejeta alors le poisson à l'eau, et relança sa ligne.

Très tôt, elle avait appris que l'attente constituait la plus grande partie du jeu. Son père la distrayait en général avec les histoires qu'il lui racontait — des histoires qu'il inventait. Se souvenant de l'une d'entre elles, elle la raconta à Emma, qui s'endormit rapidement.

C'était pourtant une bien belle histoire, pensa-t-elle, un rien dépitée.

Elle attrapa un troisième poisson, qu'elle libéra comme les deux premiers. L'un des employés de Benjamin s'arrêta pour échanger quelques paroles avec elle. En fin d'après-midi, elle se sentait vraiment bien. Toutes ses angoisses s'étaient dissipées. Elle donna un biberon à Emma. Le soleil brillait, et elle commençait à transpirer. Elle décida alors de regagner la maison.

De retour chez lui, Benjamin fit les cent pas dans son bureau. Coco et Emma n'étaient pas là. Coco avait annoncé à Sarah qu'elle allait pêcher, mais il avait fait le tour de tous les endroits du ranch où l'on pouvait pêcher et il ne les avait pas vues. Où avait-elle donc pu aller ?

Il repensa aux Dupond et Dupont, les deux représentants du clan Devereaux, qui avaient rendu visite à Coco. Il se demanda alors si, en dépit de leurs airs inoffensifs, ils ne nourrissaient pas de sombres desseins. Et s'ils avaient enlevé Coco et sa fille ?

Soudain inquiet, il se dirigea vers la porte, prêt à se mettre activement à leur recherche, quand il vit Coco monter les marches, une canne à pêche à la main, sa fille dans un porte-bébé, et un large sourire aux lèvres.

Son sourire était contagieux.

— Vous avez l'air heureux, lui dit-il.

— Je le suis, répondit-elle. J'ai attrapé quatre poissons, que j'ai immédiatement rejetés dans le ruisseau.

— Vous n'avez donc aucune preuve de ce que vous avancez. Comment puis-je vous croire ? fit-il, désireux de la taquiner.

Ses yeux s'assombrirent.

— Votre fille peut témoigner.

Il regarda sa fille endormie et se mit à rire.

— C'est un piètre témoin, non ?

— Vous ne me croyez donc pas ? dit-elle en relevant le menton.

— Pourquoi vous croirais-je ?

— Parce que je vous le dis, et que je suis une femme respectable. Les seules histoires que je raconte, ce sont celles qui permettent de se distraire quand on attend qu'un poisson morde à l'hameçon. Mon père m'en racontait beaucoup quand nous allions pêcher tous les deux, autrefois.

Il croisa son regard et ressentit alors une curieuse sensation du côté du cœur… Cette femme le surprenait. Il n'aurait pas cru qu'elle aimait la pêche, même s'il savait qu'elle avait grandi dans une petite ville.

— Et vous essayez d'apprendre à pêcher à ma fille, une enfant de cinq mois ? demanda-t-il en regardant le porte-bébé.

— Cela vous ennuie ? répliqua-t-elle.

— Pas du tout. Cela lui fait du bien de respirer le grand air.

— Est-ce que vous voulez en faire autant ? demanda-t-elle tout à trac.

— Vous voulez dire l'emmener pêcher ? Quelle curieuse idée ! Elle poussera des cris d'orfraie, oui !

Le regard de Coco s'adoucit.

— Je ne parle pas de partie de pêche ! Je pensais juste que votre fille et vous pourriez faire une activité ensemble, qui vous plaise à tous les deux.

3

Le lendemain, Benjamin donna rendez-vous à son frère Jackson dans un café du centre-ville. Chacun commanda une bière.

— Alors, quoi de neuf ? demanda Jackson. Tu ne m'as pas l'air en grande forme.

Benjamin jeta un regard oblique à son jeune frère, un avocat dont la carrière était en pleine ascension. Il avait toujours été rapide, aussi bien dans ses déductions que dans ses études, et avait décroché son diplôme d'avocat haut la main, dans une université prestigieuse.

— Tu veux qu'on échange nos vies pendant quelques mois ? lui proposa-t-il pour plaisanter.

— Désolé, fit Jack en portant sa chope à ses lèvres, mais je ne marche pas. Il faudrait que je sois tombé sur la tête pour me charger d'un ranch et d'un bébé, alors que je suis si heureux dans ma vie de célibataire. Sache que je n'ai aucune intention de prendre femme et enfant dans les décennies à venir.

— Pour moi non plus, ce n'était pas au programme, répondit sèchement Benjamin. Alors, comment marchent les affaires ? demanda-t-il d'un ton adouci.

— Plutôt bien, répondit Jackson. Évidemment, ce serait plus facile si j'habitais Dallas. Sans compter cette proposition à New York.

— Pourquoi est-ce que tu ne l'acceptes pas ? demanda-t-il, connaissant l'attachement de son frère à Silver City.

Jackson haussa les épaules.

— Je ne sais pas... Je me sens bien ici.

— Alors arrête de te plaindre !

Jackson lui lança un regard moqueur.

— C'est bien toi qui voulais intervertir nos places, non ?

Il but une gorgée de bière.

— Bon, qu'est-ce qui ne va pas ? demanda-t-il à son frère.

Benjamin soupira.

— À part le fait que ma fille me déteste ? répliqua-t-il.

Malgré lui, Jackson eut un sourire railleur qu'il noya dans une nouvelle gorgée de bière.

— Ce ne doit pas être facile, effectivement.

— En effet, approuva Benjamin.

— Mais je devine qu'il y a autre chose, avança Jackson.

— Tu as vu juste, comme toujours. C'est au sujet de la nouvelle nourrice...

Jackson fronça les sourcils.

— Je pensais que c'était une *vraie* magicienne, qu'elle savait calmer ton énervée de fille. Bref, qu'elle était parfaite !

— Oui, elle est presque parfaite, marmonna Benjamin. Mais il y a un petit hic...

— C'est une clandestine ?

Benjamin secoua la tête.

— Non, c'est pire.

— Qu'est-ce qui peut être pire que ça ?

Après avoir jeté un coup d'œil à droite et à gauche, Benjamin se pencha vers son frère avec un air de conspirateur.

— C'est une princesse.

— Quoi ? s'écria tout fort Jackson.

— Chut ! fit-il vivement.

— Mais de quoi est-ce que tu me parles ? reprit son frère en chuchotant.

— C'est une enfant adoptée, et elle vient juste d'apprendre que son père biologique était un prince.

— On peut dire que tu t'es fourré dans un beau guêpier. Décidément, tu les attires !

Benjamin prit une mine sévère.

— Merci pour le soutien !

— Bon, qu'est-ce que tu attends de moi, exactement ? reprit Jackson.

— Des représentants de la famille royale veulent lui faire signer des documents, déclara-t-il.

— Certainement pas ! dit Jackson. Il faut d'abord que je les voie.

— J'ai déjà prévenu qu'elle ne signerait rien. Ils l'ont par ailleurs invitée à visiter l'île, mais là encore ils veulent qu'elle signe des papiers. Elle dit qu'elle se fiche pas mal de les rencontrer, mais je pense qu'elle se ment à elle-même.

Jackson se passa la main sur son visage.

— En d'autres termes, tu veux savoir si légalement, sachant qui elle est, tu as le droit de la renvoyer ?

— Pas du tout ! Emma l'adore ! se récria Benjamin.

— Très bien... Bon, il y a la vague possibilité qu'elle ait droit à une part d'héritage mais, comme elle est née hors mariage et qu'elle est adulte, cela ne me paraît pas très probable. Les têtes couronnées s'arrangent en général pour que leur fortune demeure imprenable.

— Je suis certain que Coco apprécierait un renflouement de son compte en banque, mais ce n'est pas son souci principal.

— C'est-à-dire ? questionna Jackson.

— Eh bien, les représentants des Devereaux ont affirmé que les médias chercheraient immédiatement à la contacter quand la nouvelle se saurait.

Jackson fit la grimace.

— C'est vrai... Il y a un grand engouement pour tout ce qui touche de près ou de loin aux princes et princesses... On pourrait effectivement l'importuner.

— Mes hommes et moi pouvons nous charger de quelques importuns, déclara-t-il.

— Le problème, c'est qu'ils risquent d'être assez nombreux, l'avertit Jackson.

— Je pense qu'elle rêve d'avoir une famille, déclara-t-il. Elle a grandi en enfant unique, son père est mort quand elle était jeune, et sa mère vient de décéder.

Il sentit soudain que son frère l'étudiait plus attentivement.

— On entre dans un domaine plus intime ... Il y a quelque chose, entre toi et la nounou de ta fille ?

— Pas du tout ! se défendit tout de suite Benjamin. Je te fais part de mes observations, c'est tout.

— Donc, il n'y a rien entre vous ? Pas de badinage, ni de baisers volés, ni de somnambulisme qui vous conduise en pleine nuit dans le lit de l'autre ?

— Non !

— Hum, fit Jackson en tapotant la table du bout de ses doigts, les yeux rivés à son frère. Je ne sais que te dire. Comment est-elle, physiquement ?

Les sous-entendus de son frère commençaient à l'agacer, aussi répondit-il d'un ton sec :

— Il n'y a rien entre Coco et moi. J'ai eu ma dose de problèmes avec les femmes ces derniers temps, tu ne crois pas ? Emma se sent en sécurité avec Coco. La dernière chose qui me viendrait à l'idée, ce serait de tout gâcher.

— Bon, si tu as d'autres questions d'ordre légal, ou si je peux t'aider en quoi que ce soit, n'hésite pas à m'appeler, compris ?

— Entendu, répondit-il.

Il s'empressa de changer de sujet.

— À ton avis, qui va gagner le prochain match de foot ?

Ils parlèrent football pendant un bon moment, puis Benjamin rentra chez lui. Il remarqua alors que les lumières extérieures étaient restées allumées, et il se demanda si Sarah les avait laissées brûler à son attention.

Descendant de voiture, il apprécia les températures plus fraîches de la saison, l'été ayant été particulièrement chaud cette année-là. Il monta l'escalier d'un pas rapide et éteignit les lumières.

— Attendez !

Il reconnut immédiatement la voix essoufflée de Coco, et il ralluma.

— Que faites-vous ici ? demanda-t-il comme elle gravissait à son tour les marches.

— J'avais besoin de prendre un peu l'air, répondit-elle. Rassurez-vous, précisa-t-elle, j'avais emporté l'écoute-bébé pour entendre Emma, au cas où elle se serait réveillée.

Elle avait les joues rougies par la fraîcheur du soir.

— Cela fait longtemps que vous vous promenez ?

— Non, mais quand j'ai entendu votre voiture je me suis pressée de rentrer pour ne pas être enfermée à l'extérieur.

Il percevait une certaine nervosité chez elle. Soudain, elle baissa la capuche de son sweat-shirt et libéra sa chevelure.

— Vous êtes certaine que tout va bien ? demanda-t-il.

— Oui, répondit-elle sans croiser son regard. J'avais pris l'habitude de me promener dans le jardin de ma mère, le dernier mois de sa vie. Parfois, je me sens mieux après une petite marche.

— Je comprends. Moi aussi, j'ai besoin de me dégourdir les jambes quand je reste trop longtemps enfermé dans une maison.

Elle leva vers lui un regard sceptique.

— Vraiment ?

— Oui, vraiment ! Vous voulez une boisson chaude pour vous réchauffer ? J'ai l'impression que Sarah a laissé quelque chose d'encore chaud dans une cruche...

— Vous sentez vous aussi cette odeur délicieuse ? dit-elle en souriant. C'est du cidre chaud. Il a l'air excellent.

Ils se rendirent dans la cuisine où Coco sortit deux mugs qu'elle remplit de cidre. Benjamin en avala une première gorgée, qui lui brûla la langue.

— Ouh ! Il vient juste d'être fait, en effet, dit-il en lui signifiant d'un geste de la main de le rejoindre à la table de la cuisine.

Un sourire aux lèvres, elle s'assit en face de lui.

— Cela sent tellement bon qu'il est difficile d'attendre, dit-elle.

Elle était si jeune et si douce, pensa-t-il alors. On l'aurait presque prise pour une adolescente.

Elle croisa son regard.

— Vous me regardez d'un air curieux, déclara-t-elle. À quoi pensez-vous ?

— Je me souviens que j'ai dû regarder deux fois votre carte d'identité avant de croire que vous aviez vingt-quatre ans, répondit-il en souriant lui aussi.

Coco se mit à rire.

— J'ai toujours fait plus jeune que mon âge. Ma mère m'a prédit qu'un jour j'apprécierais cette qualité. En tout cas, au lycée, je détestais paraître si jeune.

Il avala une nouvelle gorgée, le cidre ayant eu le temps de refroidir un peu.

— Dites-moi ce qui vous a poussée à faire votre petite marche nocturne, ce soir. Vous pensiez à votre nouvelle famille ?

Son sourire s'effaça, et elle soupira.

— Je ne sais pas quoi faire, déclara-t-elle. J'ai du mal à croire qu'ils veulent vraiment faire ma connaissance. Ils ne se sont pas manifestés, ils ne m'ont même pas téléphoné.

— Peut-être que, pour des raisons légales, ils attendent que ce soit vous qui preniez contact avec eux la première, déclara-t-il.

— Vous croyez ? fit-elle d'un ton sceptique. En tout cas, moi, si j'avais découvert que j'avais un frère ou une sœur, j'aurais tout fait pour entrer en contact avec lui ou elle.

— Dans ces conditions, pourquoi ne faites-vous rien ?

Elle lui lança un regard sombre.

— Parce que je n'ai pas envie de me rendre dans un lieu où je ne suis pas la bienvenue.

— Vous ne savez pas s'ils ont envie de vous voir ou non, répondit-il en se penchant vers elle. Pour être fixée, il faudrait que vous alliez à Chantaine. Écoutez, si vous en avez envie, nous pouvons nous arranger.

— Je ne vois pas comment, dit-elle, les yeux attachés à son mug qu'elle enserrait de ses mains. Emma n'a pas encore trouvé ses marques. Elle a besoin de repères, de sa routine.

— C'est vrai, mais on est sur le bon chemin, dit-il, bien qu'il se demandât parfois si sa fille se sentirait un jour à la maison, chez lui. Je ne veux pas que vous vous sentiez empêchée d'y aller.

Elle se mordit la lèvre.

— Ce n'est pas comme si on avait des choses en commun, observa-t-elle avec dérision.

Il la considéra quelques secondes. Elle semblait très jeune, mais elle avait porté un lourd fardeau sur ses épaules quand sa mère était malade. Puis elle avait pris Emma en charge, et avait subi des nuits agitées par les cauchemars de sa fille sans se plaindre.

— De quoi avez-vous peur, au juste ? demanda-t-il.

Elle parut s'offusquer de sa question.

— Je n'ai pas peur !

— Ce n'est pas l'impression que vous me donnez.

— Cela n'a rien à voir avec la peur, mais admettez qu'eux et moi, nous ne jouons pas dans la même cour.

Il haussa les épaules.

— Ne brûlez pas les étapes, surtout si c'est pour avoir le moral dans les chaussettes.

Elle lui lança un regard oblique et esquissa un sourire.

— En parlant de chaussettes, vous pensez que ce sont les domestiques qui les leur enfilent ?

Il se mit à rire.

— S'ils en sont là, c'est pathétique, dit-il.

Il posa une main sur la sienne.

— Vous avez le temps de réfléchir, il ne faut pas prendre de décision hâtive, continua-t-il. Ne vous mettez pas la pression.

Elle soutint son regard et respira profondément.

— Vous avez raison, dit-elle. Je n'ai pas besoin de me mettre dans tous mes états, je peux y réfléchir tranquillement.

— Tout à fait, approuva-t-il.

Pendant quelques secondes, il eut soudain l'impression que le temps suspendait son cours… Et la chaleur qu'il perçut alors dans ses yeux lui procura une étrange sensation dans tout le corps. Il se rendit compte qu'il tenait toujours sa main dans la sienne et la retira. Il voulait bien réconforter la nourrice de sa fille, mais il ne souhaitait nullement que Coco se méprenne sur sa sympathie.

Il s'éclaircit la gorge.

— Il est temps pour moi d'aller au lit, annonça-t-il.

Il se leva.

— Pour moi aussi, fit-elle en lui emboîtant le pas. Je m'occupe des mugs.

— Merci, répondit-il.

Agacé de constater que sa voix était devenue plus rauque, il se dirigea vers la porte.

— Merci, Benjamin, de m'avoir réconfortée.

Il lui sourit.

— Je vous en prie. Bonne nuit, dit-il en s'éloignant.

— Bonne nuit ! répondit-elle.

De nouveau, il ressentit une impression inhabituelle en entendant sa voix douce résonner dans la cuisine. Décidément, il avait besoin de dormir pour recouvrer ses esprits.

Deux jours plus tard, alors qu'elle donnait à manger à Emma, Coco vit Benjamin entrer dans la maison à pas de loups pour éviter sa fille. Incapable de supporter plus longtemps la situation, elle reposa la cuillère dans l'assiette, et l'appela.

— Benjamin !

La fillette lui lança un regard perplexe et fit une moue désapprobatrice.

Benjamin passa alors la tête dans l'encadrement de la porte.

— Oui ?

Coco se leva immédiatement.

— Emma est en train de déjeuner et je dois... me repoudrer le nez.

Il haussa les sourcils.

— Vous repoudrer le nez ?

— Un euphémisme pour dire que je dois aller aux toilettes, expliqua-t-elle.

Il parut enfin comprendre.

— Vous souhaitez que je la surveille ?

— Non, je voudrais que vous preniez le relais pour lui donner à manger, rétorqua-t-elle.

Il fronça les sourcils.

— La faire manger ?

— Ce n'est pas si difficile, répondit-elle.

Elle essaya alors de saisir son Stetson, mais il fut plus rapide qu'elle.

— Elle déteste votre chapeau, ajouta-t-elle.

— Mais il se trouve que, moi, il me plaît.

— Je comprends, mais vous n'y êtes peut-être pas attaché au point de le porter dans la maison alors que vous donnez à manger à votre fille ?

Elle tendit la main pour qu'il lui remette son Stetson.

— Très bien, je vais le poser sur la commode du vestibule, déclara-t-il en le retirant.

— Ha ! fit alors Emma.

— Vous feriez mieux de vous dépêcher avant qu'elle ne s'impatiente, lui conseilla Coco.

— Elle peut tout de même attendre une petite minute !

— Non, à moins que vous ne souhaitiez qu'elle se mette à hurler et qu'on ne puisse plus la calmer, répliqua-t-elle. Bon, j'y vais.

Et, se couvrant les oreilles, elle monta précipitamment l'escalier pour gagner la salle de bains. Elle n'était pas certaine de pouvoir supporter les cris d'Emma sans faire demi-tour.

Elle entra avec hâte dans la salle de bains, alluma le ventilateur et se mit à chanter pour ne pas entendre les éventuels cris du bébé. Au bout d'un moment, elle finit par s'arrêter et tendit l'oreille... Aucun hurlement ne recouvrait le bruit du ventilateur. Poussée par la curiosité, elle éteignit l'appareil.

Il n'y avait toujours aucun signe d'alarme.

Prudemment, elle ouvrit la porte. Dans la maison régnait le plus grand silence. Le cœur rempli d'espoir, elle redescendit les marches sans faire de bruit...

— Là, c'est bien, disait Benjamin. Allez, une autre bouchée, tu dois prendre des forces. Tu es une Garner. Il faut que tu sois prête à affronter le monde.

Elle ne put s'empêcher de sourire. Et quand Emma se mit à gazouiller, elle plaqua sa main devant sa bouche pour ne pas éclater de rire. Elle comprit aussi, à l'attitude du bébé, que le repas était quasiment terminé.

Et, de fait, Emma eut un rejet qui macula la belle chemise de Benjamin !

— Oh ! fit-il en regardant sa chemise d'un air désolé. Pourquoi est-ce que tu fais ça ?

Un deuxième survint à cet instant, mais il eut cette fois la présence d'esprit de reculer à temps.

— Tu es dangereuse ! s'exclama-t-il en riant.

Il entreprit de nettoyer sa chemise avec la serviette d'Emma.

— Est-ce que tu fais ça à tous les repas ? poursuivit-il. C'est un miracle que Coco soit restée. Bon, j'imagine que cela signifie que tu es rassasiée.

Avec la même serviette, il lui essuya le visage, et Emma se renfrogna.

— Ah, tu n'aimes pas qu'on te nettoie ! Eh bien, pourtant, c'est ce qui arrive quand on mange salement. Il faut ensuite se laver.

De nouveau, il lui passa la serviette sur la bouche, et la fillette poussa un petit cri.

Coco estima qu'il était temps d'intervenir.

— En général, je lui chante une chanson juste après le repas, dit-elle.

Il tourna le visage vers elle.

— Ravi de vous revoir, répondit-il.

Elle se mordit la lèvre pour dissimuler un sourire.

— J'arrive au bon moment, on dirait. Pourtant, j'ai l'impression que vous vous êtes bien entendus, tous les deux, observa-t-elle.

— C'était du temporaire, précisa-t-il. Je ne savais pas qu'elle savait si bien cracher.

— En général, j'arrête le repas avant qu'elle n'en arrive là.

Quand elle commence à gazouiller, cela veut dire que c'est le début de la fin.

— Et quelle est ensuite la chanson magique que vous lui chantez ?

Coco entonna alors la berceuse favorite d'Emma, tandis que l'enfant suivait attentivement la gestuelle qui l'accompagnait.

Une fois qu'elle eut terminé, il lui demanda :

— Vous pouvez aussi danser et attraper du bétail au lasso ?

— Vous voulez dire... tout en chantant et en amusant un enfant ? ironisa-t-elle à son tour.

Tous deux se mirent à rire de bon cœur.

— Vous pouvez la sortir de sa chaise haute ? lui demanda-t-elle.

Il lui jeta un regard surpris.

— Pourquoi ?

— Parce qu'elle a fini de manger et qu'il faut la sortir de la chaise, et que vous deux avez besoin de vous habituer l'un à l'autre.

Benjamin soupira, et elle remarqua qu'il cligna des yeux, nerveux. Néanmoins, il s'exécuta, détacha Emma de sa chaise haute et la prit dans ses bras. L'enfant le fixa pendant quelques secondes, puis détourna le regard tout en commençant à émettre des petits bruits.

Benjamin se tourna vers Coco.

— Qu'est-ce que ça veut dire ? demanda-t-il.

— Qu'elle vous autorise à la porter, répondit-t-elle.

Cette fois, elle ne put contenir son rire : on avait l'impression qu'il tenait une grenade dans les mains susceptible d'exploser d'un instant à l'autre.

— Et maintenant, qu'est-ce que je fais ? demanda-t-il encore.

— Je pense qu'il faut la changer, dit Coco pour le taquiner un peu.

Il lui lança un regard noir.

— Et moi je pense que, pour aujourd'hui, le reflux sur ma chemise suffira.

— Dans ce cas, je m'en charge, dit-elle. Montez-la dans la chambre d'enfant, et je vous rejoins dans une minute ou deux.

— Et que suis-je censé faire, pendant cette « minute ou deux » ?

— Créer un lien avec elle.

Poussant un vague grognement, Benjamin sortit dans le couloir.

Coco nettoya alors la chaise haute et compta jusqu'à trois cent. Puis, sans faire de bruit, elle monta l'escalier et se posta silencieusement devant la chambre d'enfant. Benjamin était en train de parler à sa fille. Jetant un coup d'œil à l'intérieur, elle le vit agiter l'un des doudous du bébé devant son visage.

Emma attrapa alors la peluche, la serra un peu contre elle, puis la laissa tomber.

— Oh ! fit Benjamin.

Et il se pencha pour la ramasser. De nouveau, Emma s'en empara et lui réserva le même sort.

— Tu es une véritable petite chipie, dit-il alors.

À cet instant, il aperçut Coco sur le palier. Il lui sourit.

— Je vois que vous avez signé un traité de paix, dit-elle en pénétrant dans la chambre d'enfant.

— Plutôt une trêve, corrigea-t-il.

Il lui tendit le bébé.

— Il faut juste que vous continuiez à passer du temps avec elle, déclara-t-elle. Vous verrez, vous lui apprendrez bientôt à monter à cheval, puis à faire du vélo et enfin à conduire. Le temps passe si vite !

Levant les yeux, elle croisa son regard horrifié.

— Conduire, répéta-t-il en secouant la tête. Peut-être qu'elle ne voudra pas apprendre à conduire.

Coco se mit à rire.

— Alors là, vous rêvez !

— Ne brûlons pas les étapes, si vous voulez bien. Pour le moment, je dois changer de chemise. Vous avez vu dans quel état je suis !

Il était vrai que la purée de pois n'avait pas laissé une tache bien seyante.

Il regarda tour à tour Coco et sa fille.

— À plus tard ! lança-t-il.

Dès qu'il fut sorti, Coco se tourna vers Emma.

— Bravo, tu as accompli du beau travail, ma chérie ! Tu vas métamorphoser Benjamin Garner en un père attentif avant qu'il ne s'en aperçoive.

Le lendemain, Benjamin chevauchait dans le ranch au côté de son contremaître junior, Jace, pour vérifier l'état des clôtures. Jace était un jeune homme travailleur, ce qu'il appréciait fortement. En cela, il ressemblait à son contremaître senior, Hal.

— Tiens, on dirait qu'il y a un problème, dans l'angle gauche, au fond, dit Jace de son cheval.

Benjamin regarda avec les jumelles l'endroit indiqué.

— Bien vu !

— J'essaierai de venir la réparer cet après-midi, déclara le jeune homme.

— Parfait, dit Benjamin. Vérifions le dernier pâturage, et nous aurons terminé.

— Hal m'a dit que nous devions être attentifs à ce que des étrangers ne pénètrent pas sur la propriété, déclara Jace.

— Tu as vu quelqu'un ?

— Non... Selon Hal, ils viennent pour la nouvelle nourrice. Elle n'est pas menacée, au moins ?

— Non, non, répondit Benjamin. Coco va bien.

— En tout cas, elle est très belle, enchaîna Jace.

Benjamin lui lança immédiatement un coup d'œil.

— Comment le sais-tu ?

— Je l'ai croisée, l'autre jour, quand elle pêchait. Elle a l'air de s'y connaître !

Il se mit à rire et ajouta :

— Je me demande si je ne pourrais pas lui demander de sortir avec moi, un de ces soirs.

— Tu veux inviter Coco ?

— Oui. Elle est séduisante. Et puis elle a l'air très sympathique.

— Non, trancha instinctivement Benjamin, sans la moindre hésitation.

— Non ? répéta Jace, de toute évidence surpris.

— Non, répéta Benjamin, étonné lui-même par sa propre réaction et le désagrément que lui causait l'idée que Jace invite Coco à sortir. Nous faisons en sorte que le bébé s'habitue à sa vie ici, et Coco est l'élément le plus important de l'équation. Je ne veux pas qu'elle soit distraite ou importunée.

— Mais je ne l'ennuierai pas, marmonna Jace.

— C'est bon, c'est territoire interdit, compris ? Et n'hésite pas à transmettre le message.

Dans la mesure où, à part Sarah, il n'avait pas eu jusque-là d'employées féminines, ces questions ne s'étaient jamais posées. Et même si Coco était séduisante et apparemment sympathique, il ne souhaitait nullement que l'équation se complique. Il y en avait assez avec cette histoire de famille royale. Il espérait qu'elle parviendrait à oublier l'affaire et, si ce n'était pas possible, ils devraient trouver une solution, celle qui serait la plus favorable à Emma.

Coco enfila une veste à Emma, la plaça dans une poussette, puis elles partirent en promenade. Le fond de l'air était frais, mais le soleil brillait, et cette petite marche leur ferait du bien à toutes les deux. Elle prit par l'arrière de la maison, là où un sentier séparait deux champs. Elle parlait à la fillette du bétail et des arbres, et de temps en temps elle se mettait à courir en poussant la poussette, ce qui faisait invariablement rire le bébé.

— On dirait que tu aimes la vitesse, lui dit Coco. Je ne sais pas si ton papa appréciera, quand tu auras ta première voiture.

De nouveau, elle se mit à courir, et l'enfant éclata de rire.

Au bout d'un moment, elle fit demi-tour.

Comme elle se rapprochait de la maison, elle constata qu'Emma s'était endormie, la tête renversée sur le côté, et la bouche entrouverte. Elle sentit son cœur se serrer en voyant la petite fille si paisible. Alors qu'elle tournait à l'angle de la maison pour entrer par la porte de devant, elle se dit qu'elle allait la transporter dans son berceau afin qu'elle fasse un petit somme avant le dîner.

Ce fut alors que, sans qu'elle ait eu le temps de les voir arriver, trois hommes et une femme se précipitèrent vers elle. À leur appareil photo et aux questions qui fusèrent, elle comprit tout de suite de quoi il s'agissait. Choquée, elle se campa devant la poussette pour protéger Emma.

— Mademoiselle Jordan, est-il vrai que vous êtes la fille illégitime de l'ancien prince de Chantaine ?

— Comment avez-vous trouvé...

— Votre Altesse, commença une femme, quel effet cela fait-il de découvrir que l'on est une princesse ? Vous devez être très excitée.

Coco secoua la tête, agacée par l'homme qui ne cessait de la mitrailler avec son appareil photo.

— Je ne suis pas une princesse, déclara-t-elle.

— Est-il vrai que les Devereaux ne souhaitent pas que vous preniez votre place parmi la famille royale ? lui demanda un autre journaliste.

À cet instant, Emma commença à s'agiter. Tout ce tapage l'avait réveillée.

— Quelle place ? rétorqua Coco d'un ton agacé.

Haussant les épaules, elle leur tourna le dos pour sortir le bébé de sa poussette. Quelle question ridicule ! pensa-t-elle alors.

— La place qui vous revient dans la famille royale, répondit l'un des journalistes. Vous n'ignorez pas que vous pouvez revendiquer certains privilèges et certains droits.

— Pas vraiment, marmonna Coco, tendue, tandis qu'Emma commençait à gémir.

— Mais vous êtes une princesse, maintenant, intervint la femme.

— Je ne suis pas plus princesse que vous, rétorqua sèchement

Coco. Et regardez, vous faites pleurer le bébé. Vous pouvez être fière de vous !

Sans ajouter un mot, elle monta quatre à quatre les marches de la véranda.

4

— Ce que j'aimerais savoir, c'est comment quatre journalistes ont pu échapper à la vigilance du personnel, déclara Benjamin à son contremaître.

— Nous ne patrouillons pas dans le ranch vingt-quatre heures sur vingt-quatre, Ben, répliqua Hal Dunn.

Les deux hommes se connaissaient depuis que Benjamin avait huit ans. Hal était alors un jeune employé qui travaillait pour son père. Maintenant, il était devenu son bras droit.

— Il est possible qu'ils se soient introduits par la zone boisée.

— Eh bien, il faudra veiller à ce qu'un tel incident ne se reproduise pas ! déclara Benjamin. Et, désormais, une surveillance vingt-quatre heures sur vingt-quatre s'impose.

— Très bien, dit Hal. Mais je préfère te prévenir que celui qui montera la garde la nuit demandera une prime.

— Pas de problème, répondit Benjamin. Fixe tout de même un montant raisonnable, sinon les gars vont se chamailler pour monter la garde.

— Ne t'inquiète pas pour ça, répondit Hal en riant.

Puis, redevenant sérieux, il ajouta :

— J'espère qu'ils n'ont pas trop bouleversé la petite, ni sa nourrice.

— Coco m'a dit qu'Emma s'était mise à pleurer, mais que ses pleurs avaient cessé dès qu'elles étaient entrées dans la maison. Coco semblait harassée, et je pense qu'elle a été bien plus ébranlée qu'elle n'a voulu le montrer. Je ne crois pas qu'elle s'attendait à cet intérêt de la part de la presse, même si nous l'avions prévenue.

— Il faut dire qu'elle a du sang royal et, par ici, c'est une grande nouvelle, dit Hal. D'ailleurs, ce serait sans doute la même chose partout ailleurs.

— Parce que les gens pensent que cela va changer la face du monde, si Coco est une princesse ? répliqua-t-il avec sarcasme.

Hal fit la grimace.

— J'imagine que oui. Bon, qu'est-ce que tu attends de nous ?

— Que vous surveilliez le périmètre, c'est tout, dit Benjamin.

— Tu peux compter sur nous.

Quelques instants plus tard, Coco descendit les escaliers d'un pas rapide, tenant Emma enveloppée dans une couverture.

— Nous allons chez le pédiatre, annonça-t-elle.

— Quoi ? fit Benjamin. Pourquoi a-t-elle besoin de voir le médecin ?

— C'est un examen de routine, dit-elle. Souvenez-vous ! Vous aviez d'ailleurs dit que vous souhaitiez nous accompagner.

— Ah oui, c'est vrai ! Le problème, c'est que j'ai des engagements pour ce matin...

Il aurait dû inscrire ce rendez-vous dans l'agenda de son portable, celui qu'il consultait le plus souvent, et non le noter dans celui qui ornait son bureau et auquel il jetait un coup d'œil une fois par mois. Il fallait dire, à sa décharge, qu'il était un peu perturbé par les intrus qui s'étaient introduits sur sa propriété.

— Je devrais peut-être demander à l'un de mes hommes de vous accompagner, fit-il comme s'il réfléchissait à voix haute.

— Pourquoi ? Si nous commençons à nous comporter différemment, ce sera l'engrenage. Cela n'en vaut pas la peine.

— Un de nos hommes peut au moins la suivre, intervint Hal.

— Non ! répliqua Coco. Ce n'est vraiment pas nécessaire.

Benjamin parut toutefois réfléchir longuement à la proposition.

— Je pense pourtant que ce serait une très bonne idée que l'un de nos hommes vous suive, finit-il par dire.

— C'est un peu exagéré ! s'exclama-t-elle.

— Mieux vaut prévenir que guérir, répliqua-t-il. Il faut penser à la fois à votre sécurité et à celle d'Emma.

À ces mots, elle se sentit pâlir.

— Je suis tout à fait en mesure de protéger Emma.

— Je le sais, je ne voulais pas vous offenser.

Elle poussa un profond soupir.

— Très bien, comme vous voudrez...

Benjamin se gratta la joue.

— Écoutez, je vais reporter mes rendez-vous à cet après-midi. Je veux suivre de près la santé d'Emma.

Coco cilla, surprise.

— Comme vous voudrez. Mais il ne faudra pas oublier d'enlever votre Stetson.

Benjamin sentit le regard confus de Hal se poser sur lui.

— Emma n'aime pas mon chapeau, lui expliqua-t-il.

— C'est une honte ! fit celui-ci, contrarié.

— Ne m'en parle pas, renchérit Benjamin en soupirant.

Mais il retira son chapeau et le cala dans sa main droite.

— Allons-y, dit-il à Coco en se dirigeant vers son 4x4.

— Le siège enfant est dans ma voiture, précisa-t-elle.

— Pas de problème, dit Benjamin.

Il transféra le siège de la voiture de Coco à la sienne.

Il étudia ensuite la façon dont elle attachait l'enfant sur son siège et secoua la tête d'un air sceptique.

— Je parie qu'elle déteste ça.

— Si on lui donne suffisamment de jouets, elle oublie qu'elle est attachée, répondit-elle. Cela dit, je suis heureuse que le trajet soit court.

— Moi aussi, répondit-il en s'assurant également qu'elle avait bien attaché sa ceinture.

Il sortit du ranch et gagna la route nationale. Quelques voitures étaient garées le long de la route, et il fronça les sourcils, espérant que ce n'étaient pas des journalistes. Quelques instants plus tard, il jeta un coup d'œil dans son rétroviseur. Apparemment, il n'était pas suivi.

— Qu'est-ce que le pédiatre va lui faire ? Un vaccin ? s'enquit-il.

— Comme je vous l'ai dit, c'est un examen de contrôle, et oui, elle va être vaccinée.

— Aïe ! marmonna-t-il. Elle va encore m'associer à un moment désagréable.

— Les bébés oublient très rapidement ce genre de désagréments, lui assura-t-elle.

— Je vous laisserai la tenir pendant qu'on la vaccinera, prévint-il.

Sachant que le lien entre le père et la fille était encore ténu, elle acquiesça.

— Pour cette fois, précisa-t-elle.

Il lui jeta un regard en coin.

— Cette fois ?

— Oui, dit-elle. Il y aura d'autres occasions où Emma aura besoin de votre soutien. Elle peut par exemple se casser la jambe, ou...

— Pas sous ma surveillance, déclara-t-il vivement.

Elle lui sourit.

— Elle peut tomber et avoir besoin de points de suture.

— Je lui apprendrai à être prudente.

— Les accidents, ça arrive, vous savez. Vous ne vous êtes jamais rien cassé, enfant ? Vous n'avez jamais eu de points de suture ?

— C'est différent, je suis un garçon.

— Ah bon ? fit-elle avec ironie. Eh bien, je peux vous assurer que vous faites une grande erreur si vous pensez que, parce que c'est une fille, elle n'aura pas d'accident. Sans compter qu'il y a aussi des maladies qui peuvent l'envoyer à l'hôpital.

Benjamin sentit son estomac se serrer.

— Cela ne me plaît pas du tout.

— Trop tard, vous êtes déjà père. Mais la bonne nouvelle, c'est que vous avez le temps de vous y habituer. Qui plus est, vous êtes un homme qui assume ses responsabilités, c'est déjà ça.

Benjamin s'engagea dans la rue où se trouvait le cabinet de pédiatrie.

— Qu'est-ce qui vous fait dire ça ?

— Vous n'auriez pas pris Emma chez vous après la mort de Brooke si vous n'aviez pas eu le sens des responsabilités. Vous n'auriez pas embauché de nounou. Vous n'auriez pas enlevé votre chapeau en présence d'Emma ni accepté qu'elle crache sa purée de pois sur votre chemise.

— Vous avez sans doute raison, répondit-il d'un ton sec.

Tout en se garant devant le cabinet du pédiatre, il ajouta :

— Est-ce qu'on vous offre une bière, après l'épreuve ?

Elle se mit à rire.

— Hélas ! Vous devrez attendre d'être à la maison pour la boire. Allons-y ! Ce n'est pas aussi terrible que vous le pensez.

Remettant son chapeau sur sa tête, il aida Coco à sortir du 4x4 avant de libérer Emma de son siège. Le bébé lui lança un regard dur.

— Votre chapeau ! lui rappela Coco.

— O.K., désolé, marmonna-t-il en le retirant.

Cette fois, il le jeta sur le siège avant.

Il tendit Emma à Coco et les escorta à l'intérieur. Ils patientèrent un quart d'heure en salle d'attente. Après quoi, Emma fut pesée et mesurée, et le Dr Apple fit enfin son apparition.

C'était un homme jovial à la voix chaleureuse.

— Bonjour à vous tous, Emma, sa maman et son papa !

— Vous n'avez pas lu le dossier ? demanda alors Benjamin. La mère d'Emma est morte, le mois dernier. Coco est sa nourrice.

Le Dr Apple fronça immédiatement les sourcils.

— Oh ! je suis navré ! Je vous présente mes sincères condoléances. Vous devez traverser une période difficile.

— C'est exact, mais pas pour les raisons que vous imaginez, répondit Benjamin. La mère d'Emma et moi ne vivions pas ensemble.

Cette fois, la bouche du médecin forma un parfait O d'étonnement.

— Oui, c'est ainsi, et Emma me hait. Elle se met à hurler chaque fois que je m'approche d'elle.

— Elle ne crie pas en ce moment, constata le médecin.

— C'est exceptionnel.

— Ce n'est pas vrai, intervint Coco. Quand vous n'avez pas votre chapeau, cela se passe bien mieux.

C'était incontestable, et Benjamin ne pouvait pas le nier.

— Bien, bien, dit le médecin. Examinons ce petit bébé.

Il procéda à l'examen et demanda à l'infirmière de se tenir prête pour le vaccin. Emma, qui était au-dessus de la courbe moyenne en poids et en taille, avait à la fois grossi et grandi depuis le dernier rendez-vous. Selon l'expression du Dr Apple, elle poussait bien, et Benjamin était certain que c'était grâce à Coco.

Puis l'infirmière entra et administra le vaccin. Emma se mit à hurler comme si elle agonisait, et cela lui fit mal au cœur. Il regarda Coco, qui semblait elle aussi souffrir pour la petite, qu'elle chercha immédiatement à consoler.

— C'est fini, ma chérie, dit-elle en frottant le bras de la fillette. Tu es courageuse, Emma. C'est bien, bravo !

Ces louanges détournèrent l'enfant de ses petits maux, et elle cessa peu à peu de pleurer, après quelques ultimes hoquets et de grands soupirs.

— Vous pouvez lui donner une dose pédiatrique de paracétamol, si elle a un peu de fièvre, ce soir, déclara l'infirmière. C'est une très belle enfant.

Coco lui sourit.

— Merci. C'est également ce que nous pensons.

Ils sortirent du cabinet, et Benjamin aida Coco à installer Emma dans la voiture avant de lui ouvrir la porte. Le bébé se mit tout de suite à téter sa tétine.

— La pauvre ! fit Coco en regardant par-dessus son épaule. Les enfants subissent tellement de choses qu'ils ne comprennent pas.

— Exact, mais c'est nécessaire pour les maintenir en vie, observa Benjamin. Et je serais un très mauvais père si je ne la protégeais pas contre les maladies qu'elle pourrait attraper.

— Tout à fait, approuva Coco. Et comme vous n'êtes pas du tout un mauvais père, la petite Emma doit subir certaines épreuves.

Elle jeta un coup d'œil à l'arrière, puis ajouta :

— Tiens, elle s'est endormie !

Benjamin se sentit soudain presque détendu.

— Parfait ! Avons-nous du paracétamol, à la maison, au cas où ?

— Tout à fait, lui assura-t-elle. Ainsi que de la bière fraîche.

Le lendemain, l'histoire de la princesse retrouvée fit la une des journaux de Dallas et de Houston, et il y avait fort à parier que le journal de Silver City n'allait pas être en reste. Subitement, le téléphone se mit à sonner sans arrêt : tous les journalistes de la presse écrite et audiovisuelle voulaient interviewer Coco sur ses liens de parenté avec la famille Devereaux.

Sarah prenait les appels quand Coco s'occupait d'Emma, et vers la fin de l'après-midi elle commençait à en avoir plus qu'assez.

— Je ne crois pas que je supporterai une deuxième journée comme celle-ci, annonça-t-elle. Ces appels ont complètement perturbé ma cuisine et mon ménage.

— Je suis désolée, déclara Coco alors que le téléphone se remettait à sonner. Peut-être devrions-nous laisser le répondeur se déclencher.

— En une heure, il sera rempli ! répliqua Sarah d'un ton moqueur. Il faut croire qu'aujourd'hui il n'y a pas beaucoup de nouvelles pour que tout le monde s'intéresse à celle-ci !

Elle décrocha.

— Garner Ranch, annonça-t-elle d'un ton décidé.

Elle écouta l'interlocuteur au bout du fil.

— Mlle Jordan n'a rien à dire à la presse. Transmettez le message à vos collègues pour qu'ils cessent de téléphoner. Au revoir !

Et elle raccrocha.

— Ils arrêteront quand ils comprendront que je ne sais rien sur les Devereaux. Mais, tant que je les fuirai, ils insisteront, déclara Coco.

Sarah la considéra.

— En un sens, c'est compréhensible, votre histoire est extraordinaire. Une belle jeune fille, orpheline de ses parents adoptifs, découvre qu'elle est une princesse...

— Je ne suis pas une princesse, protesta Coco, je suis une nourrice !

— Parfait ! Dans ces conditions, dites-le aux journalistes.

— C'est déjà fait, mais ça ne sert visiblement à rien, rétorqua Coco.

Le téléphone retentit de nouveau et, cette fois, ce fut elle qui décrocha, ne souhaitant pas que Sarah fasse une crise de nerfs.

— Garner Ranch, dit-elle.

— Annie Howell, à l'appareil, lui répondit-on. Je souhaiterais parler à Coco Jordan.

— C'est moi, répondit-elle en soupirant.

— Oh ! Votre Altesse ! Je suis si heureuse de vous parler, s'exclama la femme sur un ton obséquieux. Je suis la présidente de l'Association des femmes de Silver City. Nous aimerions tellement que vous acceptiez de venir vous exprimer devant notre groupe, le mois prochain.

— Merci pour cette aimable invitation, répondit Coco. Mais je dois vous dire que je ne suis pas du tout une altesse et que je dois m'occuper du foyer Garner.

— Mais vous êtes de sang royal ! protesta sa correspondante. Nous sommes si excités à l'idée d'avoir un membre de la famille royale parmi nous.

— Écoutez, vous vous trompez du tout au tout ! Un vrai membre d'une famille royale est élevé dans cette optique depuis l'enfance, et je peux vous assurer que cela n'a pas été mon cas. Je suis désolée, mais je ne peux rien faire pour vous. Bonne fin de journée. Au revoir.

Elle raccrocha avant que la femme n'ait le temps de répliquer.

— Les gens ne comprennent vraiment rien, marmonna-t-elle.

Les pleurs d'Emma retentirent alors dans l'écoute-bébé, et elle se précipita à l'étage. Elle prit la petite fille, la changea et redescendait l'escalier au moment où l'on sonnait à la porte.

— J'y vais, déclara Sarah. C'est une vraie gare, ici, aujourd'hui !

Coco se réfugia alors au petit salon avec Emma, d'où elle entendit Sarah ouvrir la porte et laisser échapper un cri de surprise.

— Eunice, Timmy ! Qu'est-ce qui vous amène ? s'exclama cette dernière.

— On peut entrer ? demanda la femme.

— Bien sûr ! dit Sarah. Qu'est-ce que je peux faire pour toi, Eunice ?

Du salon, Coco vit qu'il s'agissait d'une dame assez âgée, au rouge à lèvres vif et à la chevelure d'un brun artificiellement noir, accompagnée d'un homme d'âge moyen. La femme portait un panier de fruits, tandis que l'homme s'éclaircissait la voix tout en lissant ses cheveux.

— Nous avons entendu dire que vous hébergiez une princesse et nous voulions lui souhaiter la bienvenue dans notre quartier, déclara Eunice.

Choquée, Coco recula d'un pas, afin qu'on ne la voie pas.

Sarah poussa un lourd soupir et prit le panier qu'on lui tendait.

— C'est très gentil à vous, merci. Je dirai à Coco que vous êtes passés.

— En fait, nous espérions la voir, avança Eunice.

— Désolée, mais elle est en train de s'occuper du bébé, répondit Sarah.

À cet instant, Emma regarda le chien allongé sur le tapis, et se mit à babiller.

— Oh ! mais elles sont là ! fit Eunice.

Emma recommença, et Sarah comprit qu'il était insensé de continuer à cacher Coco.

— Coco ! appela-t-elle alors. Venez, nous avons des invités.

Celle-ci entra dans la pièce, sourire aux lèvres pour faire bonne figure.

— Coco, voici Eunice Chittum et son fils, Timmy.

— Tim, corrigea l'homme en toussotant.

— Tim, effectivement, répéta Sarah. Les Chittum vous ont apporté un panier de fruits. Je vais le porter dans la cuisine.

— Merci beaucoup, dit Coco. C'est un beau cadeau. Je suis ravie de vous rencontrer.

— Tout le plaisir est pour nous, lui assura Eunice d'un ton mielleux.

Puis, faisant une petite révérence, elle ajouta :

— Votre Altesse...

Coco se sentit gagnée par un sentiment d'irritation.

— Oh non, je vous en prie, ne faites pas ça ! Je suis juste Coco Jordan, vraiment.

— Il est inutile d'être aussi modeste avec nous, nous sommes très honorés de faire votre connaissance, reprit Eunice. Je tenais d'ailleurs tout spécialement à vous présenter Timmy.

— Tim, corrigea de nouveau l'homme.

— C'est un parfait cavalier, et je dois vous dire que c'est un très bon parti.

— Mère, fit Timmy, en touchant de nouveau ses cheveux, d'un air gêné.

Coco masqua son agacement et, changeant Emma de hanche, leur tendit la main.

— J'ai été ravie de vous rencontrer, et c'est très gentil à vous d'être passés. J'aimerais vous inviter à rester plus longtemps, mais je dois donner le bain au bébé.

— Oh ! bien sûr ! Nous ne voulons pas nous imposer. Je vais vous laisser mon numéro de téléphone et celui de Timmy, déclara la vieille femme.

Elle lui tendit alors une carte comportant plusieurs numéros.

— Le dernier, c'est le portable de Timmy, précisa-t-elle. Il répond toujours. Appelez-nous en cas de besoin. À n'importe quelle heure du jour et de la nuit, n'hésitez pas !

Coco hocha la tête et murmura quelques mercis en refermant la porte derrière les visiteurs. Dès qu'ils furent partis, elle se dirigea vers la cuisine où Sarah préparait le repas.

— Dites-moi juste que cela ne durera pas trop longtemps, déclara-t-elle par-dessus les gazouillis d'Emma.

Sarah lui lança un regard compatissant.

— Oh ! ma chère, je crains que cela ne soit que le début !

Mais peut-être que, si vous demandiez à Benjamin d'interdire l'accès du ranch aux visiteurs, cela se calmerait plus facilement.

— Je déteste créer des ennuis, répondit Coco.

— Je crains que des mesures drastiques s'imposent, déclara Sarah. Nous devons anticiper ce qui va arriver.

À cet instant, le téléphone sonna.

— J'y vais ! déclara Coco tandis qu'Emma, dans ses bras, continuait à babiller.

— Je vous en prie, dit Sarah, qui s'affairait devant ses fourneaux.

En tournant à l'angle de la pièce pour prendre l'appel, Coco se heurta soudain à Benjamin.

— Oh ! je ne savais pas que vous étiez là !

Emma fixa alors le chapeau de Benjamin et cessa immédiatement de gazouiller.

— Elle n'aime vraiment pas ce chapeau, marmonna Sarah.

L'air agacé, Benjamin retira son Stetson.

— C'est moi qui vais répondre, annonça-t-il.

Aussitôt, Coco s'élança derrière lui.

— Ce serait peut-être mieux si je...

— Garner Ranch, dit-il en prenant le combiné.

Puis il se tut, écoutant son interlocuteur, sourcils froncés, l'air de plus en plus perturbé.

— Attendez... Attendez une minute ! reprit-il d'une voix plus forte. Vous prétendez être DJ pour une radio, et vouloir interviewer la princesse Coco Jordan ?

Benjamin lui lança un regard. Elle eut un mouvement de recul et secoua la tête.

— Elle ne souhaite pas être interviewée, répliqua-t-il.

Puis il ouvrit la bouche pour mettre un terme à la conversation, mais son correspondant avait repris la parole. Il l'écouta pendant une bonne minute, et ses yeux s'écarquillèrent.

— Vous voulez organiser un concours pour les hommes qui souhaitent épouser une princesse ? C'est la chose la plus ridicule que j'aie jamais entendue !

Il s'interrompit et secoua la tête.

— Quoi ? Vous avez déjà cinquante candidats ? Mais je me fiche si cela vous rapporte un million ! Vous pouvez oublier votre émission, compris ? Au revoir.

Raccrochant le téléphone, il se tourna vers elle.

— Il va falloir que nous changions de stratégie.

Ce soir-là, après avoir mis Emma au lit, Coco repassa par sa chambre, enfila un pull et descendit l'escalier. Ses pensées se bousculaient dans son cerveau, et elle avait besoin de marcher. Elle fit le tour de la demeure à petites foulées. Elle se demandait à quoi ressemblait son frère, issu des mêmes parents biologiques qu'elle. Tous les membres de la famille royale de Chantaine valaient-ils la peine d'être connus ? Et avaient-ils, de leur côté, envie de faire sa connaissance ?

Elle avait toujours rêvé d'avoir des frères et sœurs, mais elle savait aussi qu'elle comptait plus que tout aux yeux de ses parents. Rétrospectivement, elle saisissait la pression que cet amour exclusif avait fait peser sur ses épaules. Elle aurait aimé être la meilleure en tout à l'école, pour leur faire plaisir, ainsi que dans les différentes activités qu'elle pratiquait comme le dessin, le chant, la pêche, l'athlétisme. Hélas ! Elle obtenait la plupart du temps des notes convenables, qui n'avaient rien d'extraordinaire.

Au fil du temps, elle avait compris qu'elle ne serait jamais parfaite, et elle en avait ressenti une certaine culpabilité, notamment quand elle entendait ses parents se disputer à propos de l'argent et lorsqu'elle avait appris, par le plus grand hasard, que son adoption leur avait coûté toutes leurs économies.

Au bout d'un moment, elle s'était rendu compte que ses parents étaient peinés quand elle réclamait des frères et sœurs, aussi avait-elle arrêté d'en parler. Mais elle avait toujours conservé l'espoir secret de ne plus être enfant unique. Et maintenant elle découvrait qu'elle avait en fait de nombreux frères et sœurs... Pourtant, au lieu de s'en réjouir, elle avait la sensation qu'il s'agissait d'une mauvaise plaisanterie. Sans doute la considéraient-ils comme une complication, voire une menace, ce qui était parfaitement ridicule, car elle n'était pas d'un tempérament à créer des histoires.

Elle aurait tant voulu cesser de ruminer ! L'assaut de la presse n'avait fait qu'empirer les choses. Elle aurait aimé au moins pouvoir dormir d'un sommeil paisible, ce qui n'était pas le cas.

Soudain, Benjamin se matérialisa à ses côtés, alors qu'elle marchait d'un bon pas, ayant arrêté de courir.

— Quelque chose vous tracasse ? demanda-t-il de sa belle voix traînante.

— Je viens de vivre une journée bien étrange, dit-elle, légèrement essoufflée.

Elle prit une profonde inspiration, consciente de la taille imposante de Benjamin et de sa musculature tout aussi impressionnante.

— Je comprends, approuva-t-il. Qu'est-ce qui vous a le plus agacée ? La visite d'Eunice et de Timmy, ou ce concours pour vous épouser ?

Devant son ton moqueur, elle lui lança un regard courroucé. En temps ordinaire, elle ne se serait pas permis une telle attitude envers son patron.

Il se mit à rire et lui donna un coup de coude.

— On dirait que vous avez de l'énergie à revendre. Il faut courir, décréta-t-il.

Et de la marche, il passa au pas de course. Elle ne pouvait pas refuser sa proposition, aussi l'imita-t-elle. Elle remarqua alors qu'il courait facilement, sans s'essouffler.

— Est-ce que vous jouiez au foot quand vous étiez au lycée ? lui demanda-t-elle.

— Oui, et à la fac aussi, précisa-t-il. Pourquoi cette question ?

Elle haussa les épaules et accéléra un peu.

— Pour savoir. Vous semblez sportif.

— Sur le ranch, je suis constamment en mouvement, cela aide à se maintenir en forme. Mais je ne vous apprends rien, car vous non plus vous n'arrêtez pas une seconde avec Emma.

Elle hocha la tête, se concentrant sur son rythme et son souffle.

— Vous n'avez toujours pas répondu à ma question concernant ce qui vous tracasse.

Elle fit encore quelques foulées.

— Je n'ai pas envie de penser à toutes ces histoires, mais elles m'obsèdent. Et puis cela me contrarie que Sarah doive répondre toute la journée au téléphone.

— Autre chose ?

Elle ralentit un peu la cadence, puis se remit à marcher.

— Je n'ai pas envie… d'avoir envie de les rencontrer, dit-elle, le cœur battant plus vite après l'effort. Je ne veux pas que cela me tracasse de les rencontrer ou non.

— Donc, vous voulez les voir ! Je vous comprends, vous savez, je réagirais de la même façon à votre place, répondit-il.

S'étant adapté à sa cadence, il marchait à présent lui aussi.

— C'est ce que vous m'avez déjà dit, observa-t-elle en lui lançant un coup d'œil.

— Oui, et je vous le redis. J'ai des frères, comme vous le savez, et je les connais depuis toujours.

Elle reprit sa respiration.

— Le problème, c'est que je n'ai pas envie d'aller là-bas toute seule, et que je ne vois pas qui pourrait m'y accompagner.

— Hum, fit-il.

— Et puis, le moment est si mal choisi ! s'exclama-t-elle, consternée.

Il se frotta le menton.

— Ce pourrait être pire, dit-il.

— Comment ça ?

— Ce n'est pas la saison des vêlages, répondit-il en croisant son regard. Est-ce que cela vous plairait, si Emma et moi vous accompagnions à Chantaine ?

Elle ne put retenir un petit cri de surprise.

— Vous plaisantez ?

— Attention, ne vous méprenez pas sur ma proposition ! Je n'agis pas par pure bonté de cœur. Vous êtes la meilleure nourrice pour Emma, et je ferai tout ce qui est en mon pouvoir pour vous garder.

Coco cilla, s'efforçant d'intégrer ses paroles.

Elle resta un long moment confuse, avant de se rendre compte que Benjamin était prêt à tout pour le bonheur d'Emma.

5

Le jour suivant, de nombreux bouquets de fleurs, paniers de fruits et autres invitations arrivèrent au ranch. Ces livraisons occupaient Boomer, qui tenait à saluer chaque coursier par de joyeux jappements. Benjamin changea le message sur le répondeur, et personne ne répondit aux appels, tandis que le personnel du ranch se chargeait de maintenir les visiteurs à distance.

Coco fut fort soulagée de ces nouvelles dispositions, tout comme Sarah, qui était visiblement plus détendue. Même le bébé était plus calme. Depuis sa conversation avec Benjamin, elle se sentait tour à tour gênée et impatiente. Allait-elle vraiment se rendre à Chantaine pour rencontrer ses demi-sœurs et frères ? Elle se demandait si Benjamin était vraiment sérieux en lui proposant de l'accompagner, avec Emma.

N'avait-elle pas tout simplement rêvé ?

— Nous ne pourrons jamais manger tous ces fruits, déclara Sarah. Même si nous en donnons aux hommes du ranch.

— N'y a-t-il pas des associations qui seraient heureuses de les recevoir ? demanda-t-elle en glissant Emma dans sa chaise haute pour le dîner.

— Je vais appeler l'église, répondit Sarah. Quelqu'un pourra sans doute me renseigner.

Se tournant vers Coco, elle ajouta sans cesser de remuer ce qui mijotait dans la casserole :

— C'était appréciable, aujourd'hui, de ne pas avoir à décrocher le téléphone, n'est-ce pas ?

— Oh oui ! répondit-elle tout en commençant à nourrir Emma.

Elle sourit en voyant l'enfant ouvrir la bouche, impatiente.

— Comparé à hier, c'est le paradis, ajouta-t-elle.

— Étant donné le message que Benjamin a laissé sur le répondeur, je ne pense pas que le téléphone sonne demain, déclara Sarah.

— Pourquoi ? demanda-t-elle. Quelle est la teneur de ce message ?

Sarah se mit à rire.

— Ce n'est pas vraiment un message de bienvenue.

— Je ne l'ai pas écouté. Que dit-il, au juste ?

— En gros, il prévient que vous ne reviendrez pas avant le siècle prochain et que ceux qui pénétreront par effraction dans le ranch seront dûment poursuivis comme le permettent les lois du Texas, expliqua Sarah.

Puis elle se mit à rire, et ajouta :

— C'est finalement drôle, quand Benjamin s'énerve. Cela ne lui arrive pas souvent. Il faut vraiment qu'on l'y pousse. En cela, il ressemble à son père.

La remarque piqua la curiosité de Coco.

— Comment était son père ? interrogea-t-elle.

— C'était un homme bon et solide. Le ranch était toute sa vie. Mais à part Benjamin, ses autres enfants ont choisi des voies bien différentes. Je pense que Benjamin lui-même a été tenté de faire autre chose, mais quand son père est mort il a compris que le ranch était son destin. C'est un homme raisonnable, à l'exception bien sûr de cette histoire insensée avec Brooke Hastings.

Sarah leva les yeux au ciel.

— Mais nous avons tous des moments d'égarement, je suppose, poursuivit-elle. Et celui-ci, finalement, s'est bien soldé, quand on voit ce joli bébé.

Coco sourit alors à Emma, qui lui rendit son sourire.

— C'est vrai qu'elle est adorable, approuva-t-elle.

— Quand elle ne crie pas, tempéra alors Sarah.

— Elle a fait de gros progrès, reprit-elle en donnant une nouvelle cuillerée à Emma. Et qu'en est-il de la mère de Benjamin ? J'ai peu entendu parler d'elle.

— Ça, c'est une autre histoire, fit Sarah en diminuant la puissance du brûleur. Elle s'appelle Georgia, et vous savez sans doute qu'elle réside actuellement au Costa Rica. Elle a toujours voulu voyager, mais Howard, le père de Benjamin, ne pouvait pas se déplacer aisément, à cause du ranch, et il n'en avait pas non plus envie.

— Posséder un ranch est sans doute une tâche très absorbante, observa Coco.

— C'est le cas ! Un propriétaire de ranch est marié à son ranch, et sa femme doit le comprendre. Pendant longtemps, Georgia a accepté son sort, mais en vieillissant elle a eu envie de prendre des vacances. Parfois, elle partait toute seule. Ne le répétez à personne, mais leur mariage a connu des hauts et des bas à cause de cela.

Coco fronça les sourcils.

— Ce devait être compliqué entre eux, si l'une voulait voyager et l'autre pas.

Sarah hocha la tête.

— Oui, ça l'était. Certains pensaient qu'elle n'était pas sérieuse, mais elle s'est bien tenue jusqu'à ce que les garçons soient grands.

— Et vous, qu'est-ce que vous en pensez ? demanda Coco, sachant que Sarah était au service des Garner depuis de très nombreuses années.

— Je n'ai pas à faire de commentaire, mais tout ce que je peux dire, c'est que c'était une bonne mère et une bonne épouse. Je crois qu'ensuite, une fois les garçons partis, elle a souffert du syndrome du nid vide et a eu envie de voir le monde. Je suis certaine qu'elle est toujours en deuil. Ce n'est pas en voyageant qu'elle comblera la perte de son mari, mais cela la distrait. Parfois, c'est nécessaire.

Coco regarda la gouvernante d'un œil songeur.

— Vous avez entièrement raison. Vous êtes une femme sage, Sarah.

Celle-ci sourit, et des rides plissèrent son visage.

— Merci beaucoup, Votre Altesse.

Coco se mit à rire.

— Vous savez que je vais changer une couche très sale dans trente minutes, dit-elle.

Sarah hocha la tête.

— Vous êtes bien mieux qu'une princesse, Coco, je vous l'assure. Et vous exercez une influence merveilleuse sur le bébé. Ce n'est pas étonnant que Benjamin soit prêt à l'impossible pour vous protéger. Si vous finissez par rencontrer cette famille royale, n'oubliez surtout pas qu'ils ne sont pas meilleurs que vous. Vous m'entendez bien ?

Coco sentit sa gorge se nouer.

— Oui, j'ai entendu.

— Parfait, alors ne l'oubliez pas, dit Sarah.

Tard ce soir-là, Benjamin trouva Coco en train de trier les fleurs et les messages qu'elle avait reçus. Elle cala une mèche de cheveux derrière son oreille et poussa un soupir de frustration.

— C'est ridicule, marmonna-t-elle.

Il avala un peu d'eau du verre qu'il tenait à la main.

— La journée fut longue ? Vous n'avez pas eu de visiteurs, n'est-ce pas ?

Elle secoua la tête et leva les yeux vers lui.

— Non, pas de visiteurs, juste des coursiers, et le téléphone qui a sonné désespérément. Mais ce sont ces demandes insensées qui m'indignent le plus. Ces hommes ne me connaissent même pas, et ils m'invitent à dîner avec eux ! Je vous assure que j'ai envie de faire publier un message qui dirait : « Je suis fauchée. Vous pouvez arrêter de m'appeler. »

Il se mit à rire, mais en même temps il était désolé pour elle. Elle n'avait rien demandé, et voilà ce qui lui tombait dessus ! Il admirait en elle cette capacité à garder la tête sur les épaules. Beaucoup de femmes auraient demandé une tiare et qu'on leur serve le petit déjeuner au lit si elles avaient su qu'elles étaient de sang royal. Mais ce n'était pas le genre de Coco.

— Vous n'avez pas besoin de leur répondre, dit-il. Ces offres sont complètement illégitimes.

— Je sais, dit-elle, j'aimerais simplement ne rien avoir reçu du tout.

Elle soupira.

— Si j'étais fiancée ou mariée, on ne me ferait pas ce genre de propositions.

— Vous avez raison, approuva-t-il.

Il pensa alors à Jace, le contremaître junior. Il aurait été ravi de jouer les fiancés de Coco. Et soudain, l'idée le fit sourciller.

— Pourquoi est-ce que vous froncez les sourcils ? demanda-t-elle.

— Rien, je pensais à quelque chose, éluda-t-il en buvant encore une gorgée d'eau.

Il marcha jusqu'à la fenêtre, puis revint. Si seulement Coco avait un fiancé pour la protéger... C'était une jeune femme intelligente, mais sans doute trop gentille et pas assez méfiante pour son propre salut. Si les gens la savaient aux côtés d'un homme solide et ferme, ils seraient bien moins enclins à tirer avantage d'elle...

Il la regarda ouvrir une nouvelle enveloppe et l'entendit soupirer. Cédant à la curiosité, il demanda :

— Que dit celle-ci ?

— Une mère me réclame de l'argent pour son enfant malade, dit-elle d'un ton dépité.

— Elle peut dire vrai, comme elle peut mentir, observa Benjamin.

Elle lui lança un regard choqué.

— Vous pensez qu'on pourrait mentir sur un sujet si grave ?

Il hocha la tête.

— Oh oui ! Apitoyer les gens que l'on croit riches est une stratégie connue.

— Mais c'est horrible ! Je veux dire, si j'étais une vraie

princesse et que je recevais de telles requêtes, comment est-ce que je réagirais ?

— Elles seraient filtrées par votre personnel.

— Le problème, c'est que je n'ai pas de personnel... puisque je fais partie du personnel !

Elle ouvrit une nouvelle enveloppe attachée à un bouquet de roses.

— Je rêve ! Encore une invitation. Celle-là émane d'un certain David Gordan de Dallas qui me propose d'être sa cavalière au bal de Noël.

Elle leva les bras, impuissante.

Ce fut alors qu'il fronça de nouveau les sourcils : le nom ne lui était pas inconnu.

— Puis-je relire le message ? demanda-t-il.

Elle le lui tendit et il le parcourut rapidement.

— David Gordan ! s'exclama-t-il alors. Mais c'est le fils de mon agent de change... Cela va trop loin !

Il soupira.

— Je ne vois qu'une solution : me faire passer pour votre fiancé, déclara-t-il.

Coco en resta bouche bée.

— Pardon ? fit-elle au bout de quelques secondes.

— Ce ne serait pas pour de vrai, précisa-t-il rapidement, autant pour la rassurer elle que lui.

Après sa relation catastrophique avec Brooke, l'idée de s'engager avec une femme lui donnait de l'urticaire.

— C'est juste pour vous protéger jusqu'à ce que ce délire cesse. De cette façon, les hommes n'essaieront plus de tirer profit de vous. Et si quelqu'un ose vous importuner, il aura affaire à moi.

Elle leva les sourcils.

— Je suis plus forte que j'en ai l'air.

— Je sais que vous êtes forte, Coco. Après ce que vous avez enduré avec votre mère et à la façon dont vous avez pris Emma en charge, je n'ai aucun doute là-dessus. Mais vous allez vous épuiser à force d'être toujours sur vos gardes.

Elle soupira, et ses épaules s'affaissèrent.

— Vous avez raison, concéda-t-elle.

Puis elle croisa son regard.

— Vous êtes certain que cela ne vous ennuie pas ?

— Ce sera temporaire, dit-il. Il y a quelques minutes, vous-même en étiez arrivée à la conclusion qu'un fiancé réglerait le problème. Cette pensée a fait son chemin dans ma tête, et je pense que je peux jouer ce rôle.

Elle acquiesça lentement, puis se mordit la lèvre.

— Tout cela va perturber votre emploi du temps, observa-t-elle.

Il se mit à rire.

— C'est plutôt calme au ranch, en cette période, répondit-il.

— Je dois dire que ce serait un grand soulagement pour moi, admit-elle. Mais seulement si vous êtes bien certain que cela ne vous ennuie pas ! Et nous cesserons la mascarade dès que vous vous sentirez incommodé.

— Entendu, dit-il. J'en informerai Sarah demain matin. Tout le pays devrait être au courant à l'heure du déjeuner.

Coco parut surprise.

— Elle me semble pourtant plutôt discrète.

— Si je lui donne le feu vert pour partager l'information, elle le fera sans problème. Et elle sera très fière de détenir ce genre de scoop.

— Vous allez lui dire la vérité ?

— Non, répondit-il alors. Personne à part vous et moi ne doit connaître la vérité. C'est la meilleure façon que cela marche.

Coco prit une profonde aspiration, puis ferma les yeux, comme si elle s'apprêtait à faire un grand plongeon.

— Très bien, dit-elle en rouvrant les paupières. Qu'il en soit ainsi !

Deux jours plus tard, Benjamin, Emma et Coco embarquaient à bord d'un avion pour Chantaine, avec une escale en Angleterre. Coco était tellement angoissée qu'elle redoutait que ses nerfs la lâchent pendant le séjour. Qui plus était, sa prétendue relation avec Benjamin la mettait très mal à l'aise. D'ailleurs, il la traitait désormais différemment en compagnie d'autres personnes. Même devant Sarah, il lui avait touché le bras et, à plusieurs reprises, avait glissé sa main autour de sa taille. Elle en avait été surprise, mais elle s'était rendu compte qu'il était nécessaire qu'ils renvoient l'image d'un couple romantique. En outre, ils étaient passés au tutoiement.

Avant cette mise en scène, Coco avait certes trouvé Benjamin attirant, mais elle avait repoussé cette pensée pour se concentrer sur Emma. En effet, il aurait fallu qu'elle soit aveugle pour demeurer insensible à son physique et à sa beauté si virile. Maintenant, il allait être bien moins aisé de faire abstraction de tout cela... Et le fait d'être assise à côté de lui depuis des heures dans l'avion n'arrangeait rien !

— Essaie de dormir un peu, dit-il en ouvrant les yeux.

— J'ai peur qu'Emma se réveille, répondit-elle, même si l'enfant dormait profondément contre elle.

— Elle nous préviendra si elle veut quelque chose, tu peux compter sur elle, ironisa-t-il. Tiens, donne-la-moi !

Elle hésita. Cependant, comme elle était épuisée, elle ne put résister longtemps à la tentation d'un petit somme, et elle lui tendit l'enfant. Emma se pelotonna immédiatement contre le torse de son père et poussa un petit soupir sans se réveiller. Le spectacle fit sourire Coco.

— Peut-être ce voyage aura-t-il finalement des répercussions positives.

— Bon, maintenant, il faut que tu dor...

— O.K., O.K., je vais fermer les yeux.

Ses pensées s'emmêlèrent tandis qu'elle sombrait dans un sommeil agité... Puis elle entendit des babillements à côté d'elle. Elle ouvrit les yeux.

— Combien de temps est-ce que j'ai dormi ? demanda-t-elle aussitôt en s'étirant.

— Environ deux heures.

— Vous... Tu plaisantes ? dit-elle.

— Non. Emma s'est réveillée et a commencé à hurler de toutes ses forces. Alors je me suis levé et j'ai fait les cent pas dans l'allée pour qu'elle se calme.

— Ah bon ? fit-elle, catastrophée. Et moi, je ne me suis pas réveillée ?

Il se mit à rire.

— Je plaisantais pour les hurlements, mais il est vrai que je me suis promené avec elle dans l'allée. Je pense que ce sera une petite bavarde, tu ne crois pas ?

— Si, fit-elle en leur souriant à tous les deux.

Une heure plus tard, ils atterrissaient à Heathrow, où ils prirent une collation. Puis ils prirent le vol pour Chantaine, et Coco sentit son angoisse revenir au grand galop... Quand l'avion entama sa descente sur Chantaine, elle regarda par le hublot. L'île était sertie dans des plages de sable blanc, d'où saillaient de temps à autre des rochers. Le bleu de l'océan contrastait vivement avec la grève, et le tout offrait un spectacle magnifique. Elle avait du mal à croire qu'elle avait un lien avec cette île... Soudain, un sentiment d'impatience la gagna : bientôt, très bientôt, elle allait rencontrer ses demi-frères et ses demi-sœurs.

Benjamin porta Emma à la descente de l'avion, puis, après avoir récupéré leurs bagages, ils quittèrent l'aéroport. Comme prévu, une limousine les attendait à l'extérieur. Un chauffeur leur ouvrit la portière, et ils s'engouffrèrent à l'intérieur.

Coco tourna la tête vers Benjamin.

— Et si c'était une grave erreur ?

— Nous verrons bien.

— C'est rassurant !

— C'est toi qui as voulu venir.

— Je sais, je sais...

— Imagine que ce sont des vacances, dit-il, en appuyant la tête contre le siège.

— Facile à dire... Tu crois qu'ils vont m'apprécier ?

— Oui, sinon, c'est qu'ils n'en valent pas la peine. Princesse ou pas, tu es une femme formidable, et je ne dis pas ça pour te flatter. C'est la vérité, c'est tout.

— Merci, dit-elle, mais tout cela est complètement fou...

— Détends-toi. Est-ce que tu as déjà visité une île méditerranéenne dont le souverain voulait te rencontrer et te saluer ?

Elle inspira profondément.

— O.K., je vais faire un effort, promit-elle. Notre petite Emma est une bonne voyageuse, n'est pas ? ajouta-t-elle.

— Oui, mais attendons de passer la première nuit. Le décalage horaire sera peut-être terrible pour nous.

Coco fut surprise de voir la limousine franchir les portes du palais.

— Je pensais qu'ils nous logeraient à l'hôtel, en dehors du palais, dit-elle.

— Tu te sous-estimes.

Elle se contenta de soupirer, nerveuse.

Quelques minutes plus tard, le chauffeur sortait leurs bagages du coffre pour les porter dans une villa disposant de trois chambres. Emma commença à se réveiller quand ils pénétrèrent dans la maison. Coco se mit à la bercer contre elle.

Le chauffeur fit le tour de la villa avec eux.

— Un cuisinier est à votre disposition, précisa-t-il, ainsi qu'une nourrice. Si vous avez besoin de quoi que ce soit, faites ce numéro, dit-il en notant une série de chiffres sur une feuille de papier. Désirez-vous quelque chose maintenant ?

Coco regarda Benjamin.

— Quelques sandwichs seraient les bienvenus, dit-il. Nous avons aussi besoin de nous reposer un peu. Nous ne serons disponibles qu'à partir de demain.

Le chauffeur hocha la tête.

— Comme vous voudrez, monsieur.

Une fois l'homme reparti, Coco déclara :

— C'est joli, ici.

— Pas mal, c'est vrai. Et puis nous disposons d'un cuisinier et d'une nourrice, c'est appréciable ! répondit Benjamin.

— Pour la nourrice, rien n'est acquis, connaissant notre petit numéro, fit Emma.

— Ne soyons pas pessimistes, reprit-il. Elle a accepté que je la tienne dans mes bras plusieurs heures de suite, aujourd'hui.

— Exact, fit Coco. Parfois, quand les bébés changent d'environnement, ils se comportent différemment. Pour l'instant, je vais l'installer sur sa couverture par terre afin qu'elle puisse s'étirer et bouger un peu.

— Entendu, dit-il.

Il sortit la couverture d'Emma et la disposa sur le sol avant d'y installer la fillette. Celle-ci commença immédiatement à relever la tête et les pieds, et à pousser des petits grognements, comme si elle faisait de l'aérobic.

— Tu es un gentil bébé, la complimenta Benjamin.

— Espérons qu'elle se dépensera assez pour avoir sommeil cette nuit.

— Si ce n'est pas le cas, nous nous relaierons à son chevet, dit-il d'un ton fataliste.

Coco refit le tour de la villa, notant au passage le linge raffiné dans les lits et dans la salle de bains.

— Je suis étonnée que tout soit si beau.

— Qu'est-ce que tu croyais ? Qu'ils allaient nous réserver le donjon ?

— Non ! Enfin, je ne sais pas... Après tout, je suis un fruit illégitime.

Il se mit à rire.

— Tu ne dois pas envisager la situation sous cet angle. Tu peux me dire combien de gens reçoivent un coup de fil leur apprenant que leur père était souverain d'un pays ?

— Tu as raison, il faut que je « positive ». Quelle chambre veux-tu ?

— Celle où ma fille ne dort pas.

Elle se mit à rire.

— La bonne nouvelle, c'est qu'elle peut avoir sa propre chambre, et que j'ai apporté l'écoute-bébé pour que nous sachions quand elle pleure.

— Parfait. Je prendrais bien une bière, moi... Tu ne veux pas un verre de vin ? Je vais voir ce qu'il y a en stock.

Il ouvrit le réfrigérateur.

— Nous avons de la chance, déclara-t-il. De la bière allemande pour moi, et pour toi, du vin blanc ?

— Pour l'instant, je me contenterai d'un verre d'eau. Le vol m'a épuisée, dit-elle. Il faut que je sois en forme pour Emma. Il n'est pas sûr qu'elle dorme.

— Dans ces conditions, nous appellerons la nounou du palais.

— Non, pas ce soir, une autre fois, dit-elle.

Quelques minutes plus tard, on leur apportait des sandwichs, et Coco mangea de bon appétit. Puis elle alla changer Emma, l'installa dans son berceau et, regagnant la chambre voisine, s'endormit tout habillée sur le lit.

Elle fut tirée de son sommeil de plomb par des hurlements de bébé. À tâtons, elle se leva du lit et sortit de sa chambre. Elle se heurta alors à une large silhouette.

— Benjamin ? murmura-t-elle.

— Oui, répondit-il.

Elle entra dans la chambre de l'enfant, qu'elle prit immédiatement dans ses bras.

— Tout va bien, ma chérie, je suis là, dit-elle d'une voix douce avant d'ajouter à l'attention de Benjamin : Je vais la changer, c'est ce qui a dû la réveiller.

Trouvant une surface plane, elle allongea Emma. Celle-ci n'apprécia pas, mais le change fut très rapide, et elle la reprit bien vite dans ses bras.

— Tu es gentille, ma chérie, la rassura-t-elle.

— Quelle rapidité ! constata Benjamin.

— Quand on le fait tous les jours, cela devint instinctif, dit-elle. Bon, elle est réveillée, maintenant, et cela va prendre un peu de temps avant qu'elle se rendorme.

— Je peux la bercer.

— Non, dit-elle, je m'en occupe, cette fois.

— Tu es sûre ?

— Certaine ! J'ai dormi dans l'avion alors que toi tu as fait les cent pas avec un bébé qui hurlait, tu te souviens ? ironisa-t-elle.

Il se mit à rire.

— Comme tu voudras. Si elle met trop longtemps à se rendormir, fais-moi signe.

Touchant gentiment le bout de son nez, il ajouta :

— Demain va être une journée chargée pour toi.

Rien qu'à cette pensée, elle sentit son estomac se nouer.

— Nous verrons bien, répondit-elle.

Le lendemain matin, un membre du personnel leur apporta le petit déjeuner dans un panier contenant du pain, du beurre, de la confiture ainsi que des Thermos de café et de thé.

— C'est tout ce qu'on mange, en Europe, au petit déjeuner ? dit Benjamin en mordant dans un petit pain. Encore heureux qu'il y ait du café.

— Ils essaient peut-être de nous affamer pour que l'on parte plus tôt, plaisanta Coco, qui était en train de donner son biberon à Emma.

Il lui lança un regard amusé, et elle se dit qu'il était décidément bien trop beau pour sa tranquillité d'esprit.

— Ne sois pas paranoïaque avant de les avoir rencontrés. Tu as l'air fatigué. Est-ce qu'Emma a mis du temps à se rendormir ? demanda-t-il alors.

— Il lui a fallu à peu près une heure, mais c'est moi ensuite qui n'ai pas pu retrouver le sommeil. Mon horloge interne est un peu bouleversée, je crois.

— Sans compter ton rendez-vous royal, qui t'a sans doute empêchée de dormir.

— Probablement.

À cet instant, le téléphone sonna.

— J'y vais, déclara-t-il.

Il décrocha.

— Benjamin Garner, dit-il alors. Oui, Mlle Jordan est ici.

Il hocha la tête et ajouta, en levant un sourcil interrogateur en direction de Coco :

— Un thé pour cet après-midi ? Et ce matin, un représentant royal fera faire le tour du propriétaire à Mlle Jordan.

— À quelle heure ? demanda-t-elle à voix basse, n'étant pas encore douchée.

— À quelle heure ? répéta-t-il. Dans une heure ?

Elle acquiesça d'un signe de tête.

— Parfait, dit-il.

Il raccrocha.

6

Une heure plus tard exactement, un coup résonna à la porte d'entrée de la villa. Portant Emma d'un bras, Benjamin alla ouvrir. Un homme d'âge moyen, à la calvitie naissante et en costume, se tenait sur le seuil.

— Bonjour, dit-il tout en balayant le vestibule du regard. Je suis Peter Bernard, et je viens chercher Coco Jordan. Je présume que vous êtes M. Garner. Vous et le bébé pouvez tout à fait vous joindre à nous.

— Je préfère que Mlle Jordan ne soit pas accaparée par le bébé durant la visite, dit-il en tendant la main au visiteur, qu'il dominait d'une tête. Je tiens beaucoup à elle, et je compte sur vous pour prendre bien soin d'elle.

À cet instant, Coco surgit dans le vestibule, prit sa veste et se dirigea vers la porte. Benjamin l'attrapa par le bras avant qu'elle sorte. Leurs regards se croisèrent.

— Amuse-toi bien, ma chérie. Emma et moi serons bien sages en t'attendant, dit-il.

Il se pencha alors pour lui donner un baiser.

Son comportement la stupéfia, puis elle se rappela que cela faisait partie de leur mise en scène. Elle parvint à reprendre son souffle et hocha la tête.

— Merci, dit-elle. J'espère qu'elle fera un petit somme, ce matin. À plus tard... *chéri*.

Il lui avait été difficile de prononcer ce mot, et elle se rendit compte que leur petit « arrangement » allait être moins aisé à mettre en pratique qu'elle ne l'avait imaginé.

— Mademoiselle Jordan, fit alors l'homme en costume.

— Je vous écoute, monsieur Bernard, dit-elle, soulagée que l'on détourne son attention de Benjamin.

Il hocha la tête et l'accompagna jusqu'à la voiture garée devant la villa.

— Nous ferons d'abord le tour du parc, et je vous retracerai l'histoire de la famille Devereaux, annonça-t-il alors que le chauffeur leur ouvrait la portière.

— Bien que les jardins et la végétation soient toujours admirables à Chantaine, la plupart de nos fleurs ne sont pas encore épanouies en cette saison. Mais comme vous pouvez le constater, il y a de larges espaces verts qui permettent à la famille royale de se promener et d'échapper à la pression de ses responsabilités.

Coco contempla avec ravissement les immenses étendues de verdure parfaitement entretenues, et elle concevait sans difficulté l'enchantement que l'ensemble devait produire lorsqu'il était paré de couleurs vives. Comme M. Bernard continuait à commenter les différentes bâtisses devant lesquelles ils passaient, elle se demanda comment on se sentait quand on avait été élevé dans pareil endroit. Elle repensa alors à sa propre enfance, dans une petite ville du Texas, et sourit.

— Est-ce qu'il y a des étangs où pêcher ? demanda-t-elle tout à trac.

M. Bernard cilla.

— Des étangs où pêcher ? répéta-t-il.

— Oui, de grands étangs où l'on peut aussi bien nager que pêcher.

M. Bernard eut un petit sourire.

— Nous avons une piscine et l'océan, expliqua-t-il. Il arrive que les Devereaux se servent du yacht royal pour aller pêcher en mer. Il y a aussi quelques points d'eau dans la propriété, où nagent des carpes et des demoiselles Garibaldi. Est-ce que vous avez d'autres questions ?

— Non, merci, pas pour l'instant, dit Coco.

— Maintenant, nous allons nous intéresser au palais, déclara M. Bernard.

Il entreprit alors de lui raconter l'histoire de la famille Devereaux et de Chantaine. La famille régnait sur l'île depuis des siècles, mais les représentants de la couronne avaient mené des séries de négociations avec la France et l'Italie pour rester au pouvoir et maintenir l'indépendance de Chantaine.

— Certains hommes sont destinés à régner et d'autres à apporter du changement. Chantaine est fière de cette nouvelle génération, car la famille royale ne ménage pas ses efforts pour améliorer la qualité de vie de ses sujets. Sa Majesté Royale, le prince Stephan, a autorisé des bateaux de croisière à venir jeter l'ancre dans notre port. Par ailleurs, lui et le reste de la famille royale encouragent les festivals d'art, de musique et de films, dont les bénéfices sont reversés aux associations caritatives de Chantaine. Et bien sûr, Son Altesse Bridget a épousé un médecin américain fort réputé, que le monde entier nous envie. Le prince Stephan cherche toujours à aller de l'avant.

La voiture s'arrêta en douceur devant l'entrée du palais. D'imposantes colonnes blanches l'encadraient, et un homme en uniforme se tenait devant. Le chauffeur lui ouvrit la portière, et ce fut en compagnie de M. Bernard qu'elle franchit l'immense porte qui donnait sur un vestibule, doté d'un impressionnant escalier et d'un sol en marbre. Au plafond étaient suspendus des lustres en cristal.

— Ouah, murmura-t-elle.

M. Bernard continua ses commentaires tandis qu'ils visitaient le rez-de-chaussée, qui comprenait de nombreuses salles de conférences, deux salles de bal et plusieurs boudoirs. Toutes les pièces étaient meublées d'objets d'époque et ouvraient sur le parc. Quand son guide commença à se lancer dans des explications pointues sur l'architecture du palais, elle n'y tint plus.

— À quoi ressemblait-il ? l'interrompit-elle. Je veux dire, le prince Edward...

M. Bernard parut légèrement surpris par la question.

— Le prince Edward était un maître de l'épée, répondit-il. Il avait la passion du yachting, et il remplissait parfaitement ses devoirs de prince. Il a étudié dans une université française et a engendré un excellent héritier, ainsi qu'une nombreuse progéniture qui fait les délices de nos sujets.

— Et cette... progéniture, à quoi ressemble-t-elle ?

— Elle est tout simplement adorable.

Coco grignota la moitié d'un sandwich avec Emma sur ses genoux, pendant que Benjamin dévorait le repas que leur avaient livré les cuisines du palais. Il loucha ensuite sur l'autre moitié du sandwich.

Elle lui tendit son assiette.

— Je t'en prie, dit-elle, je ne vais pas le manger. J'ai un thé protocolaire dans peu de temps. Est-ce qu'on peut regarder sur internet pour voir comment ça se passe ? Je n'ai jamais pris le thé avec des membres d'une famille royale.

— Tu es sûre que tu ne veux pas ton sandwich ? demanda-t-il.

— Non, finis-le.

— Alors, tu as appris des choses intéressantes ? demanda-t-il en mordant avec appétit dans sa moitié de sandwich.

— M. Bernard était charmant et c'est un excellent guide mais, quand je l'ai interrogé sur la famille royale, il s'est contenté de me dire qu'ils étaient adorables.

— On n'est jamais adorable tout le temps, décréta-t-il. M. Bernard travaille pour le service des relations publiques du palais, ne l'oublie pas. Tu verras par toi-même cet après-midi.

— Je suis vraiment nerveuse, avoua-t-elle. Il faut absolument que j'aille sur Google pour voir s'il y a des informations concernant le protocole. Tu crois que je dois faire la révérence ?

— C'est à toi de choisir. Comme tu n'es pas un sujet de l'île, rien ne t'y oblige.

— C'est vrai, concéda-t-elle, mais je ne voudrais pas leur manquer de respect.

— Attends d'abord de voir s'ils te montrent du respect !

Sa réponse la fit sourire.

Emma tendit alors la main vers l'assiette où se trouvait le sandwich et commença à protester.

— Ho, ho ! fit-il.

— Ne t'inquiète pas, ma chérie, nous avons de quoi te nourrir, toi aussi, lui dit-elle avant de tourner la tête vers Benjamin : Quand tu auras fini ton sandwich, est-ce que tu pourras lui donner à manger, pendant que je regarde « thé protocolaire » sur internet ?

Il se mit à rire.

— Oui. Allez, donne-la-moi.

Emma parut un peu réticente.

— Ton papa va te donner à manger, lui dit-elle à voix basse avant de la tendre à Benjamin.

— Tu sais où se trouve sa nourriture ? demanda-t-il alors que le bébé s'impatientait déjà.

— Pas loin, dit-elle en brandissant un pot de verre qu'elle venait de sortir du micro-ondes.

— Encore des pois ? fit-il, les yeux rivés sur l'étiquette. Ça ne s'est pas très bien passé, la dernière fois que je lui en ai donné.

— Arrête de lui donner à manger dès qu'elle commence à cracher. Ça semble logique, non ?

— Facile à dire pour toi, puisque tu le fais tous les jours, marmonna-t-il.

— C'est une occasion de resserrer les liens avec ta fille, souligna-t-elle.

Emma se mit à gémir et à tendre les bras vers Coco.

— Bon, continua-t-elle, je vais aller dans la pièce voisine et tâcher de trouver des informations sur internet. Je peux utiliser ta tablette ?

— Vas-y, je t'en prie.

Emma poussa un cri qui lui déchira le cœur, mais Coco fit de son mieux pour ne pas se laisser attendrir et sortit de la pièce en refermant la porte derrière elle. Elle souffrit encore pendant quelques minutes, pendant qu'Emma exprimait bruyamment son mécontentement, puis le bébé finit par se calmer. À son tour, elle se détendit un peu. Mais, à la pensée de la cérémonie qui l'attendait, elle sentit de nouveau sa gorge se nouer.

Elle saisit la tablette, s'allongea sur le lit et tapa « thé protocolaire étiquette ». Elle apprit alors que, lors de ce type de cérémonie, on ne tournait pas sa cuillère dans sa tasse, mais qu'il convenait d'effectuer des mouvements de pendule, correspondant à la position du 6 et du 12 sur une horloge. Il ne fallait pas non plus laisser sa serviette sur sa chaise, ni couper son scone...

Elle fit la grimace. Elle n'aimait pas les scones. Elle continuait à faire défiler les pages, quand on frappa soudain à la porte d'entrée. Son cœur bondit dans sa poitrine, et elle se leva immédiatement.

Elle prit une profonde inspiration et regagna la cuisine où Emma lui sourit. Elle avait de la purée de pois sur les joues et dans les cheveux.

— Je pense qu'elle a terminé, souffla-t-elle à Benjamin.

— Tu crois ? répliqua-t-il avec froideur. J'ai fait l'erreur de lui donner la cuillère.

Elle regarda Emma taper avec la cuillère sur le plateau de sa chaise haute, puis la jeter par terre. Elle fit la grimace.

— Mauvais précédent, dit-elle. Il faudra trouver une solution de rechange pour le prochain repas.

On frappa de nouveau à la porte, et elle croisa le regard de Benjamin. Il se leva pour l'accompagner.

— Souviens-toi de ce que je t'ai dit, déclara-t-il. Même Emily Post, la reine de l'étiquette, affirmait que les Américains ne doivent pas faire de révérences ni de courbettes devant quiconque.

À cet instant, il lui saisit le bras et pressa sa bouche contre la sienne.

— Je suis avec toi, lui dit-il.

Ces paroles lui réchauffèrent le cœur.

— Merci, dit-elle.

Elle rejoignit alors M. Bernard pour la deuxième fois de la journée.

Durant le bref trajet jusqu'au palais, ce dernier lui annonça comment le thé allait se dérouler.

— Je vais vous présenter chaque princesse de façon individuelle. Le prince Stephan passera plus tard, en raison de son emploi du temps très chargé, annonça-t-il une fois qu'ils furent au palais. Si vous voulez bien me suivre...

Ils traversèrent le vestibule en marbre pour entrer dans une pièce aux dimensions modestes avec des meubles d'époque, un tapis épais, ainsi qu'un guéridon sur lequel se trouvait un service à thé en porcelaine fine. Elle repéra tout de suite une tour de scones, dans une assiette. Surtout, ne pas les couper, se rappela-t-elle. Il y avait aussi de la confiture et d'autres mignardises.

M. Bernard se tint près de la porte pendant qu'elle attendait en faisant le tour de la pièce. Elle se demanda alors s'il ne restait pas avec elle pour la dissuader de fourrer un petit souvenir dans sa poche. Cette idée l'irrita. Elle n'avait peut-être pas été élevée dans un palais, mais on lui avait inculqué des valeurs !

Après quoi, elle prit une profonde inspiration et se réprimanda. Elle devait être positive.

Soudain, elle entendit des bruits de pas, et trois femmes firent irruption dans le salon. M. Bernard s'inclina devant chacune d'elles. Comme elle avait étudié leurs photos sur internet, elle savait toutes qui elles étaient. La blonde était la princesse Fredericka, la brune stylée, la princesse Bridget, et la femme enceinte au visage doux et à la chevelure luxuriante était la princesse Phillipa.

— Princesse Fredericka, permettez-moi de vous présenter Mlle Coco Jordan, dit M. Bernard.

Coco s'essaya alors à une brève courbette avant de baisser rapidement la tête.

Fredericka lui tendit la main.

— Ravie de vous rencontrer, lui dit-elle.

Puis elle fit un pas de côté pour permettre à M. Bernard de présenter la princesse Bridget, qui lui adressa la même formule de bienvenue que sa sœur.

Cette formalité la rendait extrêmement nerveuse, et elle se préparait à sa troisième « révérence » quand la princesse Phillipa prit sa main dans les siennes.

— Je suis heureuse de faire votre connaissance, dit-elle. Merci d'avoir effectué ce long trajet pour venir jusqu'à nous. Vous voulez bien vous asseoir pour prendre le thé avec nous ?

À ces paroles, Coco ressentit un léger soulagement. Au moins, la princesse Phillipa semblait chaleureuse.

Un serveur apparut et servit le thé, demandant à chacune :

— Sucre ou lait ?

— Juste du sucre, merci beaucoup, répondit-elle.

Puis elle remarqua que, pour remuer leur thé, les princesses effectuaient le mouvement de pendule mentionné sur internet et elle suivit leur exemple. Un silence s'installa.

Enfin, Bridget prit la parole :

— Vous habitez au Texas, n'est-ce pas ? Comme vous le savez probablement, notre famille entretient des liens privilégiés avec cet État américain. Ma sœur, la princesse Valentina, s'y est établie avec son mari et sa fille, et mon mari en est lui-même originaire. Est-ce que c'est un endroit que vous aimez ?

— À vrai dire, je n'en connais pas beaucoup d'autres, répondit Coco. J'y ai passé toute ma vie et je n'ai pas beaucoup voyagé. D'après mon expérience, les Texans sont des personnes sympathiques, voilà pourquoi je m'estime chanceuse d'avoir grandi là-bas.

Bridget hocha la tête et lança un regard à Fredericka.

— Le Texas a beaucoup de charme. Cependant, je ne suis pas certaine que je puisse supporter l'été, là-bas. Comment faites-vous ?

— Nous avons l'air conditionné, et nous buvons beaucoup de thé glacé et de limonade, répondit-elle.

Phillipa se mit à rire.

— Voilà une réponse digne d'Eve ! fit-elle avant d'expliquer : Eve est la femme de notre frère Stephan. Elle aussi est originaire du Texas. Je ne sais pas ce que M. Bernard vous a raconté au sujet de notre famille, ni ce que vous avez pu trouver sur internet.

— M. Bernard m'a fait visiter le parc et m'a retracé un bref historique de Chantaine et de la famille Devereaux. Mais il m'a donné tellement d'informations que je ne sais pas si je serais capable de répondre à un quiz si vous m'en présentiez un, avoua-t-elle.

Bridget esquissa un petit sourire qu'elle dissimula bien vite derrière sa tasse de thé.

— Parlez-nous de vous, l'encouragea-t-elle.

Coco se sentit soudain très embarrassée.

— Eh bien, comme vous le savez, je viens du Texas... J'ai commencé des études pour être enseignante dans le primaire, mais j'ai malheureusement dû les interrompre car ma mère est tombée malade.

Elle nota alors qu'elle était en train de mettre ses mains autour de sa tasse et, se rappelant que c'était tout à fait contraire à l'étiquette, elle la reposa.

— Nous sommes désolées pour la perte récente que vous avez subie, dit Phillipa. Mon mari a lui aussi perdu sa mère, il y a peu.

— Oh ! je suis navrée ! dit-elle. Je vous présente mes condoléances à vous deux.

— Dites-moi, reprit Bridget, ai-je bien compris ? Vous travaillez actuellement comme nourrice ?

— Tout à fait, répondit Coco. Pour Emma, la fille de Benjamin Garner. C'est une enfant adorable.

— Quel âge a-t-elle ? s'enquit Bridget.

— Elle n'a que cinq mois, mais elle est fort bavarde.

La princesse arrondit les yeux de surprise.

— Elle parle déjà ?

— Elle a son propre langage, expliqua-t-elle. Mais c'est un vrai moulin à paroles.

Phillipa se mit à rire.

— Et quand vous ne vous occupez pas d'Emma, que faites-vous ?

— Pour être honnête, ces derniers temps, je me suis entièrement consacrée à Emma, afin de l'aider à s'adapter à sa vie avec son père. Sa mère est morte dans un accident, il y a moins de deux mois. Mais, quand j'en ai l'occasion, j'adore pêcher.

Les trois princesses la fixèrent alors en silence, et elle se demanda si elle n'avait pas trop parlé...

— Pêcher ? répéta Fredericka.

Elle hocha la tête.

— Tout à fait. Avec une canne à pêche et un ver !

— Eve adorerait ça, elle aussi, commenta Bridget. Elle pense que nous sommes une bande de chochottes qui...

À cet instant, la porte s'ouvrit et M. Bernard annonça :

— Son Altesse Royale, le prince Stephan.

Coco eut la subite sensation d'avoir un grand blanc, mais, remarquant que les princesses se levaient, elle les imita. Fort maladroitement... Elle heurta en effet sa tasse de thé dont le contenu se répandit sur la belle nappe raffinée...

— Oh non ! Je suis vraiment désolée. Je... Comment allez-vous détacher ce beau tissu ?

— Mademoiselle Coco Jordan, fit alors une autre voix masculine.

Elle releva la tête et croisa le regard du prince, qui n'avait pas l'air particulièrement chaleureux. Elle exécuta une brève révérence, sur le mauvais pied, puis baissa la tête.

— Nous sommes ravis de vous rencontrer. Je suppose que M. Bernard a bien pris soin de vous, dit-il.

— Tout à fait, merci.

— Je dois repartir en raison d'une réunion, mais n'hésitez pas à appeler M. Bernard si vous avez besoin de quoi que ce soit durant votre séjour. Bonne journée à vous toutes, ajouta-t-il en jetant un rapide coup d'œil à ses sœurs.

Sur ces mots, il quitta la pièce d'un pas raide.

Coco se rappelait vaguement qu'elle était encore censée effectuer une révérence, ce qu'elle fit, sur le bon pied, cette fois. Dès que le prince se fut retiré, les serveurs changèrent la nappe en un rien de temps. Embarrassée, elle regarda les princesses. Elles étaient devenues soudain plus froides et distantes.

Se rasseyant, elle s'efforça de sourire, mais personne ne lui rendit son sourire. Un serveur lui demanda si elle voulait encore du thé, et elle secoua la tête. Elle n'avait pas envie d'abîmer une autre nappe royale.

Le silence s'installa dans la pièce, comme la plus accablante chaleur humide d'un mois de juillet, au Texas. Elle ignorait ce qu'elle devait dire, mais apparemment les princesses n'avaient plus envie de bavarder. Elle se demanda alors si le fait d'avoir renversé son thé ne les avait pas choquées.

Une horloge sonna 15 heures. Aussitôt, Fredericka regarda sa montre et se leva. Ses sœurs l'imitèrent, et elle bondit elle aussi sur ses pieds.

— Nous vous avons retenue assez longtemps, déclara Fredericka. C'était un plaisir de vous rencontrer, et nous espérons que votre séjour sur notre belle île vous plaira.

Fort surprise de la façon abrupte dont se terminait la visite, Coco fit plusieurs fois la révérence et les princesses sortirent du salon. M. Bernard réapparut alors.

— Je vais vous raccompagner à la villa, lui dit-il.

Durant le court trajet à l'arrière de la limousine, elle ne cessa de s'interroger sur cette rencontre. Que signifiait tout cela ? Elle avait parcouru la moitié du monde pour prendre un thé avec ses « demi-sœurs » et apercevoir l'un de ses « demi-frères » pendant quelques secondes ?

Elle s'était pourtant bien dit de ne rien attendre de ce voyage, mais c'était plus fort qu'elle, elle éprouvait une vive déception. Fermant les poings, elle s'intima de rester forte.

M. Bernard lui tint la portière tandis qu'elle descendait de voiture, et elle sentit son regard rivé sur elle comme elle regagnait la porte d'entrée.

Je ne suis pas déçue, se répéta-t-elle intérieurement. *Je ne suis pas déçue, je...*

La porte s'ouvrit avant même qu'elle ne la touche et Benjamin — le merveilleux et fort Benjamin — se matérialisa devant elle.

— Comment est-ce que ça s'est passé ? demanda-t-il.

Elle fondit en larmes.

— Visiblement, ce n'était pas génial, murmura-t-il en l'attirant gentiment dans le salon.

Il la conduisit vers la causeuse où elle prit place sans cesser de pleurer.

— Je... n'aurais... pas... dû...

Elle s'interrompit et s'effondra de nouveau.

Il sentit son estomac se nouer.

— Allez, reprends ton souffle, lui dit-il doucement en la prenant par les épaules.

Elle ouvrit la bouche, s'efforçant de lui obéir, mais ce fut un autre sanglot qui en sortit.

— Désolée, dit-elle. Je n'ai pas...

— Respire, fit-il d'un ton déterminé. Ferme les yeux et respire.

Elle ferma les yeux et s'efforça de prendre une profonde inspiration. Elle frissonna et souffla.

— Encore, dit-il.

Elle recommença, et cette fois l'exercice fut un peu plus concluant.

— Je suis désolée, dit-elle lorsqu'elle eut recouvré l'usage de la parole. Il y a si longtemps que je n'ai pas pleuré comme ça.

— Tu as sans doute trop retenu tes larmes, et aujourd'hui tu craques. Je vais te chercher de l'eau.

Elle hocha la tête et essuya ses joues mouillées.

— Je suis si gênée...

— Ce n'est pas la peine, dit-il en allant lui chercher un verre. Tu te retrouves dans une situation vraiment étrange, tu sais.

Quand il revint, il porta le verre à ses lèvres et se rendit alors compte qu'elles étaient pulpeuses et roses. Elle but quelques petites gorgées, puis prit elle-même le verre.

— Merci, dit-elle. Je me sens si stupide.

— Pourquoi ?

— Je ne sais pas à quoi je m'attendais... Je ne cessais de me répéter, et je te le disais aussi, que je ne les intéresserais pas, mais une part stupide de moi-même nourrissait quand même un certain espoir.

Elle ferma les yeux.

— Je ne pensais pas pouvoir lier une réelle relation avec eux, poursuivit-elle, mais je croyais quand même qu'ils seraient un peu plus chaleureux.

— Qu'est-ce qu'ils ont fait ?

— Rien de terrible, répondit-elle. Ils étaient juste affreusement polis. Le prince a fait une apparition dans le salon où nous prenions le thé et, en me levant, j'ai renversé mon thé sur la précieuse nappe qui recouvrait la table. Je me demande si c'est à cause de cette maladresse que les princesses ont ensuite été si distantes avec moi. Il est à peine resté une demi-minute…

Elle secoua la tête, confuse.

— Avant son arrivée, Bridget et Phillipa ont été presque sympathiques avec moi, poursuivit-elle. Elles m'ont souri plusieurs fois, et nous avons même ri.

Il fronça les sourcils. Pourquoi ces princesses avaient-elles changé d'attitude ?

— Est-ce que M. Collet monté a dit quelque chose à ses sœurs, lors de sa courte apparition ?

Ce surnom lui arracha malgré elle un petit rire.

— Non, dit-elle. Il s'est contenté de les regarder, mais il n'a rien dit.

— Hum, fit-il, se demandant si la façon dont les membres royaux s'étaient comportés envers Coco ne faisait pas partie d'un plan.

— À quoi penses-tu ? lui demanda-t-elle alors.

— À rien de précis…

— Eh bien, moi, je n'ai pas besoin de réfléchir plus longtemps pour te dire que je suis bien décidée à ne pas m'attarder ici !

À cet instant, Emma laissa échapper un cri de la chambre où elle dormait.

— Je vais la chercher, déclara Coco. J'espère que ce n'est pas moi qui l'ai réveillée.

— Je ne crois pas, elle dormait depuis un petit moment déjà.

Il demeurait dubitatif. Il ne s'était pas attendu à ce que la famille Devereaux se jette dans les bras de Coco, mais leur attitude n'était pas très logique. Pourquoi la convier si c'était pour lui battre froid ?

Une heure plus tard, Coco donna son dîner à Emma, puis elle l'allongea sur sa couverture, dans le salon. Il remarqua alors qu'elle était encore bouleversée par son thé chez les Devereaux. Depuis son retour, il avait élaboré un plan d'action, mais il avait jugé préférable de ne pas le lui dévoiler.

— Il fait encore jour, dit-il. Tu ne veux pas aller faire une promenade avec Emma ?

Elle hocha la tête, et parut soudain moins tendue.

— Bonne idée ! Tu nous accompagnes ?

— Non, je vais rester ici. Je voudrais m'entretenir avec mon contremaître par Skype.

— Entendu, dit-elle en enfilant une veste légère à Emma, ainsi qu'un petit chapeau. Nous n'en avons pas pour longtemps.

Soudain, elle s'arrêta et se tourna vers lui.

— Merci de m'avoir soutenue tout cet après-midi, ajouta-t-elle.

L'expression qu'il lut alors dans ses beaux yeux bleus le troubla.

— Ce n'était rien. Je veux juste que tu te sentes mieux, dit-il avant de lui serrer doucement l'épaule.

Sans prévenir, elle se hissa sur la pointe des pieds et déposa un baiser sur sa joue.

— Pour moi, c'était beaucoup, répondit-elle.

Puis elle installa le bébé dans sa poussette et sortit.

Il frotta sa joue à l'endroit où elle l'avait embrassé, troublé par la sensation qu'il éprouvait encore. Il se demanda alors si le reste de son corps était aussi doux que ses lèvres, et il les imagina qui exploraient son corps... Quel effet cela ferait-il de l'embrasser et de la toucher partout ?

À cette pensée, il sentit le désir l'envahir, et il secoua la tête. C'était insensé ! Il avait des préoccupations bien plus importantes que sa libido. Et s'il y avait bien une femme avec qui il était exclu qu'il couche, c'était Coco. Ne serait-ce que par rapport à Emma, il ne devait prendre aucun risque avec elle. Elle était un territoire interdit et il ferait bien de s'en souvenir.

D'un pas décidé, il se dirigea vers le téléphone de la villa et décrocha. Puis il composa le numéro de M. Bernard, qui répondit dès la première sonnerie.

— Bernard, à l'appareil.

— Bonjour. J'aimerais parler à Stephan Devereaux.

Un silence s'ensuivit.

— Pardon ? reprit enfin Bernard. À qui ai-je l'honneur de parler ?

— C'est Benjamin Garner, à l'appareil, le fiancé de Coco Jordan.

Bernard s'éclaircit la voix.

— Je crains qu'il ne soit impossible, monsieur Garner, que le prince vous accorde une audience. Son emploi du temps est prévu des mois à l'avance.

— Il ne s'agit pas d'une audience. Je souhaite m'entretenir d'homme à homme avec le prince. Et vous pouvez prévenir Stephan que la famille Devereaux devra faire face à un cauchemar médiatique s'il ne trouve pas le temps de me recevoir, vous m'entendez bien ?

Une nouvelle fois, Bernard toussota.

— Je transmettrai le message, M. Garner, dit-il.

— J'y compte bien, répondit Benjamin.

Il raccrocha.

7

Deux heures plus tard, le téléphone de la villa sonna. Benjamin décrocha rapidement, peu désireux de réveiller Coco, qui s'était endormie sur le sofa.

— Benjamin Garner, répondit-il à voix basse.

— M. Garner, ici l'assistant du prince Stephan. Le prince peut vous accorder un quart d'heure. M. Bernard va venir vous chercher dans cinq minutes.

En général, il n'obtempérait pas aux ordres des autres, mais en l'occurrence il s'agissait de protéger Coco. Elle était si lasse que même le téléphone ne l'avait pas réveillée.

— Entendu, répondit-il.

Il raccrocha.

Il lança un coup d'œil vers Coco : elle dormait profondément. Il fallait dire qu'elle avait vécu de telles émotions, aujourd'hui ! Il prit l'écoute-bébé et l'alluma avant de le poser près d'elle, sur la table basse. Puis il griffonna quelques mots pour lui indiquer qu'il était parti faire un tour et sortit.

Trois secondes plus tard, la limousine arrivait, et M. Bernard en sortit.

— Monsieur Garner, dit-il en lui ouvrant la portière. Je vais profiter du bref trajet pour vous informer de l'étiquette à adopter en présence du prince.

— Inutile ! le coupa-t-il. Ce n'est pas mon prince.

— Mais, monsieur, balbutia Bernard, j'ai des instructions.

— Faites ce que vous avez à faire. Sachez toutefois que je ne vous écouterai pas. J'ai des préoccupations bien plus importantes en tête. J'assumerai la responsabilité de mes actes, comme je l'ai toujours fait jusqu'à présent.

M. Bernard hésita, puis déclara :

— Très bien. La première règle veut que l'on ne tourne jamais le dos à un membre de la famille royale et…

Il ne l'écoutait déjà plus, il pensait à la stratégie qu'il allait adopter avec Stephan. Quelques minutes plus tard, on le fit entrer dans le palais par une porte latérale, puis monter au premier étage. Il dut alors se soumettre à une inspection de la part d'un agent de la sécurité.

Docile, il leva les mains. Il n'avait pas besoin de pistolet pour régler la situation : sa plus grande arme, c'était la menace de ternir la précieuse image des Devereaux. Quelques secondes plus tard, il fut escorté dans un immense bureau où dominaient le bois et le cuir. Il remarqua un jouet sur le bureau, et s'en étonna. Le portrait d'une femme aux longs cheveux noirs et aux yeux rieurs ornait la cheminée, ainsi que celui d'une petite fille aux beaux cheveux bouclés et au regard bleu.

Il haussa les sourcils, songeur. Au fond, le prince Stephan était peut-être humain. Soudain, un homme entra dans la pièce.

— Sa Majesté Royale Stephan Devereaux, annonça le serviteur.

Benjamin redressa les épaules et attendit que Stephan fasse son entrée. Il découvrit alors un homme de haute stature, aux cheveux noirs et aux yeux froids.

— M. Garner, dit-il.

— Oui, c'est moi. Bonsoir, dit-il.

Il attendit que Stephan s'assoie avant de prendre lui aussi un siège.

— Mon assistant m'a rapporté que vous aviez menacé de ternir la réputation de ma famille, dit-il.

— N'exagérons rien, tempéra-t-il. J'ai pensé que vous aimeriez connaître les répercussions liées à votre parenté avec Coco Jordan sur sa vie quotidienne. Sachez que tous les jours elle reçoit des appels incessants de la part des médias. Imaginez qu'elle raconte la vérité sur la façon dont elle a été reçue chez vous. Cela ne renverrait pas une bonne image de la royauté.

— Que veut-elle de plus, au juste ? Elle a pris un thé avec mes sœurs, j'ai fait moi-même une courte apparition.

Sa joue eut un tic nerveux, et il poursuivit :

— Peut-être s'agit-il d'une question d'argent. Dans ces conditions, combien veut-elle ?

Benjamin fronça les sourcils.

— C'est insultant ! On ne vous a jamais dit que vous pourriez montrer un peu plus d'empathie envers autrui ?

À cet instant, l'homme qui avait présenté le prince s'avança et demanda à ce dernier :

— Dois-je faire sortir M. Garner ?

— Non, Peter, je me charge de cette affaire.

Puis, se penchant en avant, il ajouta :

— Que veut au juste Mlle Jordan ?

Benjamin soupira.

— Cela va peut-être être difficile pour vous, mais essayez de vous mettre à sa place. Vous êtes adopté, enfant unique. Votre père est mort, votre mère vient de mourir d'une maladie incurable et vous vous retrouvez seul au monde. Que désirez-vous ?

Un silence s'ensuivit. Ce fut alors qu'une femme fit irruption dans le bureau.

— Pourquoi est-ce que tu travailles si tard, ce soir, mon chéri ? s'exclama-t-elle.

Il reconnut sans peine la femme de la photo, mais elle était plus pâle et semblait souffrante.

Immédiatement, Stephan se leva et traversa la pièce pour prendre la femme dans ses bras.

— Eve, tu n'aurais pas dû te lever ! Tu as eu une rude journée, aujourd'hui. Retourne au lit, je te rejoins d'ici peu.

La jeune femme fronça les sourcils, puis regarda Benjamin, qui s'était également levé.

— Madame, dit-il en lui adressant un petit signe de la tête.

Alors Eve plissa les yeux et dirigea de nouveau son regard vers Stephan.

— Il vient du Texas... Mais oui ! ajouta-t-elle comme si elle venait d'assembler les pièces d'un puzzle. C'est le fiancé de Coco Jordan. Est-ce qu'elle est ici ? Comment ai-je pu la manquer ?

— Je t'ai dit que je m'occupais de cette affaire. Bridget, Phillipa et Fredericka ont pris le thé avec elle aujourd'hui. Comme tu n'étais pas en grande forme, on n'a pas jugé nécessaire de te convier.

— Le thé ? reprit alors Eve d'un air dédaigneux. Tu offres un thé à une fille du Texas ? Et je parierais qu'il n'était même pas glacé.

Elle reprit sa respiration et demanda :

— Qu'est-ce qui se passe, au juste ?

— Nous discuterons de cela plus tard, répondit-il.

— Très bien. Dans ces conditions, laisse-moi au moins saluer un camarade du Texas.

Sur ces mots, elle s'avança vers Benjamin.

— Bonjour, je suis Eve Devereaux, dit-elle en lui tendant la main.

— Enchanté, répondit-il. Je suis Benjamin Garner. Je suis désolé d'avoir perturbé votre sommeil, mais je suis certain que votre mari et moi n'en aurons pas pour longtemps.

— Bourbon ou whisky ? demanda-t-elle avec un petit sourire.

Puis elle se laissa tomber sur une chaise.

— Eve ! fit alors Stephan. J'insiste pour que tu retournes dans tes appartements.

— À la condition que tu me promettes que je rencontrerai Benjamin et Coco demain, et que tu serviras à ton invité la boisson de son choix. Par ailleurs, tu dois l'accompagner, dit-elle.

— Comme tu voudras, répondit-il, mâchoires serrées.

Satisfaite, elle lui sourit et se releva.

— Bonne discussion, fit-elle.

Puis elle lui envoya un baiser et sortit.

Stephan poussa un lourd soupir.

— Rasseyez-vous, dit-il. Peter, veuillez servir un verre à M. Garner.

L'homme s'avança vers Stephan.

— Oui, monsieur.

Puis il se tourna vers Benjamin.

— Que voulez-vous prendre ?

— Un whisky fera l'affaire, dit-il.

— Je prendrai la même chose, renchérit Stephan.

Il croisa le regard de Benjamin.

— Maintenant que vous avez attiré l'attention de ma femme, je préfère vous avertir que je serai impitoyable si vous profitez de sa gentillesse.

Benjamin leva son verre rempli d'un whisky à l'ambre parfait vers le prince.

— Ravi de vous l'entendre dire, Votre Altesse, déclara-t-il. Je n'en attendais pas moins de vous.

Stephan reposa son verre de whisky.

— Très bien. Demain, nous organiserons une réunion de famille. Par ailleurs, l'un de nos conseillers convoquera Mlle Jordan pour discuter de son héritage. Autant vous avertir tout de suite que le montant est très faible. De nos jours, la famille royale a elle aussi un budget serré.

Benjamin se contenta de hocher la tête. Il aurait été prêt à défendre les intérêts financiers de Coco, mais il savait que ce n'était pas ce qui lui tenait le plus à cœur.

— Faites en sorte que tout se passe bien demain, prévint-il. Vous avez rencontré Coco, et vous avez pu constater qu'elle n'a rien d'un requin.

Sur ces paroles, il se leva et posa son verre sans le terminer.

— Je pense que l'entretien est clos, déclara-t-il. Votre femme vous attend, et je ne veux pas vous retenir.

Il fut immédiatement conduit hors du palais vers la voiture qui l'attendait. Il suspecta M. Bernard d'avoir envie de lui donner un coup de poing une fois qu'ils eurent atteint la villa, mais celui-ci sortit calmement de la limousine et lui ouvrit la portière.

— Bonne nuit, Bernard, lui dit-il.

— Bonne nuit, monsieur, répondit l'homme.

Il trouva Coco dans la même position que celle où il l'avait laissée. Aucun son ne parvenait non plus de l'écoute-bébé.

C'était parfait. Prenant alors Coco dans ses bras, il la transporta dans la chambre où elle avait dormi la nuit précédente. Elle remua légèrement quand il la déposa sur le lit, puis soupira, avant de plonger la tête dans l'oreiller.

Suivant son impulsion, il déposa alors un baiser sur sa joue. Il n'avait jamais senti chose plus douce et adorable sous ses lèvres.

— Encore une réunion de famille ! s'écria Bridget en regardant sa sœur, Phillipa, affectueusement surnommée Pippa par ses proches.

Elles se trouvaient toutes deux dans le couloir qui menait au bureau de Stephan.

— Tu crois qu'il s'est rendu compte que nous avions souri à Coco Jordan, hier ? continua-t-elle. Je commence à le soupçonner d'avoir placé une caméra cachée dans la pièce où nous avons pris le thé.

— Au fond, tu as peut-être raison. Cela expliquerait pourquoi il nous a lancé ce regard si contrarié, en repartant, hier, enchaîna Pippa. C'est tellement ridicule qu'il insiste pour que nous ne soyons pas cordiales avec elle.

— C'était affreux, oui, de devoir être si dure avec elle. Elle semble si gentille. J'ai du mal à croire qu'elle veuille ruiner la maison Devereaux.

— Il faut que quelqu'un raisonne Stephan.

— La seule qui soit en mesure de lui faire entendre raison, c'est Eve, et la pauvre souffre tellement de nausées à cause de sa grossesse que je n'ose pas l'importuner avec ça.

— Je sais ce que c'est, renchérit Pippa en posant sa main sur son ventre. Moi aussi, j'ai eu la nausée pendant quelques semaines, mais cela s'est s'amélioré, alors que chez Eve on dirait que ça empire. Stephan s'inquiète beaucoup pour elle, et je le comprends.

— Eh bien, nous y voilà ! dit Bridget en frappant à la porte du bureau de Stephan.

La porte s'ouvrit immédiatement, et elle constata avec

surprise qu'Eve était dans le bureau, en train de manger un toast. Stephan était au téléphone.

— Eve, c'est merveilleux de te voir, s'exclama-t-elle. Comment te sens-tu ?

— Bien, répondit-elle, même si sa voix trahissait le contraire. Seulement, j'ai du mal à ne pas me livrer à mes occupations habituelles. En outre, à en croire ce qu'on écrit dans les livres sur la maternité, les nausées sont censées être passées depuis longtemps à cette étape de la grossesse.

— Je suis désolée, dit Pippa, en enlaçant tendrement sa belle-sœur.

— Moi aussi, fit Bridget, en se penchant pour lui faire une bise.

— Comment va le ranch ? demanda Eve.

Bridget sourit. La femme de Stephan voulait se tenir au courant des projets grandioses qu'elle nourrissait avec son mari, texan d'origine, à savoir la construction d'un ranch à Chantaine.

— Bien, je te remercie. Comme tu le sais, nous habitons déjà dans la maison. Pour ce qui est du bétail, il faudra encore attendre un peu.

— Je vous aiderai quand j'irai mieux, répondit Eve.

— Pour l'instant, il faut que tu prennes soin de toi, observa Bridget.

Eve fit la grimace.

— C'est si rasoir.

Elle lança un coup d'œil à son mari, qui téléphonait toujours.

— Alors, qu'est-ce que vous pensez de Coco ? Est-ce une méchante déguisée en gentille ?

— Franchement, cela m'étonnerait ! s'exclama Pippa. Elle est d'une sincérité rafraîchissante. Je pense qu'elle te plairait. Elle a dit qu'elle adorait aller pêcher quand elle avait du temps libre, bien qu'elle soit fort occupée depuis qu'elle est en charge d'une petite fille qui a perdu sa mère. Elle présente visiblement tous les signes d'une inadaptée sociale…

Ces dernières paroles, prononcées avec une ironie manifeste, étaient destinées à son frère, qui était toutefois bien trop accaparé par sa conversation téléphonique pour l'entendre.

— Elle a vraiment l'air adorable, renchérit Bridget.

— Qu'est-ce que Fredericka en pense ? demanda Eve.

— Fredericka n'exprime que très rarement ses émotions, comme tu le sais, répondit Bridget. Elle est déjà repartie pour Paris.

Eve fit la moue.

— Comme c'est dommage ! J'aurais tant aimé qu'elle rencontre Coco dans de meilleures circonstances. C'est d'ailleurs pour cette raison que je vous ai conviées. J'ai convaincu Stephan de nous laisser organiser une nouvelle réunion familiale dans des conditions plus naturelles, plus accueillantes. Son fiancé était prêt à la ramener au Texas ! Je pense que, si les duels existaient toujours, il aurait défié Stephan.

Bridget en resta bouche bée.

— Elle est fiancée ? Je l'ignorais.

— Apparemment, son employeur et elle sont tombés amoureux. Facile à comprendre, étant donné la dévotion qu'elle voue à sa fille, renchérit Eve.

— Curieux, fit Pippa. Elle n'a pas mentionné le fait qu'elle était fiancée.

— Nous ne l'avons pas vraiment encouragée à se confier, surtout après l'apparition de Stephan, et le regard noir qu'il nous a lancé, répondit Bridget.

— Exact, confirma Pippa. Eh bien, quels sont tes plans ?

— Nous prévoyons une réunion familiale aujourd'hui, répondit Eve. Avec tout le monde, ainsi que les enfants.

— Les jumeaux aussi ? fit Bridget.

Elle adorait ses deux beaux-fils, mais c'étaient des bambins extrêmement turbulents.

— Tout le monde est convié, même Stephania, confirma Eve. Et évidemment, Coco, son fiancé et le bébé de celui-ci seront conviés. Je crois qu'elle s'appelle…

— Emma, compléta Pippa. J'ai lu le dossier.

— Est-ce que les maris sont invités ? s'enquit Bridget.

— Leur présence n'est pas expressément requise, étant donné qu'ils sont prévenus au dernier moment, mais si vous pouvez les persuader de venir ce serait merveilleux, répondit Eve tout en continuant à manger son toast.

— Je vais essayer d'arracher Nic à ses réunions, mais je ne te promets rien, fit Pippa.

— Même chose, observa Bridget en pensant à l'emploi du temps surchargé de son médecin de mari.

Stephan reposa enfin le combiné et se tourna vers le petit groupe.

— J'ai une information à vous communiquer. Nous aurons une réunion familiale cet après-midi avec Coco Jordan, son fiancé et la fille de celui-ci.

— Nous sommes déjà au courant, répondit Bridget. À quelle heure devons-nous venir ?

— Comment le savez-vous ? demanda Stephan en sourcillant.

— Tu penses vraiment qu'on allait rester là sans rien dire en attendant que tu aies terminé ta conversation ? rétorqua Bridget.

Stephan plissa les yeux.

— Ce n'est pas une raison pour être arrogante.

— Tu ne t'es pourtant pas privé pour nous faire attendre, Ton Altesse, répondit-elle, incapable de résister à la tentation de taquiner son frère.

Elle était celle qui, après Eve, était la plus susceptible d'avoir de l'influence sur le prince.

— Chéri, dit Eve en brossant des miettes de toast tombées sur sa manche, comme tu étais occupé au téléphone, nous avons déjà discuté de ce qui nous attendait cet après-midi.

— Tu ne te sens pas bien, n'est-ce pas ? demanda-t-il en la regardant avec la plus grande attention.

— Mais si, ça va, répondit-elle pour la énième fois. Seulement, ton héritier est un peu agité, c'est tout. J'irai mieux dans quelques mois. Et surtout si tu es très gentil avec moi.

Après le petit déjeuner, Coco, Benjamin et Emma pénétrèrent dans le bureau de George Singleton, l'un des conseillers financiers du palais.

— Bienvenue, leur dit-il. Je suis heureux d'avoir le privilège de vous informer de ce qu'il en est de l'héritage que vous a laissé le prince Edward.

— Mon héritage ? répéta-t-elle en faisant sauter Emma sur ses genoux.

Elle lança alors un coup d'œil à Benjamin.

— Écoutons ce que M. Singleton a à nous dire, déclara-t-il.

Elle hocha la tête.

— Très bien. Merci, M. Singleton.

— Malheureusement, la fortune du prince est destinée à ses héritiers légitimes, qui travaillent pour le bénéfice des Devereaux.

Elle ne s'en étonna pas. À vrai dire, elle n'avait jamais pensé hériter de quoi que ce soit du prince Edward, dans la mesure où elle avait plus de vingt ans quand la paternité avait été révélée.

— Par conséquent, vous recevrez chaque mois 103 dollars une fois toutes les taxes retenues, ainsi qu'une bourse de 5 000 dollars qui vous sera versée une fois vos études terminées.

— Je les ai ajournées à cause de la mort de ma mère, murmura-t-elle alors.

M. Singleton s'éclaircit la voix.

— Nous pourrons peut-être faire une exception, et vous la remettre avant, dit-il.

— Ce serait généreux de votre part, glissa Benjamin.

— J'en discuterai avec les autres conseillers, répondit-il. La vie de la famille royale est soumise à de nombreux protocoles qui entraînent de grands frais, d'où notre vigilance concernant la comptabilité.

— Je comprends, commença Coco, et...

— Cela ne dispense pas le prince Edward de s'acquitter de ses obligations envers ses enfants, la coupa Benjamin en posant la main sur son bras.

— Tout à fait, approuva M. Singleton. Je vous indiquerai le

résultat de mes discussions avec les autres conseillers royaux. Et à présent, M. Bernard va vous conduire à la réunion familiale. J'ai cru comprendre qu'elle se déroulerait à l'extérieur, étant donné les conditions atmosphériques favorables.

M. Singleton se leva et tendit la main.

— Mademoiselle Jordan, monsieur Garner, les salua-t-il en prenant congé.

— Merci, dit ce dernier.

M. Bernard prit alors le relais.

— C'est une très belle journée, dit-il. La princesse Eve a pensé que chacun aurait envie de profiter du soleil. Ainsi, les enfants pourront se dépenser dans le parc. La princesse Bridget a deux jumeaux qui apprécieront l'opportunité, tout comme la princesse Stephania.

— Qui est la princesse Stephania ? demanda alors Coco, s'efforçant de se rappeler l'arbre généalogique des Devereaux.

— C'est la fille du prince Stephan, dit M. Bernard. Vous verrez, c'est une enfant très vive, mais fort attachante. Même si, au départ, elle pleurait dès qu'elle voyait le prince.

Coco jeta un regard à Benjamin.

— Il semblerait que toi et Stephan ayez plus de choses en commun que tu ne le penses, observa-t-elle, le regard rieur.

Mais Benjamin ne prit pas la peine de répondre à sa taquinerie.

La voiture s'arrêta près d'une aire de jeux, équipée de balançoires, de toboggans et de cordages.

— Voilà de quoi distraire les enfants, observa Coco.

— Nous sommes ravis de faire plaisir, déclara M. Bernard.

Il descendit de voiture pour leur ouvrir la portière.

— On vous apportera une poussette, tout à l'heure, annonça-t-il.

Touchée par l'attention, Coco posa automatiquement la main sur le bras de M. Bernard.

— Merci. C'est très gentil à vous.

M. Bernard lui lança un regard étonné, puis détourna les yeux.

— Appelez-moi si vous avez besoin de quoi que ce soit, dit-il.

Il remonta en voiture.

Coco et Benjamin le regardèrent s'éloigner.

— Quel type étrange ! déclara Benjamin.

— Mais sympathique, précisa-t-elle. Je pense qu'en tant que personnel de la famille royale il ne peut pas être lui-même.

— C'est possible... Bon, allons faire faire de la balançoire à Emma avant que les autres n'arrivent.

Coco sourit.

— Bonne idée.

Ils attachèrent Emma sur la balançoire pour bébé et Benjamin se mit à la pousser doucement. Coco regardait les yeux de la fillette s'écarquiller, ravie des sensations qu'elle éprouvait. Quand Benjamin la poussa un peu plus vite, la fillette éclata de rire.

Devant cette scène attendrissante, Coco sentit les larmes lui monter aux yeux. Quand elle était arrivée au ranch, ils étaient tellement effrayés l'un par l'autre... Maintenant, ils commençaient à nouer une véritable relation. Emma était une enfant chanceuse, car Benjamin ferait un père merveilleux, elle en était certaine. Elle était tellement captivée par la fille et le père qu'elle ne vit pas la princesse Phillipa arriver et ne se rendit compte de sa présence que lorsque celle-ci se trouva à sa hauteur.

— Oh ! bonjour, votre Altesse ! dit-elle en se mettant à faire la révérence.

Phillipa secoua la tête.

— Ce ne sera pas nécessaire, et appelez-moi Pippa.

Elle désigna alors la balançoire.

— Cet homme me semble avoir l'étoffe d'un excellent mari. J'ai entendu dire que les félicitations étaient à l'ordre du jour.

Coco cilla, sans comprendre, avant de se rappeler qu'elle était censée former un couple avec Benjamin.

— Merci, dit-elle en s'efforçant de paraître enthousiaste. C'est très gentil de la part du prince Stephan d'organiser ce déjeuner.

Pippa se mit à rire.

— C'est Eve qu'il faut remercier. Ah, la voici, d'ailleurs, en compagnie de Stephania ! Tiens, il y a aussi Bridget et les jumeaux ! Mais quand est-ce que Bridget va comprendre qu'on ne met pas de talons quand on doit courir derrière des enfants ?

Puis, élevant la voix, elle ajouta à l'adresse des trois enfants :

— Les garçons, Stephania ! Prenez garde à ne pas bousculer le bébé qui se trouve sur la balançoire.

Tous les trois tournèrent la tête vers Emma. La petite fille aux boucles demanda alors :

— Qui c'est ?

— C'est Emma, répondit Pippa. Elle est avec M. Garner et Mlle Jordan.

Benjamin fit signe aux enfants de s'approcher, tout en continuant à pousser Emma sur la balançoire, et Pippa commença les présentations. Les jumeaux se mirent à grimper sur les différents jeux.

— Je ne savais pas qu'il y avait tant d'enfants au palais, déclara Coco, essayant de se rappeler ce qu'elle avait lu à leur sujet sur internet.

— Et il y en a encore à venir, renchérit Pippa en touchant son ventre. Eve doit accoucher avant moi, mais ma grossesse se passe bien mieux que la sienne, et du coup j'en ressens une certaine culpabilité.

— Oh ! je suis désolée ! déclara alors Coco à l'adresse de la grande femme brune qui les avait rejointes.

— Comment te sens-tu, aujourd'hui ? lui demanda sa belle-sœur.

— Ça va, merci, j'ai dormi plus longtemps que d'habitude, répondit Eve avant de se tourner vers Coco : Je suis heureuse de vous rencontrer et de vous recevoir dans notre beau parc. J'espère que vous apprécierez le déjeuner à l'extérieur.

Bridget regarda l'aire de jeux et demanda alors :

— Je ne vois plus mes petits choux… Ah, ils sont dans la cabane cachette ! J'aurais dû m'en douter.

Puis elle se tourna vers Coco.

— Je suis ravie de vous revoir. Et la petite Emma est adorable ! J'espère que son père l'est aussi. C'est amusant, on dirait que les Devereaux ont un faible pour les Texans.

À cet instant, un cri de détresse s'éleva de la cabane.

— Excusez-moi, dit Bridget. C'est le mien. Je reconnais sa voix.

Elle s'éloigna.

— Qui aurait cru qu'elle ferait une si bonne mère ? déclara alors Pippa.

— Elle est tombée amoureuse du docteur et de ses enfants, répondit Eve. C'est un vrai plaisir de la voir ainsi, elle qui semblait toujours si hautaine et destinée à demeurer célibataire... Son cœur était finalement plus tendre qu'elle ne le croyait.

À cet instant, Coco se dit qu'elle n'était peut-être pas tout à fait seule au monde, et qu'il se pouvait que les Devereaux ne soient pas aussi guindés qu'elle l'avait pensé lors de leur première rencontre.

Après les jeux, au cours desquels Benjamin s'amusa à attraper les jumeaux, ce qui les fit rire aux éclats, le déjeuner fut servi en terrasse. Des nourrices arrivèrent pour emmener les enfants quand ils commencèrent à s'agiter. Stephania demanda la permission de rester et l'obtint.

Coco remarqua que Benjamin parlait peu, mais observait tout ce qui se passait autour de lui. Quand il posa sa main sur la sienne, bien qu'elle sache que c'était juste pour simuler, elle sentit un frisson la parcourir... Puis Bridget se leva et présenta des excuses, indiquant qu'elle devait se rendre à une lecture dans une librairie, tandis que Pippa, qui avait reçu un coup de fil de son mari, s'éloigna pour parler tranquillement.

Eve paraissait de plus en plus fatiguée, et Coco redoutait d'en être la cause, puisque c'était manifestement la princesse qui avait été l'initiatrice de cette journée organisée en son honneur. Aussi déclara-t-elle :

— J'ai été ravie d'avoir eu l'occasion de tous mieux vous connaître, et j'ai énormément apprécié ce temps passé avec vous. À présent, nous allons rentrer pour qu'Emma puisse faire la sieste.

— Vous êtes certaine que je ne peux rien faire d'autre pour vous ? demanda Eve en donnant la moitié d'un cookie à Stephania, qui était installée sur ses genoux.

— Non, tout était parfait, lui assura Coco en se levant.

— Bon, comme vous voudrez, dit-elle.

Posant Stephania par terre, elle se leva et blêmit soudain.

— Oh ! murmura-t-elle.

Elle perdit connaissance.

Benjamin fut à ses côtés en un rien de temps. Stephania éclata aussitôt en sanglots, et Coco posa Emma sur une couverture pour consoler la petite fille en pleurs.

— Il faut appeler de l'aide ! déclara-t-elle.

Quelques instants plus tard, Eve était étendue sur le canapé où Benjamin l'avait déposée, entourée d'un médecin, d'une infirmière, de deux gardes du corps et de Pippa.

— Je n'arrête pas de lui dire qu'elle en fait trop, marmonnait cette dernière en se tordant les mains. Elle n'est pas habituée à rester tranquille, c'est là le problème. Elle pense que c'est un signe de faiblesse.

— C'est une vraie Texane, répondit Benjamin, qui portait maintenant Emma dans les bras. Bonne chance à son mari !

Stephania était encore bouleversée, mais elle tenait la main de Coco sans rien dire, se calmant elle-même en suçant son pouce.

— Ne t'inquiète pas, lui dit cette dernière, elle va déjà mieux.

— La preuve, elle est déjà en train de rudoyer le docteur, renchérit Pippa entre ses dents.

Eve s'était en effet remise debout et affirmait :

— Je vais très bien, parfaitement bien… Stephania, ma chérie, viens là, tu es toute pâle.

— Maman ! s'écria l'enfant en s'élançant vers elle.

Eve se pencha, et Benjamin glissa alors une chaise vers elle pour qu'elle s'assoie. Elle lui lança un regard impatient.

— Ce n'est vraiment pas la peine de me traiter comme une convalescente.

— Votre évanouissement est la preuve de votre déni. Vous savez ce que dit l'adage : les faits parlent plus fort que les mots, déclara Benjamin.

— Je suis heureuse que pour une fois ce soit quelqu'un d'autre que moi qui le lui dise, intervint Pippa.

Eve avait toujours l'air irrité.

— Je n'aime pas qu'on m'oblige à m'asseoir, répliqua-t-elle.

— On ne veut vous contraindre à rien, juste vous aider, observa Coco.

Eve la regarda.

— C'est vrai, poursuivit Coco. Vous avez une mission importante à remplir, sans doute l'une des plus importantes de votre vie : vous êtes en train de nourrir un bébé dans votre ventre. Deux vies sont en jeu, et toutes les deux sont cruciales aux yeux de nombreuses personnes. Même si vous avez l'impression que rester assise ou vous allonger, c'est de la paresse, ça ne l'est pas. Pour vous, c'est sans doute difficile et ennuyeux, mais cela fait partie de votre mission.

Eve la regarda longuement.

— J'avoue que je n'avais jamais envisagé la situation sous cet angle, déclara-t-elle. Pour moi, il s'agissait de faire abstraction de ma grossesse et de continuer à vivre comme d'habitude. C'est ce que j'ai fait pour Stephania. Mais il semblerait que cela ne fonctionne pas toujours ainsi.

Elle jeta alors un regard vers son médecin.

— Tout à fait, Votre Altesse Royale, s'empressa-t-il d'approuver.

— Je ne suis pourtant pas du genre à m'évanouir, observa Eve.

— Tant que tu suivras les recommandations du médecin, tu ne t'évanouiras pas, renchérit Pippa.

— Très bien, dit-elle, je vais me concentrer sur cette gestation, puisque telle est ma mission. Mais j'espère qu'on viendra me distraire.

— Ne t'inquiète pas pour ça, répondit sa sœur. Une file d'attente se forme déjà derrière moi.

À cet instant, Coco sentit un autre lien invisible la relier à Eve et à Pippa.

Ce soir-là, après que Coco et Benjamin eurent donné son bain à Emma, ils s'assirent sur la causeuse, leurs pieds sur la table basse. Benjamin zappait entre un match de football américain et la BBC.

— J'ai presque l'impression qu'il me faudrait des sous-titres, dit-il. L'anglais britannique est si différent de celui du Texas.

Coco se mit à rire.

— Toi aussi, tu as cette impression ? demanda-t-il.

— Je crois, oui, mais je n'avais jamais pensé à un sous-titrage.

Elle croisa alors son regard.

— Merci d'avoir été à mes côtés, aujourd'hui, ajouta-t-elle. Entre le rendez-vous avec le conseiller financier et l'évanouissement d'Eve, la journée a été riche en émotions.

Il hocha la tête.

— Effectivement. Eh bien, que penses-tu des Devereaux, maintenant ?

— Je pense que ce sont des êtres humains, comme toi et moi, dit-elle.

Ces paroles le touchèrent. En dépit de tout, Coco essayait de trouver le côté positif d'une situation et accordait à chacun le bénéfice du doute. Avec elle, il se sentait moins cynique.

— Tu as été parfaite, aujourd'hui, décréta-t-il.

Elle croisa les doigts, les décroisa. Il recouvrit alors sa main de la sienne, et elle s'immobilisa. Puis elle leva les yeux vers lui. Le temps parut soudain se suspendre...

Tiraillé, il pencha la bouche vers la sienne, assez lentement pour lui laisser le temps de détourner la tête si elle le souhaitait. Mais ce ne fut pas le cas et leurs regards se rivèrent l'un à l'autre... Il remarqua que ses paupières se baissaient à mesure qu'il se rapprochait d'elle. Il aurait voulu accélérer le mouvement, la serrer fiévreusement contre lui, mais il préférait garder le contrôle.

Finalement, il pressa sa bouche contre la sienne. Ses lèvres étaient à la fois douces et sucrées, et l'air vibrait de désir et d'attente...

Quand elle répondit à son baiser, il eut la sensation qu'il

n'allait plus pouvoir se dominer, et il sentit un désir intense parcourir tout son corps.

Alors il introduisit sa langue dans la bouche de Coco. Elle avait un goût suave et sauvage... Et quand il la sentit nouer ses bras autour de sa nuque, il comprit qu'il ne pourrait s'arrêter là.

8

Quand elle se retrouva contre le torse de Benjamin et qu'il prit possession de sa bouche, Coco eut la brusque sensation d'être piégée en haut d'une grande roue... Elle ne s'était pas autorisée à le désirer, elle avait toujours été sur ses gardes pour ne pas être séduite, car il était son employeur. En outre, il avait été blessé par son expérience avec la mère d'Emma. Entre eux, une relation amoureuse était vouée à l'échec.

Mais à présent qu'elle se trouvait dans ses bras vigoureux, comme il était difficile de lui résister ! La façon dont il l'embrassait, dont il la tenait, lui donnait tout simplement le vertige. Quand il appuya son baiser, elle sentit tout son corps vibrer.

Benjamin laissa échapper un faible grognement, et ce son se réverbéra dans tout son être. Il l'attira alors sur ses genoux, posa une main sur son sein, et la serra tout contre lui. Elle sentit la pression de son sexe dur entre ses jambes.

Quelques secondes plus tard, son corsage et sa chemise gisaient sur le sol. Elle n'avait plus qu'un désir : qu'ils se débarrassent de ce qui leur restait de vêtements pour qu'il n'y ait plus aucune barrière entre eux.

Il avait dû lire dans ses pensées, car il descendit rapidement la fermeture Éclair de sa jupe et la fit glisser à terre, ainsi que sa culotte. Son vœu avait été réalisé, il ne lui restait plus qu'à aider Benjamin à se débarrasser de son jean.

Ce fut alors qu'un son étouffé émana de l'écoute-bébé, mais Coco était si excitée qu'elle n'y prêta d'abord pas attention.

Benjamin continuait à la caresser et à l'embrasser, l'enflammant chaque seconde un peu plus.

Puis elle entendit un cri audible dans l'appareil. Suivi d'un hurlement. Elle s'immobilisa, son cœur battant à tout rompre, alors qu'il semblait ne rien entendre.

— C'est Emma, parvint-elle à dire. Elle est réveillée, et elle pleure.

Benjamin détacha enfin sa bouche de la sienne, les yeux emplis d'un désir égal au sien. Quand Emma poussa un nouveau cri, il comprit vraiment ce qui se passait. Marmonnant dans sa barbe, il l'aida à se relever.

Elle prit alors conscience de sa nudité, et chercha précipitamment son corsage, qu'elle enfila et boutonna de façon fébrile.

— Je ne sais pas où est ma jupe, marmonna-t-elle.

Il venait de mettre sa chemise.

— J'y vais, dit-il, et il sortit du salon.

Elle finit enfin par rajuster son corsage et remettre sa culotte et sa jupe. Elle hésita un instant, puis lissa ses cheveux avant de gagner à son tour la chambre d'Emma. Dans la pénombre, elle aperçut Benjamin en train de bercer Emma dans ses bras.

Elle préféra de ne pas intervenir, maintenant que la fillette était calmée. Elle sentit son cœur fondre... Entre le père et la fille, les progrès étaient de plus en plus évidents. Pourtant, quelques instants auparavant, elle voyait tout en lui sauf un père !

Elle demeura dans le couloir un bon moment, tâchant de retrouver son souffle et ses esprits. Comment s'étaient-ils retrouvés sur le point de faire l'amour ? Et maintenant, qu'allait-il se passer ? Devait-elle l'attendre ou aller se coucher ?

Lentement, elle se dirigea vers sa chambre et s'allongea sur son lit, l'esprit traversé de mille questions. Elle n'arrivait pas à croire qu'elle intéressait vraiment Benjamin. Elle s'était toujours considérée comme une femme très ordinaire, dotée, il était vrai, de détermination. Aux pires moments de sa vie, c'était cette énergie qui lui avait permis de ne pas sombrer. Mais elle savait bien qu'elle ne ressemblait en rien à la mère d'Emma.

« Lave-toi le visage, brosse-toi les dents, et tu y verras plus clair demain. » Combien de fois sa mère lui avait-elle répété cela ? Alors, comme autrefois, elle suivit ce sage conseil, puis revint se glisser entre les draps, sans oublier d'allumer l'écoute-bébé au cas où Benjamin s'endormirait et où Emma se réveillerait.

Ce fut alors qu'elle entendit ce dernier fredonner une berceuse à sa fille. Encore une fois, son cœur se serra devant tant de douceur et de tendresse, et elle ferma les yeux pour ne pas pleurer. Que lui arrivait-il ? C'était la première fois qu'un homme la touchait à ce point, c'en était perturbant. Elle prit une profonde inspiration, tâchant de se calmer.

Puis elle se mit à compter jusqu'à cent pour tenter de s'endormir, mais ce fut sans doute la chanson de Benjamin qui la fit sombrer dans le sommeil.

Le lendemain matin, elle fut réveillée par les babillements d'Emma dans l'écoute-bébé. Elle ne se leva pas tout de suite : il était important que la fillette apprenne qu'il ne suffisait pas qu'elle ouvre les yeux pour que quelqu'un accoure.

Elle se mit alors à penser à Benjamin : elle avait compris qu'elle éprouvait de profonds sentiments pour lui. Elle sourit, prête à affronter l'avenir et ce qui se passerait entre eux...

Elle s'habilla et passa dans la salle de bains avant d'entrer dans la chambre d'Emma.

— Bonjour, ma chérie ! lança-t-elle.

La fillette lui répondit par un gloussement, puis elle la prit dans ses bras.

— Tu veux ton biberon ?

Emma se mit alors à émettre des sons joyeux qui devaient correspondre à une grande conversation, ainsi qu'elle le faisait chaque matin.

Quelques minutes plus tard, elle avait chauffé un biberon, et, assise sur le canapé, était en train de nourrir la petite fille. Après quoi, elle la mit dans le parc pliant pour qu'elle joue, et alla se doucher.

Quand elle sortit de sa chambre, habillée mais cheveux mouillés, elle croisa Benjamin dans le couloir.

— Bonjour, dit-il.

Elle sentit son cœur s'emballer dans sa poitrine.

— Bonjour, répondit-elle. J'ai déjà donné un biberon à Emma, et je pense qu'elle peut maintenant prendre sa compote aux céréales. Est-ce qu'elle a mis longtemps à se rendormir, hier ?

— Non, pas vraiment.

Il passa la main dans ses cheveux humides.

— Écoute, ajouta-t-il, je suis désolé pour hier soir. Cela n'aurait pas dû se produire. Je n'aurais pas dû...

Elle dut faire un gros effort pour rester impassible. Il venait littéralement de lui piétiner le cœur !

— Tu n'aurais pas dû quoi ?

— T'embrasser. Essayer de te séduire.

Elle eut du mal à reprendre sa respiration.

— Est-ce que tu es en train de me dire que tu ne me désirais pas ? fit-elle par demander d'une petite voix hachée.

— Si, à ce moment-là, je te désirais, répondit-il en détournant les yeux. Mais il n'empêche que tout cela n'aurait pas dû arriver. Je ne veux pas que tu te mettes à croire que notre couple de façade est réel. Ce qui s'est passé hier soir ne se serait pas produit au Texas.

Il la fixa.

— Je ne peux pas avoir de relation avec une femme, pas maintenant, poursuivit-il. J'ai trop de choses à régler.

Coco croisa les bras.

— C'est comme ça que tu t'es comporté, avec Brooke ?

Il poussa un profond soupir.

— Cela n'a rien à voir. J'ai agi sur une impulsion, avec elle, j'ai dérogé à tous mes principes. Je ne veux pas recommencer.

Elle s'efforça de déglutir.

— Très bien, je vais donner sa compote à Emma, articula-t-elle.

Durant les quelques heures qui suivirent, Emma demanda et reçut tant d'attentions de la part de Coco que celle-ci parvint à éviter le regard de Benjamin. Au fond, c'était mieux ainsi. Elle s'était laissé prendre au piège de leur mascarade, et c'était parfaitement stupide. Désormais, elle serait plus prudente. Elle n'entretiendrait plus en secret des sentiments idiots pour lui.

D'ailleurs, il aurait mieux valu que jamais elle ne s'imagine lui appartenir.

Après avoir passé toute la journée à l'intérieur, elle avait envie de hurler. Il fallait absolument qu'elle sorte, qu'elle s'éloigne pendant une heure ou deux de Benjamin ! Elle appela M. Bernard, lui indiquant qu'elle désirait voir la mer, et il lui suggéra une plage pas très loin de la villa où il allait la conduire. Badigeonnant Emma d'écran total, elle lui enfila une tenue de plage, puis lui enfonça un chapeau sur la tête, avant de se préparer.

Quand M. Bernard frappa à la porte, elle était prête. Benjamin s'apprêta à répondre mais, prenant Emma dans ses bras, elle se précipita pour saluer son guide.

— Emma et moi allons à la plage, dit-elle hâtivement à Benjamin. À plus tard.

Elle sortit sans ajouter un mot, satisfaite en constatant l'expression étonnée qu'eut Benjamin en les voyant partir, elle et l'enfant.

Durant le trajet, M. Bernard lui décrivit les différentes plages de Chantaine et la prévint que la température de l'océan était un peu trop froide pour un bébé. Elle le remercia pour ses conseils. Avec son aide, elle fut rapidement installée sous un parasol, sur une chaise longue, et il lui remit même un immense drap de bains.

Elle plaça alors Emma dans sa poussette et, pour une fois, la fillette ne chercha pas à lutter, fermant à moitié les yeux. Elle lui sourit, pensant que l'air marin devait l'apaiser.

Puis elle s'allongea sur la chaise, laissant la brise et le bruit des vagues calmer le déchaînement de ses pensées et de ses sentiments... Elle se mit à contempler les crêtes blanches des vagues qui venaient mourir doucement sur la grève. Elle se demanda alors combien de fois le prince Stephan avait pris le soleil en regardant la mer. C'était un homme si occupé ! Tout le monde lui avait pourtant assuré qu'il adorait faire du bateau.

La dernière fois qu'elle était allée au bord de la mer, cela remontait à trois ans : elle y avait effectué un bref séjour avec des camarades de l'université. Ce qu'elle avait préféré dans ce voyage, c'étaient ses promenades en solitaire sur la plage. Était-ce un intérêt qu'elle partageait avec son père biologique ? Ou était-il stupide de penser qu'elle avait des goûts en commun avec lui ?

Repoussant ces questions dérangeantes, elle se concentra sur ce moment de détente. Emma semblait heureuse, le soleil brillait, l'eau étincelait, et Benjamin était assez loin pour ne pas venir brusquement tout gâcher. Encore que le simple fait de penser à lui pouvait suffire...

— Coucou ! fit soudain une voix derrière elle.

Surprise, elle leva vivement la tête et vit Bridget s'avancer vers elle, un chapeau rose vif sur la tête, un maillot de même couleur, et de hauts talons également accordés. Comment pouvait-elle marcher dans le sable, juchée sur une dizaine de centimètres ? s'interrogea-t-elle, médusée. Se mettant debout, elle remarqua qu'un homme la suivait, une chaise à la main.

— Merci beaucoup, Anthony, dit alors Bridget. Je n'en ai pas pour longtemps.

Puis elle ajouta, à l'adresse de Coco :

— Voulez-vous un cocktail ?

— Non, merci, j'ai de l'eau, répondit-elle. Quelle surprise !

— C'est ma spécialité, annonça Bridget en se laissant tomber sur sa chaise. J'espère que je ne vous dérange pas, mais j'ai eu vent de votre promenade et, comme je passais tout près, j'ai pensé que je pourrais venir tailler un brin de causette avec vous.

Elle regarda Emma, qui la fixait avec curiosité.

— On dirait que ce bébé adore la plage, ajouta-t-elle.

— C'est sans doute la première fois qu'elle voit l'océan, mais j'ai l'impression qu'elle apprécie, en effet. Le bruit des vagues et le vent exercent leur magie sur elle. Cela me fait d'ailleurs le même effet, précisa Coco. C'est gentil de vous être arrêtée.

— Tout le plaisir est pour moi. Aujourd'hui, je peux jouer

les princesses, mais demain je serai une femme de propriétaire de ranch ! Ce que je ne ferais pas pour faire plaisir à mon mari !

Elle leva les yeux au ciel.

— Il faut dire qu'il a abandonné sa carrière à Dallas pour me suivre ici, précisa-t-elle, et mon frère lui a tout de suite assigné la tâche de créer un ranch royal ! Bref, maintenant, c'est moi qui le suis les yeux fermés, mais c'est normal, je suis folle de lui. Je suis sûre que vous feriez la même chose pour Benjamin.

Au prix d'un gros effort, Coco parvint à lui sourire.

— Je me demande si tous les hommes ne rendent pas les femmes folles, marmonna-t-elle.

— C'est tout à fait ça. Vous avez vraisemblablement entendu parler de cette théorie sur Vénus et Mars. Ce sont des scientifiques très sérieux qui ont mené l'enquête sur les différences entre les hommes et les femmes, et selon eux nous sommes si différents que nous pourrions tout à fait ne pas être de la même espèce ! C'est Pippa l'intello qui m'a raconté tout ça. Mais au fond, les scientifiques ne nous ont rien appris que nous ne savions déjà : les hommes sont bel et bien des extraterrestres.

Coco éclata de rire, même si elle avait encore le cœur brisé par l'attitude de Benjamin.

— Pourtant, avec les jumeaux, vous vivez dans un monde entièrement masculin, observa Coco.

— C'est vrai, mais je les adore, tout comme mon mari. Les jumeaux sont capables de me faire rire et pleurer. Je suppose que vous devez ressentir la même chose avec la petite Emma, dit Bridget en jetant un coup d'œil au bébé. Oh ! regardez ! Elle fait des bulles. Comme je regrette cette époque... !

— Si cela vous manque tellement, vous pouvez toujours avoir un autre bébé, plaisanta Coco.

— Ah non ! s'écria Bridget. Du moins pas pour l'instant. Les jumeaux sont encore trop jeunes, et le ranch m'occupe suffisamment, en ce moment. Mais votre petite remarque est bien taquine, cela me rappelle les réflexions de mes sœurs.

Cette observation émise de façon légère lui alla droit au cœur.

— Bref, changeons de sujet ! poursuivit Bridget. Je voulais

aussi vous voir pour vous inviter à un gala de charité qui a lieu au palais, dans quelques jours. Nous aimerions tellement que vous y assistiez.

— Oh ! c'est vraiment gentil de votre part ! s'exclama Coco, à la fois surprise et hésitante. Mais voyez-vous, il me faudrait une baby-sitter... Et, par ailleurs, je n'aurais aucune toilette à la hauteur de l'événement. Et...

— Ce ne sont que des prétextes ! la coupa Bridget. Nous avons de merveilleuses baby-sitters, qui pourront parfaitement s'occuper d'Emma. Et, même si nos boutiques ne peuvent pas rivaliser avec celles de Paris, nous n'avons pas à en rougir.

Coco imaginait aisément le prix d'une robe dans les boutiques dont parlait Bridget : cela représenterait au moins un mois de son salaire !

— Je ne sais pas..., commença-t-elle, se représentant l'événement comme une version adulte d'un bal de fin d'année.

— Eve, Pippa et moi serions très tristes si vous ne veniez pas.

— Et Stephan ? fit-elle par défi.

Car elle connaissait parfaitement la réponse : Stephan aurait aimé qu'elle disparaisse, un point c'était tout.

— Sachez que Stephan vous est secrètement reconnaissant d'avoir dit à Eve que sa mission actuelle, c'était d'être enceinte. Jusqu'à présent, personne n'avait été capable de lui faire ralentir le rythme. C'est une notion qui lui est tellement étrangère. Elle fait partie de ces femmes qui veulent sauver le monde.

— Pas vous, peut-être ? plaisanta Coco.

— Vous recommencez à me taquiner. Bon, nous irons faire du shopping demain, décréta Bridget.

Sur ces mots, elle se leva et fit signe à son chauffeur.

— Il est temps pour moi de partir, continua-t-elle. Merci d'avoir bien voulu discuter avec moi.

La panique s'empara soudain de Coco.

— Bridget, je suis très honorée par votre invitation, mais je ne pense pas que...

— Je ne veux pas que vous soyez honorée, je veux que vous

veniez ! l'interrompit Bridget. Et ne me dites pas que, comme Eve et Pippa, vous n'aimez pas faire du shopping.

— Pour tout vous dire, si, mentit Coco.

— Eh bien, pour moi, vous ferez un petit effort ! À propos, Benjamin a-t-il besoin d'un costume ?

— Non, mais...

— S'il a un costume, c'est parfait, il est prêt.

— Je ne suis pas certaine qu'il veuille se rendre à ce genre de réception, dit Coco.

— Allez, ce ne sera pas si terrible que ça, même pour un Texan ! Il y aura de la bière, et il pourra parler sport avec Ryder. Celui-ci sera ravi de discuter avec un compatriote.

Elle se frotta les mains.

— Bon, parfait ! On se voit demain. Au revoir, ma chère Coco.

Deux heures plus tard, Coco rentrait à la villa avec Emma.

— Comment s'est passé ce bain de soleil ? s'enquit Benjamin.

— C'était génial, répondit Coco. J'ai également appris que nous allions assister à un gala de charité.

— Pardon ?

Légèrement tendue, elle répondit alors :

— Ne t'inquiète pas, tu as un costume, tu ne dépareras pas l'assemblée. En plus, ils serviront de la bière, et le mari de Bridget, qui est texan, sera ravi de parler sport avec toi.

— Et Emma ?

— Il y a nombre de baby-sitters pour s'en occuper, dit-elle en lui mettant l'enfant dans les bras. J'ai besoin de prendre une douche.

Sans un mot de plus, elle se dirigea vers la salle de bains, ouvrit le robinet de la douche et se mit dessous après s'être rapidement déshabillée. Le jet chaud qui cascada alors sur sa tête et son corps lui fit le plus grand bien. Elle aurait aimé qu'il chasse tous ses soucis.

Benjamin changea la couche de sa fille et lui donna un biberon. Puis il hésita à la baigner, tout en se demandant quand Coco referait son apparition. Il décida finalement de donner sa purée à l'enfant et l'installa dans sa chaise haute.

Il prit une première cuillerée et, faisant un grand mouvement circulaire, il déclara avant de l'approcher de la bouche de la petite fille :

— Et voici l'avion qui vole dans le ciel...

Emma avala la substance verte avec grand plaisir.

— Belle technique, dit Coco en entrant dans la cuisine.

Elle portait une robe blanche et ample.

— Il faut être créatif, dit-il. Tu veux essayer ?

— Je ne voudrais pas te voler la place, tu fais cela si bien.

Il soupira et Emma eut à cet instant un renvoi, indiquant que le dîner était terminé.

Il essuya le visage de sa fille avec sa serviette, et celle-ci commença à s'agiter.

— Je vais la mettre au lit, déclara Coco. Puis, moi aussi, j'irai me coucher.

— Il est très tôt, tu as vu l'heure ? De plus, tu n'as pas la télévision dans ta chambre.

— Ce n'est pas grave, un livre me conviendra parfaitement. Bonne nuit, dit-elle.

— Mais..., commença-t-il tandis qu'elle sortait l'enfant de sa chaise haute.

— C'est bon, dit-elle en emmenant Emma dans la salle de bains.

— Tu es sûre que je ne peux rien faire pour t'aider ?

— Absolument. Nous allons prendre un bain !

Il l'imagina immédiatement dans la baignoire, et il sentit son corps réagir. Il les suivit dans la salle de bains et regarda la petite Emma qui babillait dans l'eau mousseuse.

— Elle a vraiment l'air d'apprécier son bain, observa-t-il.

— Pour la satisfaire, ce n'est pas très compliqué, il suffit que les conditions idéales soient réunies : la bonne température, le gel qui ne pique pas les yeux, etc.

— Comment est-ce que tu sais tout ça ?

— L'expérience et la pratique, dit Coco, toujours sans le regarder, ce qui l'irritait particulièrement.

— Tu ne veux pas me livrer tes secrets ?

— Bientôt, j'écrirai un livre pratique et tu seras mon premier lecteur. Tu apprendras des choses édifiantes.

— Et sur la nounou aussi ?

— Je ne vois pas le rapport.

— J'aimerais en savoir davantage sur elle.

— Curiosité déplacée. Et voilà, le bain est terminé ! dit-elle.

Elle enveloppa l'enfant dans un peignoir et la tendit à son père.

— Bonne continuation ! Je vais me coucher.

— Elle m'a l'air bien fatiguée, observa-t-il. Ce doit être l'air de la mer.

— Tu pourras profiter de l'écran plat dès qu'elle sera endormie.

— Qu'est-ce que tu veux dire ?

— Ce que je veux dire, c'est que tu es dangereux, le soir. Et il faut que je t'évite.

Sans ajouter un mot, elle sortit.

Sa fille dans les bras, il la regarda s'éloigner et ressentit une profonde solitude.

— Coco, tu es sûre que tout va bien ?

Elle jeta un coup d'œil par-dessus son épaule.

— Tout à fait ! Appelle-moi si Emma n'arrive pas à s'endormir. Je prendrai le relais.

— Entendu, fit-il d'un ton résigné.

Il était bien conscient qu'il avait commis une erreur, la veille, en l'embrassant et en la déshabillant. Pourtant, il n'en avait pas dormi de la nuit et n'avait pas cessé de penser à elle de la journée.

Peut-être avait-il besoin d'une nuit de sommeil supplémentaire pour s'en remettre. Il soupira. Si vingt-quatre heures ne suffisaient pas, il devrait agir...

Quelques heures plus tard, Benjamin se mit au lit. Il lui fallut un certain temps pour s'endormir. Ce fut alors qu'il fit un rêve... Coco apparut dans la chambre et se pencha vers lui pour l'embrasser. Elle était nue. Il se rendit compte que le bout de ses seins frottait contre son torse nu, alors il les toucha et ils se hérissèrent sous sa caresse.

Elle poussa un petit gémissement qui l'excita terriblement.

— Je te désire, lui dit-il.

— Moi aussi, répondit-elle en écho.

Quelques secondes plus tard, il glissait la main entre ses cuisses. Il la caressa, l'embrassa. Sa respiration s'accéléra, et il n'eut plus qu'une envie : plonger en elle.

Le cœur cognant dans sa poitrine, il la pénétra. Il était si excité qu'il craignait d'aller trop vite. Elle noua alors ses jambes autour de lui et le pressa contre elle.

— Je t'aime, murmura-t-elle.

Ces paroles lui coupèrent la respiration.

— Non, ne m'aime pas ! la supplia-t-il. Je ne suis pas l'homme qu'il te faut. Ce n'est pas le bon moment.

— Ce n'est pas grave, je t'aime quand même, renchérit-elle.

Entraîné par les étreintes, il se noya en elle, même si elle lui disait qu'elle l'aimait, et qu'il n'aurait pas dû continuer.

Mais il ne pouvait contrôler les mouvements sensuels de son corps, ni ceux de Coco. Il allait et venait en elle à présent, de plus en plus proche de la jouissance...

Et tout à coup il se réveilla en sueur, le cœur tambourinant violemment dans sa cage thoracique, le sexe dur.

Il lui fallut quelques instants pour différencier le rêve de la réalité : Coco n'était pas à côté de lui, en train de lui murmurer à l'oreille des mots d'amour tandis qu'ils s'étreignaient fiévreusement.

— Ouf ! murmura-t-il en se redressant.

Son corps désapprouvait, bien sûr, et avait besoin d'être assouvi, mais le problème, c'était qu'il n'y avait pas de place dans son cœur pour y accueillir la nourrice de sa fille.

Le matin suivant, Coco s'efforça d'éviter Benjamin, ce qui n'était pas chose aisée, car la villa n'était pas immense. Elle avait déjà fait trois promenades avec Emma dans la poussette et s'apprêtait à partir de nouveau lorsque le téléphone sonna. C'était Bridget.

— Il est temps de penser au shopping, lui annonça cette dernière. Je sais que vous ne faites pas grand-chose de passionnant, puisque M. Bernard m'a rapporté que vous aviez effectué de multiples promenades avec Emma, ce matin.

— Écoutez, Bridget..., commença-t-elle.

Et, décidant de jouer la carte de l'honnêteté, elle poursuivit :

— Ces boutiques sont un peu trop onéreuses pour mon portefeuille.

— Oh ! ne vous inquiétez pas pour ça ! Eve tient à vous offrir votre tenue.

— Non, je ne peux pas accepter, fit-elle, horrifiée à cette perspective.

— Elle sera affreusement offensée si vous n'acceptez pas. Eve est si gentille... C'est vraiment une femme remarquable. Vous ne voudriez pas lui faire de la peine, n'est-ce pas ? demanda Bridget.

— Je suis sûre qu'elle s'en remettra, répondit Coco, agacée par ce chantage aux sentiments.

— Arrêtez de faire la difficile, Coco ! Même si vous ne trouvez rien qui vous plaise, ce sera une façon de sortir de l'enceinte du palais et de visiter la ville. Elle est fort pittoresque.

Elle devait admettre que l'idée de fuir Benjamin de cette manière était alléchante.

— Très bien, dit-elle, j'accepte. Mais à condition que vous me laissiez régler mes achats.

Coco découvrit rapidement que Bridget était une princesse au caractère bien trempé. Alors qu'elles en étaient à leur deuxième boutique, elle déclara :

— Cela suffit, Coco ! Il faut que vous choisissiez une robe à présent. Vous en avez essayé des magnifiques qui vous vont à ravir.

Elle haussa les épaules. Le problème, c'étaient qu'elles étaient toutes bien trop chères !

— Vous savez ce que c'est, quand on ne trouve pas la robe de ses rêves, éluda-t-elle en examinant un nouveau rayon.

Puis elle se dirigea vers les soldes, dans le fond de la boutique.

— Non, il n'y aura rien ici ! la prévint Bridget d'un ton impérieux.

Mais sans écouter la princesse, elle mit soudain la main sur une robe longue, couleur bleu saphir. Elle n'était pas particulièrement bon marché mais, comparé aux autres, son prix était fort raisonnable !

Bridget s'avança vers elle.

— Très jolie couleur, dit-elle. La coupe n'est pas originale, mais avec de beaux bijoux elle passera.

Elle regarda Coco, puis lui sourit :

— Vous avez les yeux des Devereaux, juste un peu plus doux.

— Merci. Et vous, vous êtes fort gentille de m'accompagner pour faire du shopping.

— Je vous assure que c'est un plaisir, après cette matinée au ranch. Bon, essayez cette robe ! ordonna-t-elle. Si elle ne me convient pas, on passera à la boutique suivante.

Coco l'enfila et l'adora tout de suite. La couleur était vibrante, et le modèle simple était exquis, avec son décolleté en V et sa coupe moulante qui flattait sa taille fine.

Bridget croisa les bras.

— J'étais bien décidée à mettre mon veto, mais je dois avouer qu'elle est parfaite. Il faut juste trouver la bonne coiffure, les bijoux et les chaussures qui vont avec.

— J'ai des escarpins noirs ravissants, inutile de chercher plus loin.

— Des escarpins noirs ? Avec ce bleu ? Non, on peut faire bien mieux, je crois.

Coco sentit le découragement l'envahir.

À la caisse, elle se disputa avec Bridget pour régler.

— Cela me gêne, vraiment...

Bridget finit par battre en retraite, mais déclara :

— Eve tiendra de toute façon à vous rembourser. Et il faut absolument me promettre de me laisser m'occuper des chaussures.

9

Deux jours plus tard, Benjamin faisait les cent pas dans le vestibule. Mal à l'aise dans son costume et tirant sur le col de sa chemise, il se demandait ce qui lui avait pris d'accepter d'accompagner Coco au gala. Il aurait très bien pu répondre qu'il n'en était pas question, mais il avait estimé que son absence aurait semblé étrange : il était censé être le fiancé de Coco.

Il devait maintenant affronter ce qui serait sans doute la soirée la plus détestable de sa vie. Il but une gorgée d'eau et se remit à faire les cent pas.

Il repéra soudain dans son champ de vision une tache bleu vif, et il se retourna : Coco venait d'entrer dans le vestibule. Elle était magnifique dans sa robe de soirée moulante rehaussée d'un collier et d'un bracelet scintillants. Ses cheveux tombaient en cascades de boucles et son visage était un peu plus maquillé que d'ordinaire. Ses lèvres brillantes lui donnèrent immédiatement l'envie de les embrasser.

— Qu'est-ce que ça donne ? demanda-t-elle.

Il hocha la tête.

— C'est parfait, tu es très belle, répondit-il.

Elle en conçut un vif soulagement.

— Merci. Tu n'étais pas obligé de me faire un compliment, tu sais.

— Mais cette robe te va à ravir. Et sa couleur s'accorde tout à fait avec tes yeux.

— Je l'ai achetée en solde.

— Tu n'avais pas à acheter une robe au rabais, je pouvais tout à fait...

— Je n'aime pas dépenser trop. Et je ne voulais pas que les Devereaux me l'offrent, même si Bridget m'a dit qu'ils me rembourseraient.

— Franchement, j'aurais pu te la payer, moi ! Tu mérites une belle prime après t'être occupée non-stop d'Emma.

Elle croisa son regard et lui sourit.

— Peut-être, mais je tenais à la payer avec mes propres deniers.

— J'ai bien compris que tu ne voulais pas être l'un de ces parasites de cour, la taquina-t-il gentiment.

Elle eut un petit rire.

— Exactement ! Et toi, je sais que tu meurs d'envie d'aller à cette soirée, rétorqua-t-elle sur le même ton.

— Si tu savais ! J'y ai pensé toute la journée. C'est encore plus excitant que le Super Bowl, ironisa-t-il.

Elle lui donna une petite tape sur l'épaule.

— Arrête de mentir, ton nez va s'allonger.

— Toi qui es si belle, avoir un cavalier comme moi...

— Ton nez ! redit-elle en riant.

Il leva les mains en signe de reddition, ravi qu'elle se remette à plaisanter avec lui. Depuis qu'ils avaient failli faire l'amour, elle n'était plus la même en sa présence, elle lui battait froid. Il savait bien qu'il le méritait, mais cela le rendait malheureux.

— Très bien, dit-il. À quelle heure la baby-sitter va-t-elle arriver ?

Au même instant, on toqua à la porte. Il alla ouvrir, et une jeune femme entra.

— Désolée pour ce léger retard. Je suis Natalie, et je vais m'occuper d'Emma, votre bébé. Est-ce que vous avez des recommandations spécifiques à me faire ? demanda-t-elle.

— Si elle a encore faim après son biberon, vous pouvez lui donner un peu de céréales, dit alors Coco.

— Elle adore les Cheerios, précisa Benjamin. Mais si elle s'endort et se réveille, contentez-vous de lui chanter une berceuse.

— Elle adore qu'on la berce, renchérit Coco.

Les « recommandations » fusèrent, et Natalie prit consciencieusement des notes qui auraient pu former le premier chapitre d'un ouvrage sur l'art de garder les bébés !

— N'hésitez pas à nous appeler en cas de problèmes, dit encore Coco.

Elle aurait presque préféré rester auprès d'Emma, car elle sentait sa nervosité augmenter à mesure que l'heure tournait.

— Profitez tranquillement du gala, lui dit Natalie. Je suis sûre que votre bébé va dormir toute la soirée. Et si ce n'est pas le cas, je la bercerai et lui chanterai des chansons.

Ces assurances parurent soulager Coco.

— Merci. Mais au moindre problème, n'hésitez pas à...

— Promis, je vous appellerai. Allez-y, à présent, je crois que la voiture vous attend.

Coco prit une large inspiration.

— Très bien, nous partons.

Elle lança un regard à Benjamin.

— Oui, allons-y ! reprit-il.

Ils sortirent de la villa.

Benjamin était superbe, pensa-t-elle, comme il lui tenait la portière pour qu'elle monte dans la voiture. Il avait un costume texan noir traditionnel, un bolo en guise de cravate, accessoire indispensable du cow-boy, et un Stetson noir. Ces derniers temps, il avait évité de porter son chapeau afin de ne pas effrayer sa fille. Bref, il était particulièrement sexy, et la tenue soulignait son allure virile : il lui faudrait lutter vaillamment pour ne pas être sa victime.

Elle croisa les jambes.

— En voici, de belles chaussures, observa-t-il.

Elle regarda ses escarpins brillants et sourit.

— C'est Bridget qui a insisté. On dirait les souliers de Cendrillon, tu ne trouves pas ?

— Peut-être... Tu as de très belles jambes, tu sais.

Elle rajusta immédiatement sa robe.

— Merci, murmura-t-elle.

Quelques instants plus tard, la limousine s'arrêtait devant l'entrée du palais, et le chauffeur leur ouvrit la porte.

Benjamin prit Coco par la taille et murmura :

— On peut s'estimer heureux qu'on nous laisse entrer par la grande porte.

Elle leva les yeux vers lui, et un flash d'appareil photo zébra la nuit.

— Prête pour le grand jeu, ma chérie ? ajouta-t-il tandis qu'ils s'avançaient vers le palais.

Un orchestre à cordes jouait de la belle musique tandis que des serveurs présentaient des petits-fours et des coupes de champagne aux invités. Les lustres brillaient comme des diamants et le marbre des sols chatoyait. Coco pria alors pour ne pas tomber, elle qui était si peu habituée aux talons !

— Comme c'est beau ! murmura-t-elle. Et regarde ces tenues !

— Si tu le dis.

Il fit signe à un serveur.

— Puis-je avoir une bière ? demanda-t-il.

— Oui, monsieur. Je reviens tout de suite, répondit-il.

— Je te parie qu'il ne sera pas long, dit alors Coco.

— Pourquoi ?

— Parce que tu avais l'air menaçant.

— Pas du tout ! protesta Benjamin. Je lui ai juste demandé une bière.

— Peut-être, mais tu lui as fait peur, insista-t-elle.

— Ah bon ? Et toi, pourquoi n'as-tu pas peur de moi, si je suis si effrayant ?

— Parce que moi, je suis intouchable, étant donné mon statut de magicienne auprès de ta fille.

— Ça, c'est indéniable, reconnut-il.

Soudain, sa bière apparut sur un plateau. Il lança un regard à Coco, avant de se tourner vers le serveur :

— Merci, lui dit-il.

— Je vous en prie. N'hésitez pas à m'appeler si vous désirez autre chose, répondit le serveur.

Il s'éloigna.

Un homme en uniforme apparut alors en haut du double escalier et agita une cloche.

— Veuillez rejoindre la salle de bal, à votre droite. La famille royale va bientôt arriver, annonça-t-il.

Les convives se dirigèrent alors vers la salle de bal et, dans le mouvement de foule, Coco se retrouva séparée de Benjamin. Elle essaya de le retrouver. Avec son Stetson, il était facilement repérable, et pourtant, chaque fois qu'elle scrutait la foule, quelqu'un levait le bras juste dans son champ de vision, ou une personne de haute taille passait devant elle, de sorte qu'elle le perdit de vue.

— Vous êtes charmante, lui dit soudain une voix masculine.

Tournant la tête, elle croisa le regard bleu perçant d'un homme d'âge moyen.

— Monsieur, s'il vous plaît, fit-elle d'un ton irrité.

— Vous êtes américaine, continua-t-il. Nous sommes en général submergés d'Italiens et de Français. Comment se fait-il qu'il y ait une Américaine parmi nous ?

— Il faut croire que j'ai de la chance, éluda-t-elle.

Ce fut alors qu'elle sentit qu'on lui tapait gentiment sur l'épaule. Elle se retourna, espérant voir Benjamin. Mais c'était Bridget.

— Alors, vos chaussures ? demanda cette dernière, un large sourire aux lèvres.

Coco fit immédiatement une petite révérence.

— Votre Altesse, dit-elle.

Bridget eut un petit geste impatient de la main.

— Oh ! arrêtez ! Montrez-moi plutôt vos chaussures.

Docile, Coco souleva sa robe, et la princesse se mit à applaudir en souriant.

— Superbe ! Vous êtes ravissante. On se revoit plus tard.

Mais, avant de s'éloigner, elle remarqua l'homme qui avait abordé Coco, et son sourire mourut sur ses lèvres.

— Oh ! bonjour, Rodney ! À plus tard.

— Vous êtes une proche amie de la princesse, observa Rodney, une fois Bridget partie.

— Non, pas vraiment, répondit-elle.

— Si ! Elle était très amicale avec vous, et elle savait quelles chaussures vous portiez, répliqua Rodney en la fixant attentivement. Vous avez les yeux des Devereaux…

Une lueur passa alors dans son regard.

— Je vous ai vue sur internet ! C'est vous, la fille illégitime. Pas étonnant que la princesse Bridget soit gentille avec vous ! Je suis sûr que Stephan lui a donné des instructions.

Consternée, elle le regarda à son tour, incapable de répondre quoi que ce soit.

— Eh bien, moi, je suis Rodney, votre cousin au troisième ou quatrième degré, ajouta-t-il en lui tendant la main. Moi aussi, je suis le mouton noir de la famille ! Avec moi, vous ne risquez rien.

Il avait beau adopter un ton confidentiel, elle ne lui faisait pas confiance. Bien au contraire. En sa présence, son malaise ne faisait que s'accroître.

— Je dois y aller, marmonna-t-elle.

— Restez donc avec moi. Je vais vous présenter à d'autres personnes.

— Non, ce n'est pas la peine. Je dois retrouver mon fiancé. Ce fut un plaisir de faire votre connaissance, mentit-elle en s'éloignant à grands pas.

Par chance, elle ne tarda pas à retrouver Benjamin.

— Ouf ! fit-elle en arrivant à sa hauteur.

— Qu'est-ce qui se passe ?

— Un cousin éloigné des Devereaux a commencé à me poser des questions, et j'ai eu du mal à me débarrasser de lui, répondit-elle.

— Alors, reste près de moi, dit-il d'un ton pragmatique en refermant son bras sur le sien. Personne ne viendra t'importuner en ma présence.

— Je me demande finalement si ce n'est pas le bolo qui tient les gens à distance, dit-elle en plaisantant malgré elle.

— Qui sait ? fit-il.

Une longue file s'était formée devant la salle de bal, et elle s'en étonna.

— Je me demande pourquoi les gens avancent si lentement, fit-elle.

— Parce que ce genre de gala donne l'opportunité de saluer la famille royale, à l'entrée de la salle de bal, lui apprit-il.

— Comment le sais-tu ?

— C'est l'un des serveurs qui me l'a dit.

Elle fut soudain tentée de se sauver. Elle n'avait nulle envie que tout le monde la voie faire une affreuse courbette, et elle devinait que Benjamin en avait plus qu'assez.

— Tu t'ennuies, n'est-ce pas ? lui souffla-t-elle à l'oreille.

— Ce n'est ni un jeu de balle, ni un barbecue… J'essaie de me persuader que c'est une représentation de cirque.

Elle éclata de rire.

— Voilà une idée qui me plaît ! s'exclama-t-elle.

— Tu sais, ce n'est pas simplement une vue de l'esprit, reprit-il. Regarde la façon dont tous ces gens sont habillés. Certains ont même des plumes !

— Et d'autres scintillent, comme moi, fit-elle avec malice.

— Toi, tu es belle, et tu ne portes pas de plumes ! Tu ne ressembles pas du tout à ces gens apprêtés comme pour un carnaval.

Levant les yeux, elle lui sourit.

— Merci. Toi aussi, tu es fort élégant.

— C'est le chapeau.

— Sans doute. Je parie qu'Emma approuverait…

— Tu verras qu'un jour tu finiras par apprécier mon Stetson.

Coco arriva enfin à la hauteur de Stephan et d'Eve, et elle s'efforça d'effectuer une révérence convenable.

Stephan lui tendit la main.

— Je suis heureux que vous ayez pu venir ce soir. J'espère que vous vous amusez.

— Merci de m'avoir invitée, dit-elle.

— C'est un plaisir. Je vous suis reconnaissant de l'effet positif que vos paroles ont eu sur ma femme.

Elle hocha la tête.

— Je vous souhaite le meilleur, dit-elle.

Puis elle fut conduite devant Eve.

— Ravie de vous revoir, Coco, lui dit cette dernière. Cela m'amuse de constater que vous faites la révérence aussi bien que moi !

— Je devine que ce n'est pas vraiment un compliment.

— Rassurez-vous : le conseil que vous m'avez donné était bien supérieur.

— Comment vous sentez-vous ? s'enquit Coco.

— Mieux. Je profite des bons moments, et sinon je me repose. Merci d'être venue ce soir.

Elle se tourna alors vers Benjamin.

— Et vous aussi, ajouta-t-elle. Vous avez de la chance d'avoir une fiancée comme Coco.

Il passa son bras autour de la taille de sa « fiancée », et répondit :

— Exact, j'ai de la chance.

Puis ils s'éloignèrent. Dès qu'elle en eut l'occasion, Coco s'écarta de Benjamin.

— Il va falloir faire un plus gros effort pour qu'on nous prenne vraiment pour un couple, lui dit-il à l'oreille.

De nouveau, sa proximité la rendit nerveuse.

— Je suppose que je ne suis pas aussi bonne que je le croyais dans l'art de feindre.

— Le buffet a l'air délicieux, dit-il. Peut-être que tu te sentiras mieux si tu manges un peu. Il y a même du chocolat. En attendant, je vais te chercher une coupe de champagne.

Il se dirigea vers un serveur.

Immédiatement, elle eut la sensation de mieux respirer. Elle se dit alors qu'elle devait de toute urgence reprendre le contrôle de ses émotions. Il ne fallait surtout pas qu'elle se ridiculise devant son patron ! Elle contempla le buffet et se servit des petits-fours.

Il revint avec du champagne. Bientôt, le maître de cérémonie fit une annonce au micro.

— Mesdames et messieurs, je vous présente Son Altesse Bridget et son mari, le Dr Ryder McCall. Que le bal commence !

Plusieurs couples rejoignirent immédiatement la princesse Bridget et son mari sur la piste de danse. Coco regardait le spectacle, fascinée. C'était comme un conte de fées, le plus beau qu'elle ait jamais vu. Les femmes, dans leur robe chatoyante, captaient la lumière des chandeliers, tandis qu'elles tournoyaient dans les bras d'hommes beaux et sophistiqués, et leurs silhouettes se reflétaient dans les miroirs qui ornaient les murs de la salle de bal.

— Tu veux danser ? proposa Benjamin.

Elle tourna la tête vers lui.

— On dirait que tu en as envie, insista-t-il.

— Tout est si beau, enchanteur... Les gens, les robes des femmes, les miroirs, les lumières. Est-ce que tu as déjà vu une si belle cérémonie ?

— J'avoue qu'elle vaut le coup d'œil. J'ai déjà participé à des bals, à Dallas, où chaque invité portait des vêtements haute couture et où la déco avait été créée par un designer. Mais, pour tout dire, je préfère contempler un matin de printemps, du pas de ma porte.

Son commentaire la surprit, mais trouva pourtant un véritable écho en elle. La vie à la cour était peut-être faite de glamour, mais pour sa part elle se sentait bien plus à l'aise au ranch.

— Tu as raison, dit-elle alors. Les fleurs sur la table sont très belles, mais elles ne valent pas les campanules.

— C'est bien la Texane en toi qui vient de parler, répondit-il affectueusement. Allez, viens danser avec moi. Je ne me le pardonnerai pas si nous repartions d'ici sans que tu aies dansé.

Elle hésita. Être dans ses bras était une épreuve, car il lui fallait constamment se dominer. Mais comment refuser l'opportunité de se fabriquer un si beau souvenir ? Cette occasion ne se représenterait sans doute jamais...

— D'accord, s'entendit-elle dire alors que l'orchestre entamait un air qui se dansait comme un pas de deux texan.

Elle se glissa dans ses bras et s'accorda à son rythme.

— Ça alors ! poursuivit-elle. C'est incroyable !

— Comment résister à l'appel national ? renchérit-il. J'ai fait passer le mot à un serveur qui a fait suivre…

Elle éclata de rire. Soudain, elle eut la sensation que son cœur, aussi léger qu'une bulle, flottait au-dessus de la piste de danse. Autour d'elle, tout était nimbé d'une sorte de brouillard, d'où seul Benjamin, son regard intense et ses bras puissants émergeaient. Elle était au paradis et savourait pleinement ce petit moment volé à la vie.

Après la danse, elle s'accorda une deuxième coupe de champagne. Puis elle consentit à danser de nouveau avec Benjamin. La tête lui tournait et son cœur chavirait. Être dans ses bras lui faisait l'effet d'une drogue. Elle aimait l'odeur de son savon et la sensation de ses muscles sous sa veste. Ses larges épaules et ses mains calleuses incarnaient la virilité même. Il la regardait intensément et la tenait plus serrée que nécessaire contre lui.

En proie à un léger vertige, elle finit par s'excuser et déclara devoir se repoudrer le nez. Elle avait besoin de faire retomber sa tension intérieure et ne devait surtout pas oublier qu'ils faisaient semblant… Elle soupira tant cette pensée était déprimante. Comment pouvait-il la regarder comme si elle était la femme la plus belle de la salle et ne rien ressentir du tout pour elle ?

— Tu as entendu ça ? Il y a une Devereaux illégitime dans la salle, ce soir, dit soudain une femme à une autre, alors que toutes deux se remaquillaient.

Coco suspendit son geste, en s'efforçant de ne pas regarder dans la direction des deux femmes. Devant le miroir des lavabos, elle aussi se remettait du rouge à lèvres.

— Je suis surprise qu'ils l'aient reconnue comme telle.

— Elle attend sans doute l'aumône. Selon une amie de l'assistante de Stephan, ils s'efforcent d'être gentils avec elle afin qu'elle ne raconte pas des horreurs sur eux à la presse. Mais, si elle reçoit un héritage, il sera dérisoire.

— Elle est américaine, non ? Je parie qu'elle va essayer d'en faire un reality show. C'est leur spécialité, là-bas, surtout quand ils viennent des couches défavorisées de la société.

Coco fixa alors son reflet dans le miroir et y vit une femme aux joues rosies et aux cheveux ébouriffés. Une femme débordant de souhaits et de rêves qu'elle essayait de nier. Elle y était parvenue avec le cousin éloigné, Rodney. Elle avait eu la sensation qu'il se réjouissait des nouvelles scandaleuses qui pouvaient salir la réputation des Devereaux. D'ailleurs, elle supposait qu'il en allait de même pour tout le monde, y compris ces deux femmes dont elle avait surpris la conversation. Et si les rumeurs colportées étaient vraies ? Peut-être était-elle folle de s'imaginer que les Devereaux avaient la moindre sympathie pour elle, il n'était pas exclu qu'ils cherchent simplement à l'empêcher de leur nuire.

Soudain, l'idée de passer ne serait-ce qu'une seconde de plus au palais lui parut insupportable. Tout sonnait faux, et elle se sentait très mal. Elle devait partir sur-le-champ. En sortant des toilettes, elle aperçut Benjamin et se dirigea droit vers lui.

— Partons, s'il te plaît, le supplia-t-elle.

— Tu as l'air bouleversé ! Que s'est-il passé ?

— Je viens simplement de me rendre compte que je n'ai rien à faire ici. Les Devereaux ne sont pas ma famille, et ne le seront jamais.

— Tu es bien certaine de vouloir partir ?

— Tout à fait !

Subitement, tout lui paraissait artificiel dans le palais. Comme les Devereaux étaient tous occupés, elle se contenta de remercier le représentant officiel, à l'entrée, et une limousine les conduisit prestement, Benjamin et elle, à la villa.

La nourrice les informa qu'Emma s'était endormie facilement. Coco se sentait terriblement mal, et tout ce qu'elle souhaitait, c'était enlever sa robe et se coucher. Elle se dit en passant qu'elle pourrait peut-être la revendre sur eBay. Elle se sentait faible, sur le point de fondre en larmes, et elle détestait cela.

— Je vais me coucher, annonça-t-elle précipitamment.

Elle commença à s'éloigner, mais il la rattrapa par la main.

— Attends...

— Non, ce n'est pas une bonne idée, protesta-t-elle d'une voix étranglée par les larmes.

— Fais-moi confiance, Coco, dit-il en l'attirant à lui pour qu'elle le regarde. Qu'est-ce qui ne va pas ?

Elle se mordit la lèvre, au désespoir.

— Tout est mensonger, dans ma vie, commença-t-elle. Les Devereaux ne me supportent pas, mais s'efforcent de faire bonne figure, tu n'es pas réellement mon fiancé, à la fin, trop c'est trop.

Il hocha la tête et la serra contre lui.

— Je comprends. Tu traverses un moment difficile.

Elle enfouit alors sa tête dans son épaule et aspira son merveilleux parfum enivrant... Elle se força à se redresser.

— Je déteste tout ce qui est mensonger. Les Devereaux aimeraient que je disparaisse, et toi, tu ne veux pas vraiment de moi. J'ai envie de réel, tu comprends ?

Il la fixa un long moment en la tenant dans ses bras.

— Je te désire, finit-il par avouer. Seulement, je sais que je ne devrais pas.

— Visiblement, cela ne t'a pas tellement coûté de me rayer de l'histoire.

Il posa son doigt sur ses lèvres.

— Ne pense pas ça.

— Tu aurais pu au moins me faire croire que tu étais malheureux.

— Ma chérie, il est si facile de te duper.

Elle prit une profonde inspiration.

— Merci, maintenant, je me sens vraiment bien mieux ! répliqua-t-elle, furieuse.

Il enfouit ses mains dans ses cheveux et se mit à la bercer.

— Chut, murmura-t-il.

Puis elle sentit ses lèvres sur son front et elle eut conscience qu'elles glissaient peu à peu vers sa bouche.

— Je ne suis pas sûre que ce soit la solution, dit-elle, quand ses lèvres rencontrèrent les siennes.

Sans l'écouter, il lui donna un baiser, et elle ne chercha pas à lui résister plus longtemps. Il glissa alors sa main au creux de ses reins pour l'attirer contre lui.

Elle s'écarta vivement.

— Non, Benjamin, c'est une mauvaise...

Mais elle s'interrompit quand il la plaqua contre elle et qu'elle découvrit à quel point il était excité. Une chaleur se diffusa dans tout son corps, et le désir enflamma toutes les fibres de son être.

— Benjamin, murmura-t-elle. Cette fois, ne me laisse pas tomber en cours de route.

Elle le sentit hésiter un instant. La seconde d'après, son baiser plus appuyé scella une intimité entre eux.

— J'ai envie de toi, murmura-t-il.

Quelques secondes plus tard, sa robe tombait à terre, belle flaque bleue sur le parquet. Elle lui retira son bolo, sa chemise et son pantalon. Sa peau était brûlante contre la sienne. Comme il était bon de sentir sa force, de toucher ses muscles puissants !

Sans cesser de l'embrasser, il l'entraîna sur le canapé. La pointe de ses seins frottait contre son torse.

— Tu es si douce, jamais je ne pourrai me rassasier de toi, murmura-t-il.

Une fois qu'il fut allongé sur elle, il la pénétra. Elle poussa un petit cri.

— Qu'y a-t-il ? demanda-t-il d'un ton alarmé.

— Rien, cela fait longtemps, c'est tout. Et tu es...

— Je suis quoi ?

— Rien... Continue !

Cette invitation n'était pas de celles qu'on refuse. Il commença à aller et venir en elle. C'était l'expérience la plus torride qu'elle ait jamais connue. Tout son être vibrait. Elle comprit alors que, si, de son côté, il n'était pas entièrement impliqué, elle en aurait le cœur brisé.

Elle lut le plaisir dans ses yeux et, soudain, il s'effondra sur elle. Elle en fut profondément bouleversée. Elle n'avait pas eu d'orgasme, et pourtant quelque chose au fond d'elle avait changé.

Elle ne serait plus jamais la même, pensa-t-elle alors en se blottissant contre lui.

10

— Tu n'as pas joui, dit-il en la regardant avec intensité.

— Ça n'a pas d'importance, répondit-elle. Le simple fait d'être avec toi me...

Mais, sans l'écouter, Benjamin glissa la main entre ses cuisses et entreprit de la caresser.

— Mmm, fit-elle en se mordant la lèvre.

Il trouva rapidement son point le plus sensible, et elle poussa un petit gémissement. Poursuivant ses explorations, il se mit aussi à caresser savamment ses seins avant de la pénétrer de nouveau. Elle fut surprise de constater une telle vigueur chez lui, si peu de temps après leurs premiers ébats.

Peu à peu, son souffle s'accéléra, et elle oublia ses inhibitions. À ce moment, seul Benjamin comptait pour elle.

— Donne-toi tout entière, lui murmura-t-il. Je veux tout de toi.

Il continua à la caresser. Soudain, elle perdit toute notion de la réalité et s'abandonna entièrement à lui. Agrippée à ses épaules, elle sentit exploser en elle un million de sensations.

Quelques secondes plus tard, elle l'entendit à son tour haleter au-dessus d'elle, puis atteindre à son tour l'orgasme.

— Je ne sais pas ce qui nous arrive, murmura-t-il.

— Moi non plus, répondit-elle sur le même ton.

Il recommença alors à lui prodiguer des caresses intimes.

— Benjamin, ce n'est pas...

Elle s'interrompit, ne sachant plus très bien pourquoi elle voulait protester, et elle l'entendit chuchoter :

— Donne-moi tout ce que tu as.

Entre le jeu de ses doigts et les inflexions de sa voix, elle était tout à lui. Et de nouveau, elle connut l'orgasme dans ses bras.

— Tu es la femme la plus incroyable du monde, déclara-t-il en effleurant sa joue, quelques minutes plus tard.

— Est-ce que tu diras la même chose demain, ou auras-tu déjà oublié ? demanda-t-elle.

Il croisa son regard.

— Jamais je n'oublierai.

Ce matin-là, les pleurs d'Emma les réveillèrent tous deux. Benjamin se redressa sur ses coudes.

— J'y vais, déclara-t-il.

— Non, c'est moi, fit-elle en secouant la tête comme pour se remettre les idées en place.

— Je peux tout à fait la prendre, renchérit-il.

Il se leva, complètement nu.

— Mets au moins un peignoir, lui conseilla-t-elle. Ou ta chemise.

Il jura dans sa barbe et regarda autour de lui. Elle trouva la première sa chemise et l'enfila. Il était si grand que le vêtement lui arrivait presque aux genoux. Elle ne put réprimer un rire.

— Quoi que tu fasses, ne t'avise pas de me dire que tu regrettes, dit-elle.

Sur ces mots, elle se précipita vers la chambre d'Emma, qui hurlait et donnait des coups de pied.

— Bonjour, ma belle, lui dit-elle. Pourquoi est-ce que tu t'énerves comme ça ?

Elle prit l'enfant dans ses bras, lui changea sa couche, et les cris d'Emma cessèrent tandis qu'elle continuait à bavarder avec elle.

Elle emmena ensuite le bébé dans la cuisine où Benjamin avait déjà réchauffé un biberon. Il portait un jean et une chemise qu'il n'avait pas pris la peine de boutonner. Il avait les cheveux ébouriffés, et quand il la regarda elle se demanda comment un homme qui tenait un biberon à la main pouvait être aussi sexy.

— Va prendre ta douche, lui dit-il. Je m'occupe d'elle pendant ce temps.

— Tu es sûr ?

Elle se sentait décidément de bien curieuse humeur, ce matin... Elle regarda Emma, qui observait Benjamin d'un air solennel.

— Elle aura moins de réserve envers moi quand je lui aurai donné son biberon, lui dit-il d'un ton sec. Allez, va prendre ta douche et t'habiller, sinon je risque de te ramener au lit.

Surprise par son ultime remarque, elle sentit un élan de chaleur la traverser.

— Est-ce une promesse ?

— La première fois que je t'ai vue, tu semblais si jeune et innocente.

— Je ne suis pas si jeune que ça, tu sais.

— En tout cas, sous toute cette douceur couve un feu incroyable. Va prendre ta douche avant que je ne craque !

Comblée par ces paroles, elle regagna la salle de bains en fredonnant. Benjamin ne pouvait plus nier qu'il éprouvait des sentiments pour elle. La nuit précédente, il le lui avait prouvé sans la moindre ambiguïté. Toutefois, ils ne s'étaient fait aucune promesse, elle ne devait pas l'oublier... En y pensant, elle s'arrêta de chantonner. Elle n'avait jamais connu un homme comme Benjamin, et elle était persuadée qu'elle n'en recroiserait jamais un autre de sa trempe. Pourtant, elle ne devait pas croire qu'entre eux l'idylle allait durer. Mais peu importe, elle avait l'habitude que les gens sortent de sa vie.

Benjamin tapota le dos d'Emma une fois son biberon terminé et sourit devant son rot sonore.

— Tu te sens mieux, n'est-ce pas ? lui demanda-t-il d'un ton affectueux.

L'enfant se mit alors à babiller.

Il savait combien il devait à Coco pour avoir su apprivoiser sa petite fille, et il se demanda aussi si, sans Coco, il en aurait toujours été au même point dans sa relation avec sa fille. Mais, maintenant qu'il couchait avec elle, la situation se compliquait sérieusement.

Il ne pouvait nier l'attirance irrépressible qu'il ressentait pour elle. Désormais, il ne pourrait plus la voir autrement qu'à travers le prisme du désir. Mais il avait aussi conscience qu'il n'était pas amoureux d'elle. Quand Coco avait insisté pour qu'il n'exprime pas de regrets au sujet de leur nuit, il n'avait pas protesté, mais il redoutait qu'avec son cœur tendre elle finisse par tomber amoureuse de lui...

Son téléphone sonna, l'arrachant à ses réflexions.

— Benjamin Garner, dit-il en décrochant, Emma sur les genoux.

— Bonjour, Ben. C'est Ray MacAllister. Désolé de vous déranger, mais j'ai de mauvaises nouvelles à vous annoncer. Votre contremaître, Hal, s'est cassé la jambe et doit être opéré. Il faudra un certain temps avant qu'il ne puisse remarcher, lui apprit-il. Et, comme si cela ne suffisait pas, Jace a donné sa démission hier.

Benjamin fit la grimace.

— C'est la loi des séries, on dirait... Est-ce que Hal va bien ?

— Il peste, mais il est entre de bonnes mains. Il doit prendre son mal en patience.

— Bon, est-ce que tu peux gérer les choses jusqu'à mon retour ?

— Bien sûr, patron.

— Merci. Si tu as le moindre problème, n'hésite pas à m'appeler. Je suis joignable vingt-quatre heures sur vingt-quatre.

Il raccrocha et Coco pénétra à cet instant dans la pièce.

— Quelque chose ne va pas ? demanda-t-elle.

Il hocha la tête.

— Il faut que je rentre le plus vite possible. Mon contremaître s'est cassé la jambe. Mais tu peux rester plus longtemps, si tu veux.

— Non, répondit-elle sans hésitation. J'en ai assez des

Devereaux ! Mon seul regret est de n'avoir pas pu voir mon frère, mais visiblement il n'avait aucune envie de me rencontrer. C'est peut-être mieux ainsi. Je vais faire les bagages.

Sans perdre un instant, Benjamin réserva leur vol, et le chauffeur les conduisit à l'aéroport. Coco avait mis dans son bagage à main de quoi nourrir et distraire la petite fille, mais il espérait vivement que celle-ci aurait la bonne idée de dormir pendant tout le voyage.

Une fois qu'ils furent dans l'avion, Coco fixa le hublot jusqu'à ce que l'île de Chantaine disparaisse.

— Tu es certaine que tu ne voulais pas rester ? lui demanda-t-il alors, un peu troublé par son comportement.

Elle secoua la tête.

— Non. Ma rencontre avec les Devereaux restera un épisode intéressant de ma vie, rien de plus.

— Toi et les princesses commenciez pourtant à bien vous entendre, renchérit-il. Elles ont été sympathiques avec toi, non ?

— Oui, mais j'ai de bonnes raisons de croire qu'elles étaient sympathiques envers moi par peur que je ne raconte à la presse des histoires susceptibles de nuire à l'image de la royauté, expliqua-t-elle.

— Qu'est-ce qui te fait penser une chose pareille ?

— J'ai entendu des femmes en parler, aux lavabos. En outre, un homme, qui a prétendu être un cousin éloigné, m'a tenu les mêmes propos.

— Peu importe la raison pour laquelle les Devereaux ont décidé d'être sympathiques avec toi, ce qui compte, c'est qu'ils l'aient été. Tu voulais les rencontrer et faire leur connaissance. Tu as obtenu ce que tu voulais, non ? observa-t-il.

Elle fronça les sourcils.

— Pour tout dire, j'aurais préféré qu'ils soient plus sincères avec moi.

— Pas moi. Je n'allais quand même pas les laisser te maltraiter ! Tu as traversé trop d'épreuves à cause d'eux. Le moins qu'ils puissent faire, c'était témoigner un peu d'égards.

— Que veux-tu dire au juste par « les laisser me maltraiter » ?

Tu n'as rien fait pour infléchir leur comportement envers moi, tout de même ?

Soudain, elle comprit que si...

— Mais si, bien sûr ! s'exclama-t-elle, sous le choc.

Il haussa les épaules.

— Je n'ai pas fait grand-chose, tu sais. J'ai juste eu une petite discussion avec Stephan.

Elle ouvrit de grands yeux.

— Stephan ? répéta-t-elle. Et quel genre de « petite discussion » as-tu eu avec lui ?

— Je lui ai simplement dit que tu méritais d'être mieux traitée que tu ne l'avais été lors du thé, et que, si sa famille n'était pas plus courtoise, la réputation des Devereaux risquait d'avoir à en pâtir.

— Donc c'est bien vrai ? S'ils ont été amicaux avec moi, c'est parce que tu les as menacés ?

— Je n'ai menacé personne, assura Benjamin. J'ai énoncé des faits. S'ils avaient été odieux avec toi, et que les journalistes t'avaient questionnée à ce sujet, tu n'aurais certainement pas dit du bien d'eux.

— Je n'arrive pas à croire que tu aies fait une chose pareille, murmura-t-elle d'un ton dur.

— Et je ne saisis pas pourquoi tu es tellement bouleversée ! Je n'allais pas les laisser te traiter comme une moins que rien. Tu vaux bien mieux qu'eux !

Elle regarda par le hublot.

— J'aurais juste aimé que tout cela soit aussi réel que possible.

— Ma chérie, tu as eu affaire aux membres d'une famille royale. Ils passent leur temps à faire semblant, ils vivent dans le monde des apparences, c'est une donnée que tu sembles oublier.

— Mais justement ! Je ne voulais pas qu'ils fassent semblant avec moi.

Il sentit son estomac se nouer, tandis que Coco s'enfermait dans le silence et lui tournait le dos.

Onze heures plus tard, ils arrivèrent à Dallas complètement épuisés. Comme prévu, Ray les attendait à l'aéroport.

Benjamin s'assit à l'avant du 4x4, tandis que Coco et Emma s'installaient à l'arrière. Quand la fillette commença à s'impatienter, Coco lui donna un biberon de jus de fruits dilué dans de l'eau. Elle le but d'une traite et eut un hoquet, mais fut ensuite plus calme.

— Raconte-moi ce qui s'est passé, demanda Benjamin à son assistant.

Ray s'exécuta. Les nouvelles n'étaient pas des plus réjouissantes, et Benjamin comprit qu'il avait du pain sur la planche ! Moins d'une heure après, ils arrivaient au ranch. Il détacha Emma de son siège et l'emmena à l'intérieur.

— Je vais me charger d'elle, dit Emma.

— Elle risque de souffrir du décalage horaire, dit-il.

— Elle n'est pas la seule, lui répondit-elle avec un sourire fatigué.

— Exact.

Et il se pencha vers elle pour déposer un baiser sur son front. Cette fois, ce n'était pas pour les apparences, il répondait juste à une impulsion. Il perçut sa surprise et captura alors sa bouche. C'était un cadeau qu'il s'accordait à lui-même car il savait que, dans les jours qui suivraient, il travaillerait sans discontinuer.

Il se redressa.

— Écoute, dit-il, en ce qui concerne ma discussion avec Stephan, aucun fiancé digne de ce nom n'aurait fait moins.

— Peut-être, mais tu as agi à mon insu, je n'étais pas au courant.

— Eh bien, maintenant, tu l'es !

Il fallut plus de vingt-quatre heures à Coco et à Emma pour se remettre du décalage horaire. Emma eut un sommeil agité, et Coco la rendormit à plusieurs reprises dans le rocking-chair. Deux jours plus tard, elle lui fit faire une grande promenade en poussette.

Puis elle comprit que le bébé avait en réalité besoin d'exercice. Elle l'installa alors sur une couverture, à l'intérieur, pour qu'Emma puisse bouger à son aise. Mais, cette fois, cela ne fut pas vraiment au goût de la fillette, qui préféra rouler sur le dos et s'amuser avec ses jouets avant de s'endormir sur sa couverture. Elle la porta alors dans son berceau. Une minute plus tard, elle s'étendait sur son lit.

Quand elle se réveilla, il faisait nuit ; elle se précipita dans la chambre d'enfant et découvrit Benjamin en train de faire les cent pas, Emma dans les bras.

Son cœur fit un bond dans sa poitrine.

— Désolée, dit-elle. Je vais prendre le relais.

— Ce n'est rien, répondit-il. Comment va-t-elle depuis notre retour ?

— Je lui ai fait faire une grande promenade, mais elle avait besoin de jouer.

Il continuait à marcher tout en berçant Emma, qui avait la bouche sur son épaule.

— Elle bave, non ? Tu crois qu'elle fait ses dents ?

— Probablement... Alors, qu'est-ce qui s'est passé au ranch, pendant notre absence ?

— Le travail s'est accumulé, forcément. Je comprends pourquoi mon père ne prenait jamais de vacances.

— Tu regrettes notre voyage ?

— Pas vraiment, dit-il. À Chantaine, j'ai dansé avec la plus belle femme du monde.

Elle ne put réprimer un sourire.

— C'est très agréable à entendre.

— C'est la vérité. Allez, retourne te coucher.

— Je me sens coupable.

— Il faut que tu sois en forme demain matin quand elle te réveillera à 6 heures.

Benjamin avait toujours été prévenant mais, depuis leur voyage outre-Atlantique, il l'était encore plus.

— Tu es vraiment sûr ? demanda-t-elle encore.

Il acquiesça.

— Va te coucher.

Elle lui obéit, car elle savait qu'Emma risquait d'être fort matinale.

Quand Coco ouvrit les yeux, le lendemain matin, elle décida d'attendre qu'Emma se manifeste... Mais elle n'entendit rien. Elle ne savait si elle devait s'en réjouir ou paniquer. Elle se redressa dans son lit. Le mieux était d'aller vérifier.

Elle entrouvrit la porte de la chambre d'enfant. Il n'y avait toujours aucun bruit. Devait-elle en profiter pour prendre sa douche ? C'était sans doute plus sage...

Après la douche, elle s'essuya en tendant l'oreille. Toujours rien. Alors elle s'habilla et descendit dans la cuisine, où elle trouva Emma installée dans sa chaise haute, en train de manger des Cheerios que Sarah avait éparpillés sur le plateau.

Emma prenait les céréales par poignées et en mettait autant qu'elle le pouvait dans sa bouche.

— Doucement, lui disait Sarah. Tu n'es tout de même pas affamée ! Si tu mets cette poignée dans la bouche, tu vas t'étouffer. C'est physique.

Elle entra dans la cuisine au moment où Emma se mettait à tousser.

— Emma, ne fais pas ça ! intervint-elle à son tour.

Elle écarta le poing d'Emma de sa bouche.

— On ne peut pas manger plus que ce qui entre dans la bouche, déclara alors Sarah. Retiens bien cet adage !

Après le petit déjeuner, Coco décida d'aller en ville avec Emma, pour faire quelques courses, mais aussi pour voir son amie qui travaillait au restaurant.

Une fois arrivée, elle s'installa dans un box au fond de la salle et commanda un chocolat avec des marshmallows pour elle et un jus de pommes pour Emma. Quelques minutes plus tard, Kim lui apporta sa commande et lui dit qu'elle reviendrait discuter avec elle un petit moment après.

— Je ne bouge pas, dit Coco en commençant à déguster son chocolat.

Puis elle donna un peu de jus à Emma, dans une cuillère.

Kim revint assez rapidement et prit place en face d'elle.

— Alors, tu es une princesse ? Pourquoi est-ce que tu ne m'avais rien dit ?

— Mais non, je ne suis pas une princesse.

— Tu es quand même allée à Champagne !

— Chantaine, rectifia Coco en souriant. Remarque, moi non plus avant je n'avais jamais entendu parler de cette île et de sa famille royale.

— Comment étaient-ils ?

Elle prit une grande inspiration. Elle devait se décider sur ce qu'elle allait dire des Devereaux. Elle opta pour la vérité.

— Les princesses ont été charmantes avec moi. Elles travaillent beaucoup, elles ont des maris, des enfants, bref, elles mènent une vie quasi normale.

Kim fronça les sourcils.

— Il n'y a pas eu d'embrouille ?

— Non, je t'assure, tout s'est très bien passé, j'ai été très bien reçue.

— Ah, mais ce n'est pas drôle, alors !

Coco éclata de rire.

— Tu t'attendais à quoi ? Tu voulais que je passe un affreux séjour ?

Kim leva les yeux au ciel.

— Bien sûr que non ! Mais je pensais que ce serait un peu plus excitant, que tu aurais plein d'anecdotes à raconter. Il n'y a rien eu d'excitant, pendant ce séjour ?

— C'est unc île magnifique, les plages sont superbes, et j'ai acheté une paire d'escarpins magnifiques que j'ai oubliée à la villa.

— La villa ? fit Kim.

— Oui, nous ne logions pas au palais. Je suis allée prendre le thé avec les princesses et j'ai renversé ma tasse sur la nappe. Benjamin et moi avons aussi assisté à un gala donné au palais.

— Un gala ? Ce devait être fantastique, dit-elle d'un air rêveur. À propos de Benjamin, j'ai cru comprendre que vous étiez fiancés. Raconte-moi tout !

Coco hocha légèrement la tête.

— C'est arrivé comme ça... Nous laissons les choses se faire lentement.

Kim arqua un sourcil.

— Tout cela semble bien mystérieux.

— Non, pas du tout.

Au même instant, Emma poussa un petit cri.

— Je crois qu'elle veut encore du jus de pomme ! dit Coco, profitant de la diversion bienvenue.

Elle en donna une cuillerée à la petite fille.

— Elle est tellement mignonne, dit Kim. Tu veux autre chose pour elle ?

— J'ai emporté des céréales, tout va bien, répondit-elle.

— Tu feras vraiment une excellente mère, Coco, lui dit Kim. Bon, il faut que je retourne travailler.

Coco soupira en regardant son amie s'éloigner.

Pour l'instant, elle avait décidé de ne plus penser à sa relation avec les Devereaux. Avant le voyage à Chantaine, elle ne pouvait s'empêcher d'espérer qu'un lien fort s'instaurerait avec la famille qui partageait les mêmes gènes qu'elle. Mais elle s'était rendu compte que la génétique ne pouvait s'imposer sans passé commun. Maintenant, elle était réellement seule au monde, et elle devait l'accepter.

Emma ouvrit la bouche pour quémander une autre cuillerée de jus de pomme. Coco lui en donna plusieurs d'affilée.

— C'est bon, n'est-ce pas, ma chérie ?

Enfin, elle lui essuya la bouche, et Emma grimaça de déplaisir.

— Il est temps de partir, lui dit-elle.

Elle la sortit de la chaise haute. Elle régla l'addition et se dirigea vers la sortie, faisant un petit signe de la main à Kim.

Mais à l'extérieur, des journalistes armés de micros et d'appareils photos l'attendaient.

— Mademoiselle, racontez-nous votre voyage à Chantaine ! Comment vos frères et sœurs vous ont-ils traités ? Quand allez-vous les revoir ?

Emma, effrayée, se pelotonna contre elle.

Redressant les épaules, Coco leur fit face.

— Les Devereaux ont été très accueillants et charmants. Je n'aurais pu être mieux traitée. La famille royale est entièrement dévouée à son peuple et est tout simplement adorable.

Elle fit une pause, attendant que les flashes cessent de crépiter.

— C'est tout ce que j'ai à dire, merci.

— Mais, mademoiselle, qu'en est-il à présent de votre relation avec eux ? Est-ce que...

— C'est tout ce que j'ai à dire, répéta-t-elle. Je vous ai répondu. S'il vous plaît, ayez la gentillesse de ne pas effrayer la petite Emma et de respecter ma vie privée.

Sur ces mots, elle se hâta vers sa voiture, attacha Emma à l'arrière toujours sous les crépitements de flash. Ses mains tremblaient quand elle mit le contact, et sa nervosité ne se calma que quand elle rejoignit enfin le ranch.

Quand elle y arriva, Emma s'était endormie, et elle fut soulagée de constater qu'elle n'avait pas été troublée par sa rencontre avec la presse. Elle, en revanche, était très contrariée de voir que les paparazzi ne l'avaient pas oubliée.

Elle emmena Emma dans la chambre d'enfant et la déposa dans son berceau. Elle décida alors de s'accorder une petite sieste. Mais elle avait du mal à chasser de son esprit la scène avec les journalistes et la peur qu'elle avait sentie chez Emma. Elle ne supportait pas d'être une source d'anxiété pour la petite, qui avait déjà assez souffert. Au bout d'un long moment, elle parvint à s'endormir.

Des cris et des pleurs la réveillèrent en sursaut. Elle bondit du lit et regarda l'heure. Elle avait dormi une heure. Pourtant, elle aurait juré ne s'être endormie que depuis cinq minutes à peine. Elle se cogna contre Benjamin en se précipitant vers la chambre d'enfant.

— Désolée, murmura-t-elle. Je dormais plus profondément que je ne le pensais.

— C'est normal, nous ne sommes pas encore tout à fait remis du décalage horaire.

— J'imagine, dit Coco.

Elle prit Emma dans ses bras.

— Ça va, mon cœur ? lui demanda-t-elle. Tu t'es remise de ta frayeur de tout à l'heure ?

— Quelle frayeur ? demanda Benjamin tandis qu'Emma changeait l'enfant.

— Je suis allée en ville, je me suis arrêtée au café où travaille mon amie, et quand je suis ressortie des journalistes et des photographes m'attendaient. Je pense qu'ils ont effrayé Emma, car elle s'est blottie contre moi.

Il fronça les sourcils.

— J'aurais cru que l'effervescence serait retombée, maintenant, dit-il.

— Moi aussi, répondit-elle en soupirant. J'ai fait une déclaration tout à fait positive sur les Devereaux, rien de plus, mais évidemment cela ne leur a pas suffi.

— Il va falloir qu'un de mes hommes reste à ta disposition.

Coco sentit la culpabilité l'envahir. Elle savait que Benjamin avait déjà perdu deux de ses employés les plus importants.

— Non, tu n'as pas à faire ça pour moi.

Il haussa les épaules.

— C'est ainsi, on n'y peut rien. Et à part cette frayeur, sa journée s'est bien passée ?

— Oui. Elle est très éveillée, très intéressée par les sons. Je crois qu'elle va commencer à communiquer.

— Elle communique déjà en criant, observa Benjamin.

Puis il présenta sa main à l'enfant, qui entoura ses doigts autour de son pouce.

— Elle est si petite, si vulnérable, continua-t-il. Parfois, l'idée que je doive la protéger me terrifie.

— Pourtant, tu t'en sors plutôt bien, répondit-elle en glissant sa main sur la sienne.

Il riva alors son regard au sien.

— Toi aussi. Tu m'as manqué, tu sais...

Elle sentit son cœur faire un bond dans sa poitrine.

— Toi aussi, tu m'as manqué, répondit-elle à voix basse.

— Il y avait tant à faire au ranch, depuis notre retour.

— Je sais, dit-elle. C'était un luxe pour toi de m'accompagner à Chantaine. Je t'en remercie encore.

— Même si tu n'as pas apprécié que j'intercède pour toi auprès de Stephan ?

Elle poussa un long soupir.

— J'imagine que tu as fait de ton mieux pour défendre mes intérêts.

— Je n'aurais pas voulu en venir aux mains avec le prince, j'ai préféré discuter.

— Aux mains ? Tu aurais été arrêté, tu sais.

— Parfois, on a des missions à remplir, et il ne faut pas reculer. Bon, tu peux demander à Sarah de te relayer auprès d'Emma, le courant passe bien entre elles.

— Nous verrons. Sarah a déjà fort à faire en cuisine, à préparer les repas pour le personnel.

— Elle s'est reposée, pendant notre séjour à l'étranger, et puis elle sait que s'occuper d'un bébé, c'est très fatigant.

— Entendu.

— Et je vais demander à l'un de mes hommes de veiller à ta sécurité.

— Je ne crois pas ce que ce soit utile. Je ne sors pas très souvent, et je n'ai pas envie de déranger quelqu'un parce que je veux aller en ville.

— Dans ce cas, je te donnerai son numéro de portable. Appelle-le quand tu veux sortir, et il t'accompagnera.

— Bon, si tu insistes.

— Oui, j'insiste, et arrête de discuter ! Mes hommes ne sont pas toujours occupés à 100 % de leur temps. Grâce à toi, ils mériteront vraiment leur salaire.

— Si tu le dis.

— Oui, c'est ainsi...

Sur ces mots, il se pencha pour déposer un long baiser sur sa bouche, qui lui rappela la nuit qu'ils avaient partagée dans la villa, à Chantaine.

11

Bien qu'il fasse un peu plus frais, Coco enveloppa le bébé dans une couverture et l'emmena en promenade. Emma semblait réellement se plaire à l'extérieur. À leur retour, ce fut l'heure du dîner pour l'enfant, puis elle lui donna son bain. Après un dernier biberon, elle la mit au lit. Mais elle-même n'avait pas sommeil, aussi décida-t-elle d'aller faire une promenade.

Elle fit trois fois le tour de la maison, et Benjamin se matérialisa à ses côtés.

— Eh bien, qu'est-ce qui t'ennuie cette fois ?

— Rien, dit-elle, pensant qu'elle était surtout agacée par le plaisir qu'elle ressentait en sa présence. J'ai été prise au dépourvu aujourd'hui par les journalistes, mais j'espère que leur intérêt va diminuer.

— J'espère, dit-il. Et qu'y a-t-il d'autre ?

— Rien, je t'assure. J'essaie de dépenser un trop-plein d'énergie. Je n'ai pas sommeil.

— J'aurais cru qu'Emma aurait elle aussi de l'énergie à dépenser, dit-il.

Elle eut un petit rire.

— En général, c'est le cas, effectivement.

Il se campa devant elle et l'attira à lui. Son regard rivé au sien, il repoussa délicatement une mèche de cheveux derrière son oreille.

— Je sais comment t'aider à dépenser ton trop-plein d'énergie, fit-il d'une voix sensuelle.

— Et Sarah ? riposta-t-elle alors, car la gouvernante occupait une petite suite, au rez-de-chaussée.

— Elle regarde un programme de télé-réalité. Elle ne s'apercevra de rien.

— Très bien, dit-elle, fébrile. Mais où… enfin je veux dire…

— Dans ta chambre ! coupa-t-il. Tu montes la première, et je te rejoins dans cinq minutes.

Il lui donna un dernier baiser.

Le cœur battant, elle monta les marches pour regagner sa chambre. En retirant sa veste, elle se demanda si elle devait se changer. Elle n'avait pas de lingerie particulièrement sexy. Elle sentit la panique la gagner. Ce fut alors qu'il ouvrit la porte.

— Nerveuse ? dit-il en s'avançant vers elle.

— Un peu, admit-elle.

— Ou excitée ?

— Aussi, avoua-t-elle encore. Et toi ?

Il la fit alors doucement basculer sur le lit et s'allongea sur elle.

— Non, je ne suis pas nerveux, dit-il.

En revanche, elle comprit bien vite qu'il était très excité. Quand il l'embrassa, tout se brouilla délicieusement autour d'elle. Il la déshabilla en un rien de temps, et elle sentit bientôt ses mains chaudes sur sa peau. Comme il était bon de retrouver son corps musclé ! Ils se caressèrent jusqu'à ce qu'ils ne puissent plus résister. Alors il se glissa en elle et, rapidement, le plaisir les happa…

Benjamin finit par rouler sur le côté, encore tout essoufflé. Puis il l'attira contre son épaule et posa son menton sur sa tête.

— Je n'arrive pas à me rassasier de toi, lui dit-il. Tu peux me dire comment tu t'y prends, au juste ?

Elle sourit.

— Je ressens la même chose pour toi, dit-elle alors. Benjamin, je t'ai…

Elle s'interrompit, car il venait soudain de se raidir, comprenant qu'elle allait lui dire qu'elle l'aimait. Elle s'éclaircit la voix.

— J'aime beaucoup être avec toi, dit-elle.

Elle le sentit se décontracter de nouveau.

— Moi aussi, répondit-il.

Il plaqua son corps contre le sien et l'embrassa de nouveau.

Le matin suivant, le joyeux babil d'Emma la réveilla dans l'écoute-bébé. En constatant que Benjamin n'était plus à ses côtés, elle éprouva une curieuse sensation de perte et de confusion, mais elle s'efforça de la repousser et enfila rapidement un jean et un T-shirt à manches longues. Entrant dans la chambre d'enfant, elle trouva Emma occupée à tirer les oreilles d'une peluche et à discuter avec elle.

Coco sentit son cœur fondre. Emma avait tellement grandi depuis son arrivée au ranch.

— Bonjour, mademoiselle la Bavarde, lui dit-elle gentiment. Comment te sens-tu ce matin ?

Emma tourna tout de suite la tête vers elle et lui adressa un beau sourire de sa bouche édentée.

— Tu es vraiment craquante, reprit Emma.

Puis elle prit l'enfant pour la changer. Elle lui désigna alors la photo de Benjamin sur la commode.

— C'est ton papa. Tu peux dire papa ?

Aussitôt, Emma émit une série de sons inintelligibles.

— Pa-pa, reprit plusieurs fois Coco.

Ce n'était pas la première fois qu'elle entraînait l'enfant, mais ce matin-là, elle récolta enfin le fruit de ses efforts quand la fillette réussit à articuler :

— Pe... pe...

— Bravo ! Allez, essaie encore.

— Pe-pe-pe-pe-pe.

— Bravo ! Il faut que je trouve ton père pour lui annoncer la bonne nouvelle.

Prenant l'enfant dans ses bras, elle descendit l'escalier, espérant trouver Benjamin dans son bureau. Il n'y était pas. Alors, bien résolue à fixer l'instant, elle sortit son portable pour enregistrer la petite Emma.

— Allez, dis papa. Pa-pa, fit-elle en tenant l'appareil devant la bouche de l'enfant.

Mais celle-ci se pencha et commença à lécher le téléphone.

— Non, dit Coco en l'éloignant. Pa-pa. Pa-pa.

— Pe-pe, murmura Emma.

— Bravo ! Allez, encore. Pa-pa.

— Pe-pe-pe-pe-pe.

Coco sauvegarda l'enregistrement et posa un baiser sonore sur la joue d'Emma.

— Génial !

Puis elle lui donna son biberon et envoya l'enregistrement à Benjamin.

Quelques moments plus tard, il rappelait.

— Est-ce que c'est bien ce que je crois entendre ?

— Oui ! Ta fille arrive presque à dire « papa ». Alors, quel effet cela fait-il ?

— C'est merveilleux ! Est-ce que tu crois qu'elle sait ce qu'elle dit ?

— Je pense. Cela fait longtemps que je lui montre ta photo et que je dis papa. Et c'est la première fois qu'elle le répète. Ah, je suis si excitée !

Benjamin se mit à rire.

— Effectivement, ça s'entend. Merci pour l'enregistrement, dit-il. Et merci aussi pour hier soir.

— Bon, on se reparle plus tard, éluda-t-elle.

Elle raccrocha. En réalité, elle ressentait une impression mitigée. Quelques heures plus tôt, Benjamin et elle avaient fait l'amour, mais il était clair qu'il ne voulait pas l'entendre dire qu'elle l'aimait. Et maintenant, elle était au comble de la joie parce que sa fille avait prononcé deux syllabes qui peut-être signifiaient « papa ».

Son cœur se serra : elle s'investissait bien trop dans cette relation... Benjamin aimait faire l'amour avec elle, mais il n'avait pas vraiment envie qu'elle soit sa fiancée, et encore moins sa femme.

Elle était juste son employée !

C'était la triste réalité. Elle sentit tous ses doutes la saisir de nouveau. Comment était-elle censée gérer les sentiments grandissants qu'elle nourrissait pour lui alors qu'ils vivaient dans la même maison et qu'il partageait volontiers son lit ? Que se passerait-il quand le désir de Benjamin serait assouvi ?

Elle ne savait pas très bien comment se protéger. Elle était seule au monde et, bien que Benjamin l'ait soutenue depuis son arrivée, elle ne pouvait pas compter sur lui. Elle ne devait pas confondre sa gentillesse et son intérêt sexuel avec l'amour.

De nouveau, le téléphone n'arrêtait pas de sonner, des journalistes voulant l'interviewer. Elle sentait bien que cette frénésie impatientait Sarah.

Après le déjeuner, elle décida d'aller faire un tour dans le parc de la ville avec Emma, qu'elle n'oublia pas d'envelopper dans sa couverture, le temps s'étant rafraîchi. Elle avait besoin de marcher pour évacuer ses pensées et les sentiments qui se bousculaient en elle. Comme promis, elle appela le numéro que Benjamin lui avait donné, mais laissa un message, car personne ne répondit.

Elle se rendit au parc en voiture, puis sortit la poussette et installa Emma dedans.

— Prête pour une belle promenade ? lança-t-elle.

L'enfant regarda autour d'elle et, quand Coco se retourna, ce fut pour découvrir un groupe de journalistes qui s'avançait vers elle. Elle leva la main pour leur faire signe de ne pas s'approcher davantage.

— Laissez-nous tranquilles, s'il vous plaît !

— Nous voulons juste vous poser quelques petites questions supplémentaires sur votre séjour à Chantaine, dit l'un d'eux.

— Je vous ai déjà tout dit ! répliqua-t-elle. Les Devereaux ont été charmants avec moi, et Chantaine est une très belle île. Je vous souhaite tous de vous y rendre un jour. Il n'y a rien à ajouter.

— Il doit forcément y avoir plus, insista une femme en lui tendant un micro.

— Non, absolument pas, dit Coco. Et maintenant, laissez-moi tranquille.

— Mais...

— Mais rien ! coupa-t-elle.

Elle s'éloigna d'un pas hâtif, courant presque, ce qui fit beaucoup rire Emma. Elle aurait aimé pouvoir en rire, elle aussi, mais cette intrusion permanente dans sa vie était insupportable. Elle avait cru que le déchaînement médiatique s'estomperait avec le temps, mais force était de constater qu'elle s'était trompée. Elle se demandait combien de temps tout cela allait encore durer, ce qu'il faudrait pour que cette folie cesse.

Soudain, un homme se dressa devant elle. Elle poussa un cri, et Emma commença à pleurer.

— J'aimerais vous interviewer, dit-il.

— Laissez-moi tranquille, moi et ma...

Elle chercha le mot adéquat, car le terme « famille » ne convenait pas. La brutale vérité l'accabla : Emma n'était pas son bébé, Benjamin et Sarah n'étaient pas des membres de sa famille, même si ç'aurait été son vœu le plus cher. Et Boomer n'était pas non plus son chien.

— Laissez mes amis tranquilles, termina-t-elle.

Elle s'enfuit, priant pour ne rencontrer personne d'autre.

Bouleversée par les paparazzi, Coco comprenait qu'elle devait agir. Évidemment, l'idée de quitter le ranch lui était douloureuse. Benjamin était ravi qu'elle s'occupe d'Emma, et il l'était tout autant de partager son lit avec elle tant que n'entraient pas en jeu des émotions plus profondes et un réel engagement. Et ce constat lui déchirait le cœur.

Comment pouvait-elle à la fois prendre soin de Benjamin, d'Emma et d'elle-même ? Elle ne cessait de réfléchir à la question. Qu'est-ce qui était le mieux pour Emma ? Pour Benjamin ? Pour elle ? La même réponse revenait toujours, une réponse qui, elle le savait, la ferait énormément souffrir. Mais la vie imposait parfois de prendre des décisions difficiles.

Le lendemain, elle passait une annonce pour un poste de nourrice. La semaine suivante, elle évita Benjamin et reçut des remplaçantes potentielles. Sa décision était certes radicale, mais elle ne parvenait plus à maîtriser ses sentiments pour Benjamin. Le mieux pour elle était réellement de partir. Elle finirait par s'habituer, il le faudrait bien. Elle avait déjà fait l'expérience de la perte d'êtres chers, et parfois elle se disait que c'était sa destinée.

Elle reçut cinq femmes pour le poste de nourrice. L'une d'elles lui sembla parfaite. Elle lui demanda deux lettres de recommandation, qu'elle reçut pratiquement dans l'heure. Susan Littleton la remplacerait, décida-t-elle. Elle avait d'ailleurs bien plus de références qu'elle et une formation appropriée.

Il lui fallait désormais affronter Benjamin. Un matin, avant qu'il parte, elle lui annonça qu'elle souhaitait le voir dans le petit salon.

— Qu'y a-t-il ? demanda-t-il en pénétrant dans la pièce.

— J'ai besoin de te parler.

— C'est nouveau, dit-il d'un air grognon, puisque cela fait une semaine que tu m'évites.

— Je sais, je suis désolée, je voulais te parler, mais...

— C'est bon, fit-il, ne la croyant visiblement pas.

Elle prit une profonde inspiration.

— Je pense qu'il vaut mieux que je parte.

Il ouvrit de grands yeux alarmés.

— Pourquoi ?

— Je ne supporte plus les paparazzi qui s'immiscent dans nos vies, la mienne, la tienne et celle d'Emma, lui répondit-elle. Cela ne peut plus continuer ainsi. Et je pense que la seule façon de les faire partir, c'est de m'en aller moi-même.

— Quoi ? fit-il, abasourdi.

Elle se mordit la lèvre.

— Oui, c'est mieux, répéta-t-elle. Et puis, notre relation ne me satisfait pas. Je ne supporte plus que l'on couche ensemble sans qu'il y ait de véritable engagement de ta part.

— Dans ces conditions, nous pouvons ne plus coucher ensemble.

— Manifestement, cette décision ne te pose aucun problème. Pour ma part, j'ai plus de mal avec mes émotions. J'aurais aimé rester, mais je crains que ce ne soit bon pour personne. Ni pour toi, ni pour Emma.

Il prit un air sombre.

— Ah bon ? Et qu'est-ce qui selon toi serait mieux pour Emma et moi ?

Face à son attitude hostile, elle sentit son estomac se nouer. Elle lui tendit le dossier qu'elle tenait à la main.

— J'ai trouvé une merveilleuse remplaçante. Elle sera sans doute bien mieux que moi, d'ailleurs, admit-elle à contrecœur. Elle s'appelle Susan Littleton. J'ai eu plusieurs entretiens avec elle, et elle a des références parfaites.

— Je n'ai pas de temps à perdre avec ça, commença-t-il.

— Elle a déjà fait la connaissance d'Emma, et Emma l'adore, précisa Coco.

— Tu es vraiment déterminée ! marmonna-t-il alors.

— Je pense que c'est la meilleure chose à faire, répondit-elle, le cœur brisé.

— Je ne croyais pas que tu nous quitterais, déclara-t-il avec lenteur en posant son chapeau sur la tête. Très bien, dis-lui que je la recevrai demain.

Sans un mot de plus, il se dirigea d'un pas raide vers la porte.

Le lendemain, un paquet arriva pour elle en provenance de Chantaine. Il contenait les souliers qu'elle avait laissés, ainsi qu'un petit mot de Bridget.

« Je n'arrive pas à croire que vous soyez partie sans nous dire au revoir. Je n'arrive pas à croire que vous ayez laissé vos beaux escarpins. Bien à vous, Bridget. »

Coco songea alors que Bridget avait peut-être été sincère avec elle. S'était-elle trompée sur toute la ligne ? Elle regarda les escarpins, et se rappela ce fameux soir où elle avait dansé avec Benjamin, sur la piste étincelante. Elle sentit son cœur se serrer.

Prenant les souliers, elle alla les ranger dans le placard d'Emma. Peut-être que, lorsqu'elle aurait quelques années de plus, celle-ci pourrait s'en servir pour se déguiser. Et elle éprouva une vive douleur à l'idée qu'elle ne verrait pas grandir Emma.

Benjamin eut lui aussi un entretien avec Susan Littleton et vérifia ses références. À contrecœur, il accepta qu'elle remplace Coco. Il était furieux contre cette dernière et ne comprenait pas pourquoi elle l'abandonnait. Au fil des semaines, il s'était attaché à elle, et Emma l'adorait. Mais cette dernière semblait également bien s'entendre avec Susan, ce qui le consolait quelque peu.

Il comprenait aussi que la vie sur le ranch était ennuyeuse pour une femme, et il ne pouvait s'empêcher de comparer Coco à sa mère. Peut-être avait-elle envie de découvrir de nouveaux horizons ? Cela aurait expliqué sa détermination.

Il décida de ne pas se laisser affecter ni se laisser aller à des émotions malvenues. De cette façon, il ne souffrirait pas. Il aida Coco à charger ses valises dans sa petite voiture. Encore une fois, il agissait à son corps défendant.

Elle plaça son dernier bagage sur le siège avant, puis se tourna vers lui.

— Tu es bien certaine que tu veux partir ? lui redemanda-t-il en glissant ses mains dans ses poches.

Elle prit une profonde inspiration.

— Je suis certaine que c'est la décision la plus sage pour toi et Emma.

Il plissa les yeux.

— C'est si facile que ça pour toi de nous quitter ?

Il vit son regard s'assombrir.

— Pas du tout, mais j'agis au mieux, répondit-elle dans un souffle. Merci pour tout.

Alors elle le serra dans ses bras et, malgré lui, il lui rendit son étreinte.

— Bien... Garde les pieds sur terre, princesse.

Elle se mit à rire.

— Tu as toujours le mot pour rire, dit-elle.

Elle recula.

— Merci encore, ajouta-t-elle.

Elle monta en voiture et sortit de sa vie.

Coco ne savait pas où elle allait.

Ce qu'elle avait voulu, c'était que Benjamin et Emma ne subissent plus la pression des médias. Elle aurait dû ressentir une grande satisfaction... Dès lors, pourquoi se sentait-elle si triste ?

Elle se rendit à Fort Worth et réserva un hôtel peu onéreux pour la nuit. Alors qu'elle avait bien organisé son départ pour que Benjamin ne soit pas pris au dépourvu, elle n'avait pas envisagé ce qu'elle ferait après. Elle se sentait perdue. Elle se dit alors qu'elle pourrait peut-être faire un voyage sur la côte du Golfe. Mais avec sa voiture chargée, ce n'était pas très pratique...

Le lendemain, quand elle se réveilla, elle fut frappée par le silence qui régnait dans la chambre d'hôtel. Et, devant l'absence de cris ou de babillements d'enfant, elle sentit une immense tristesse s'abattre sur elle. Emma lui manquait, Benjamin lui manquait. Elle regarda le ciel gris, par la fenêtre, et lutta pour refouler ses larmes. Elle ne devait pas se laisser abattre, décida-t-elle. Alors elle se leva et se doucha, puis vérifia son portable. Elle avait reçu un message d'une certaine Valentina Devereaux Logan qui la priait de la rappeler. Très surprise, elle se demanda si elle devait ou non rappeler.

Revenue dans sa chambre après avoir pris son petit déjeuner, elle décida de jouer à pile ou face pour se décider. Face, elle appellerait... Ce fut face.

Elle composa donc le numéro, s'attendant à tout.

— Bonjour, Tina à l'appareil, répondit une voix de femme, tandis que les cris d'un enfant résonnaient en arrière-fond.

Ces cris la mirent tout de suite à l'aise. Ils lui étaient si familiers !

— Bonjour, c'est Coco Jordan.

— Oh ! comme c'est gentil à vous de me rappeler ! s'exclama Tina. Je suis désolée, mais ma fille est littéralement en train de me tyranniser... Non, Katiana, tu n'auras pas de cupcakes pour ton petit déjeuner, et si tu continues à hurler je vais te remettre dans ta chaise haute.

Coco ne put réprimer un sourire.

— Me revoici, dit Tina, veuillez me pardonner. J'ai entendu dire que vous aviez quitté votre travail à cause des paparazzi, aussi je vous invite à venir séjourner chez moi.

Coco cilla.

— Pardon ?

— Oui, venez chez moi. Après tout, tout le monde vous a rencontrée, sauf un de mes frères et moi. Ce n'est pas juste !

— Je suis confuse... Comment savez-vous que j'ai quitté mon emploi ?

— Bridget a appelé le ranch où vous travailliez, et c'est la gouvernante qui le lui a dit. J'aurais aimé vous appeler avant, mais Stephan m'avait donné des consignes... Mais maintenant que vous avez convaincu Eve de ralentir le rythme, il vous voue toute son estime.

Coco prit une profonde inspiration, s'efforçant de garder la tête froide.

— Écoutez, je ne veux pas de votre pitié...

— Je sais ce que c'est d'affronter les paparazzi, et je vous assure que je vous comprends. Mais ce que je veux surtout, c'est faire votre connaissance, et c'est la raison principale de mon appel. Je veux voir vos yeux. Bridget m'a dit que vous aviez le regard des Devereaux, mais en plus doux.

— Je ne sais pas quoi vous répondre, dit-elle, prise au dépourvu.

— Il suffit de dire : « Merci beaucoup, j'accepte votre invitation », suggéra Tina.

Il était vrai qu'elle n'avait nulle part où aller, se dit-elle, alors pourquoi ne pas accepter ?

— D'accord, je viendrai aujourd'hui vous rendre visite, répondit-elle.

— Vous pourrez peut-être rester quelques jours, vous verrez une fois sur place, enchaîna aussitôt Tina. Je vais vous donner mon adresse pour que vous l'enregistriez dans votre GPS.

Tina lui communiqua son adresse.

— Vous êtes sûre que je ne vous dérange pas ? demanda de nouveau Coco.

— Sûre et certaine ! Je suis impatiente de faire votre connaissance, répéta-t-elle.

Coco suivit les instructions de son GPS et arriva sans encombre au ranch où habitaient Valentina et sa famille. La demeure était magnifique et, tandis qu'elle attendait devant la porte après avoir frappé, elle ressentit une vive nostalgie pour le ranch de Benjamin.

Elle entendit des bruits de pas, puis une voix de femme :

— Katiana, petite chipie ! Tu veux bien arrêter !

La porte s'ouvrit alors sur une femme d'âge moyen, aux cheveux gris, accompagnée d'une petite fille avec de belles boucles brunes retenues par deux couettes.

— Vous devez être Coco Jordan, déclara la femme avec assurance. Je suis Hildie, et voici Katiana. Entrez ! Son Altesse est en conversation téléphonique au sujet d'un de ses projets caritatifs. Elle est résolue à sauver le monde.

Elle l'escorta alors dans un salon au mobilier confortable et au parquet jonché de jouets.

— Elle va vous rejoindre dans un instant, ajouta-t-elle. Pendant ce temps, Katiana, tu veux bien ranger tes jouets et te préparer pour le déjeuner ?

— Mais je joue encore, protesta la petite fille.

— Je vais t'aider à ranger, proposa Coco.

Hildie lui adressa un coup d'œil reconnaissant.

— C'est gentil à vous, dit-elle.

Puis elle sortit.

— Qui c'est, celle-ci ? demanda Coco à Katiana en désignant une figure sur le sol.

L'enfant la ramassa.

— C'est Rose, la reine des fées. C'est elle la chef de toutes les fées.

— J'imagine qu'elle doit être très intelligente. Où est-ce qu'elle dort ?

— Dans cette boîte, indiqua Katiana.

Puis elle se mit à caresser sa figurine.

— Mais j'aime bien qu'elles fassent toutes la sieste avec moi, dans mon lit, précisa-t-elle.

— À mon avis, c'est mieux pour tout le monde si chacun dort dans sa boîte. Et ça, c'est un poney magique ? demanda-t-elle en s'emparant d'une autre figurine en forme de cheval.

Katiana acquiesça et commença à lui raconter que les poneys adoraient faire des promenades avec les princesses sur leur dos. Tout en écoutant la fillette et en l'aidant à ranger ses jouets, Coco ne put s'empêcher de se demander si Emma, au même âge, jouerait avec de telles figurines et s'inventerait des histoires semblables.

Ce fut alors qu'une jeune femme aux cheveux bruns ondulés, vêtue de façon décontractée, entra dans la pièce.

— Oh, non ! On vous a déjà mise à contribution ? Bonjour, je suis Tina.

Coco se leva immédiatement et hésita à faire la révérence, ce que perçut tout de suite Tina.

— Ne vous avisez surtout pas de faire une révérence ! la prévint-elle en s'avançant vers elle pour lui tendre la main. C'est si gentil à vous d'être venue me voir, Coco. Bridget et Phillipa avaient raison : vous avez bien le regard des Devereaux, mais en plus doux. Je vois que vous avez fait la connaissance de ma fille, Katiana.

— Oui, et maintenant je suis incollable sur les fées des fleurs, dit Coco. Elle parle énormément, c'est adorable.

Tina ébouriffa les cheveux de sa fille.

— Adorable ou épouvantable, cela dépend des moments.

Puis, s'adressant à la fillette, elle ajouta :

— Mlle Hildie va te faire déjeuner pendant que Coco et moi discuterons.

— Moi aussi, je veux discuter, dit Katiana.

— Plus tard, après ta sieste. Allez, Hildie t'attend.

Puis elle embrassa sa fille, qui sortit de la pièce.

— Asseyez-vous, je vous en prie, poursuivit-elle. Que désirez-vous boire ? Du thé, du café, du cidre ?

— Je prendrai volontiers du cidre.

— Parfait !

Quelques minutes plus tard, Hildie apportait un plateau.

— J'ai un peu entendu parler de vous, reprit Valentina. Je sais que vous avez perdu vos deux parents, et que votre mère a souffert d'une longue maladie. Veuillez accepter mes condoléances.

Elle posa sa main sur celle de Coco.

— Je suis aussi terriblement navrée que vous ayez dû quitter votre emploi. Mais n'étiez-vous pas fiancée à votre employeur ?

Coco se sentit rougir.

— C'était plus un arrangement qu'un véritable engagement. Il m'avait proposé de faire semblant pour me protéger des propositions invraisemblables que je recevais. Je pensais que cela finirait par se calmer, mais je ne pouvais pas faire une promenade avec la petite Emma dont je m'occupais sans que les paparazzi fondent sur nous. Emma a déjà vécu un lourd traumatisme avec la perte de sa mère et le déménagement chez son père. Au début, en effet, ils ne s'entendaient pas très bien, tous les deux.

— Vous voulez dire qu'il n'aimait pas l'enfant ? demanda Tina, horrifiée.

— Oh non, pas du tout ! Seulement, la petite avait peur de lui et hurlait chaque fois qu'elle le voyait. Mais, maintenant, ils ont un bien meilleur rapport, elle a même presque dit papa, l'autre jour.

Elle s'interrompit, émue à ce souvenir, puis se ressaisit.

— Mais les paparazzi rendaient la vie de tout le monde insupportable. Benjamin avait même dû affecter l'un de ses hommes à ma sécurité. Surtout depuis que...

Elle se tut soudain, et se mordit la lèvre.

— Veuillez m'excuser, je vous ennuie avec mes bavardages.

— Pas du tout. Cela a dû être difficile de quitter le bébé, dit Valentina, songeuse.

Coco sentit immédiatement les larmes lui monter aux yeux, et son cœur se serrer. Tina était si gentille et sincère qu'elle avait l'impression qu'elle pouvait être elle-même avec elle.

— Terriblement, avoua-t-elle. Ma seule consolation, c'est de lui avoir trouvé une nourrice formidable pour me remplacer. Je pense même qu'elle sera meilleure que moi à cette fonction.

— Cela, j'en doute. Quels sont vos projets, à présent ? questionna Tina.

— Je ne sais pas encore... Il faut que je trouve du travail. J'envisage aussi de reprendre mes études. J'étais en milieu de deuxième année quand ma mère est tombée malade, expliqua-t-elle. Après sa mort, je n'ai pas eu le courage de m'y remettre tout de suite.

— Je vous comprends. Mais à présent vous êtes sans doute en mesure de vous réinscrire à la faculté. Hildie a de grandes théories sur l'éducation, et elle dit toujours que, quand on a un diplôme, personne ne peut nous le prendre.

— Elle m'a l'air d'une femme très perspicace, fit Coco.

— C'est un vrai trésor ! Je ne sais pas ce que je ferais sans elle. Dès que j'aurai lu une histoire à Katiana avant sa sieste, nous déjeunerons. Il y a de la soupe aux nouilles et au poulet, vous aimez ? Est-ce que vous voulez vous rafraîchir un peu ? Je peux demander à un des employés du ranch de décharger vos bagages.

— Non, ce n'est pas la peine, répondit Coco, même si la tentation était grande.

Tina semblait communiquer à toute sa maison la chaleur et la convivialité qui se dégageait d'elle.

— Restez au moins une nuit ! J'ai déjà promis à Katiana que vous passeriez l'après-midi chez nous. Vous ne pouvez pas repartir le soir sur des routes de campagne mal éclairées.

Coco resta pour le déjeuner et le dîner, et elle fit la connaissance de Zachary Logan, le mari de Tina, qui portait sur sa fille et sa femme un regard si aimant qu'elle en fut vivement émue. Elle se demanda alors si un homme, un jour, la regarderait de cette façon. Elle repensa à Benjamin... Elle ne devait rien regretter, elle était partie à temps parce qu'elle commençait vraiment à espérer qu'il s'engage avec elle, ce qui n'avait aucune chance d'arriver. Se retrouver au ranch des Logan l'apaisait, même si l'expérience lui rappelait ce qu'elle avait laissé derrière elle.

Deux jours plus tard, Coco estima qu'elle ne pouvait pas décemment accepter plus longtemps l'hospitalité de Tina. Elle décida de revenir à Fort Worth et de se mettre en quête d'un emploi. Et, si elle avait un peu de chance, on l'autoriserait à s'inscrire à l'université pour terminer sa deuxième année.

12

Deux semaines et demie plus tard, Benjamin était assis à son bureau et fixait son verre de whisky. On frappa alors à sa porte. Comme il était 20 heures, ce ne pouvait être que Sarah. Il alla ouvrir, et celle-ci se tenait effectivement sur le seuil, un plateau à la main, avec de la soupe et un sandwich.

— Merci, Sarah, lui dit-il.

— Vous ne vous nourrissez pas correctement, ces derniers temps, déclara-t-elle en lui lançant un regard désapprobateur. Et puis, vous buvez trop.

— Sarah, commença-t-il avec une impatience dans la voix qui montrait clairement qu'il ne voulait pas aborder le sujet.

— C'est pourtant vrai ! insista Sarah. Ce n'est pas sain. Vous êtes perturbé, et ce n'est pas bon pour le bébé.

— Comment ça, ce n'est pas bon pour Emma ? Je ne vois pas le rapport ! Elle est en forme, et Susan s'occupe parfaitement d'elle.

— Combien de temps avez-vous passé avec votre fille, ces derniers temps ? demanda alors Sarah.

Benjamin baissa la tête. Il s'était noyé dans le travail depuis le départ de Coco.

— Vous devriez retrouver Coco et lui dire de revenir, continua sa gouvernante. C'était la chance de votre vie, et le ranch n'avait jamais été aussi gai, quand elle vivait là.

— Vous ne disiez pas la même chose lorsque le téléphone sonnait toute la journée, argua-t-il en levant les yeux vers elle.

Elle fit un petit signe de la main.

— C'était une contrariété mineure.

— C'est elle qui est partie, souligna-t-il alors. Elle était déterminée à partir.

Il plongea sa cuillère dans sa soupe et la porta à sa bouche. Elle était chaude, et il se brûla la langue.

— Et zut ! marmonna-t-il.

— Voilà ce qui arrive quand on ne fait pas ce qu'il faut ! renchérit Sarah, peu compatissante. Si vous ne l'aviez pas laissée partir, vous ne seriez pas dans cette situation.

Elle croisa les bras et le fixa durement.

— Comment étais-je censé la retenir alors qu'elle voulait partir ? demanda-t-il.

— Vous auriez pu lui dire que vous éprouviez des sentiments pour elle, par exemple !

— Qu'est-ce qui vous fait penser ça ? marmonna-t-il.

— Parce que cela se voyait ! fit Sarah, exaspérée. Et puis vous étiez bien fiancés, non ? Du moins, c'est ce que vous avez dit.

Benjamin fronça les sourcils devant le ton tranchant de sa gouvernante. Il était clair qu'elle estimait que leurs fiançailles cachaient quelque chose de louche.

— Elle s'ennuyait peut-être ici, reprit-il. Qui sait si elle n'a pas fini par signer un contrat en or avec un de ces journaux qui voulaient tellement l'interviewer ?

— Elle vit à Fort Worth et travaille comme serveuse en attendant de reprendre ses études en janvier, lui apprit alors Sarah d'un ton hautain.

Il la fixa d'un regard intense.

— Comment le savez-vous ?

— J'ai mes sources, répondit-elle, du même ton dédaigneux.

Puis elle leva vers lui un doigt menaçant :

— Vous avez tout gâché ! À vous de réparer les choses.

Il fronça les sourcils d'un air sévère, mais elle ne baissa pas les yeux et ne bougea pas d'un pouce.

— Bon, je dois travailler, à présent, dit-il en regardant son ordinateur.

— Je comprends. Et vous avez sans doute plus de travail que vous n'imaginez.

Sur ces paroles, elle sortit de son bureau.

Benjamin la regarda s'éloigner, puis se leva pour fermer la porte. Décidément, il y avait un certain nombre d'inconvénients à avoir des employés de longue date. Pour commencer, ils semblaient croire qu'ils savaient mieux que vous ce que vous deviez faire. Ensuite, ils estimaient qu'ils avaient le droit de vous dire ce qu'ils pensaient.

Il soupira, agacé, et retourna s'asseoir. Il mangea la moitié de son sandwich et avala quelques cuillerées de soupe qui avait depuis refroidi. Les tableaux Excel se brouillèrent alors devant ses yeux et, soudain, il vit à la place le visage souriant de Coco. Il la vit sourire, rire, l'embrasser... Il la vit aussi embrasser Emma sur le front tout en la berçant dans le rocking-chair, pour qu'elle s'endorme. Il la vit tomber amoureuse de lui...

Il se prit la tête entre les mains.

Que pouvait-il faire ? Que *devait*-il faire ?

Deux jours avant Thanksgiving, Coco se hâtait de servir des pancakes à la myrtille dans un café de Fort Worth. Après une petite pause l'après-midi, elle servirait des T-bones dans un grill, en soirée. Et, si elle avait de la chance, elle obtiendrait un prêt pour commencer un nouveau semestre dans une école deux semaines plus tard.

Elle posa automatiquement une carafe d'eau et un pot de café sur deux tables, prit de nouvelles commandes et les donna en cuisine. Après avoir apporté une commande, elle s'apprêtait à remplir un verre à une nouvelle table.

— Vous voulez aussi du café ? demanda-t-elle de façon automatique.

— Toujours, lui répondit une voix familière.

Bien trop familière, même si c'était une voix qu'elle n'entendait désormais que dans ses rêves. Elle baissa les yeux... et croisa le regard de Benjamin Garner.

— Bonjour, dit-elle avec difficulté, le cœur battant. Qu'est-ce que tu fais ici ?

— Tu vois, je m'apprête à prendre un petit déjeuner, dit-il en regardant le menu.

Elle sortit son carnet pour prendre la commande.

— Et qu'est-ce que tu prendras ?

— Qu'est-ce que tu me conseilles ?

— Tout est bon, ici. Les pancakes aux myrtilles ont beaucoup de succès, ainsi que les omelettes aux herbes.

Il hocha la tête.

— Tu préfères travailler ici plutôt que t'occuper d'Emma ? demanda-t-il tout à trac.

Elle sentit son cœur se serrer, et son sourire jovial s'évanouir. Mais elle se ressaisit rapidement.

— Pas vraiment, mais il fallait que je parte.

Elle inspira profondément pour se calmer et leva son stylo.

— Alors, qu'est-ce que tu veux ?

— Des œufs au bacon, et des pancakes à la noix de pécan, répondit-il.

— Très bien, dit-elle.

Elle s'éloigna.

Son cœur battait si violemment dans sa poitrine qu'elle avait du mal à respirer. Elle priait pour ne rien faire tomber. Elle n'aurait jamais cru que Benjamin viendrait un jour ici, d'ailleurs, elle pensait ne jamais le revoir. Elle résista à la tentation de se rendre aux toilettes pour se repeigner et se remettre du rouge à lèvres.

S'efforçant de rester concentrée sur son travail, elle continua de servir. Quand la commande de Benjamin fut prête, elle ajouta du sirop d'érable et un jus d'orange.

— Je n'ai pas commandé de jus d'orange, observa-t-il quand elle posa son petit déjeuner devant lui.

— C'est servi avec les pancakes. Tu veux autre chose ?

— Oui, dit-il alors en rivant son regard au sien. Je veux que tu reviennes au ranch avec moi.

Elle manqua en renverser le pot de café qu'elle tenait à la main.

— Je... Je ne peux pas.

Il bondit sur ses pieds.

— Pourquoi ?

Elle poussa un soupir.

— Parce que ça ne marcherait plus. Je commençais à ressentir... Enfin à vouloir...

Elle secoua la tête, peu désireuse de lui livrer les sentiments profonds qu'elle ressentait pour lui.

— Tu commençais à éprouver des sentiments pour moi, n'est-ce pas ?

Elle ferma les yeux, essayant de se dominer.

— Ne sois pas cruel, je t'en supplie, murmura-t-elle.

— Je n'en ai pas du tout l'intention. Il se trouve que moi aussi, je commençais à t'aimer...

Elle ouvrit les yeux et étouffa un petit cri. Cette fois, le pot lui échappa des mains, et le café se répandit sur le sol.

— Et zut !

— Ce n'est que du café, dit-il pour tempérer sa nervosité.

Puis il la prit dans ses bras et l'attira contre lui.

— Je t'aime, Coco, ajouta-t-il. Je veux que tu fasses partie de ma vie pour toujours. Je veux t'épouser.

Avait-elle bien entendu ?

Elle leva les yeux vers lui, les genoux tremblants.

— M'épouser ?

— Oui, fit-il. Je sais que je suis parfois épouvantable, mais ta présence me procure un bonheur que je n'aurais jamais cru connaître un jour. Je suis vraiment malheureux depuis que tu es partie.

Elle se mordit la lèvre, submergée par l'émotion.

— Mais je pensais que tu n'étais pas prêt, que tu ne voulais pas t'engager, que...

Il posa un doigt sur ses lèvres.

— Je me suis trompé, c'est tout. Profites-en, je reconnais rarement mes torts. Je t'ai dans la peau, Coco, et j'en suis heureux, même si je ne m'y attendais pas du tout. Et je veux que tu me colles à la peau pour la vie entière. À commencer par aujourd'hui. Épouse-moi, Coco...

Sa voix vibrait d'émotion, et elle avait la sensation d'avoir été projetée dans un rêve fantastique.

Soudain, Benjamin sortit une petite boîte de sa poche.

— Cette fois, ce n'est pas pour la façade, c'est pour de vrai, ajouta-t-il.

Il ouvrit le couvercle : à l'intérieur, un beau diamant brillait de tous ses feux.

Elle avait du mal à retenir ses larmes. Elle regarda avec intensité l'homme qu'elle attendait depuis toujours...

— Oui, dit-elle. Je t'aime.

— Moi aussi, je t'aime, répondit-il.

Un mois plus tard, juste avant Noël, Benjamin et Coco, accompagnés de la nouvelle nourrice et de Sarah, se rendirent à Chantaine. Bridget avait insisté pour que le mariage ait lieu sur l'île. Au début, ils avaient décliné, mais ensuite ils avaient eu la sagesse de combiner leur mariage et leur voyage de noces. Coco se rendit compte que les Devereaux étaient désormais bien plus accueillants avec elle qu'elle ne l'aurait cru.

Eve, avec son ventre imposant, et Pippa, qui la suivait de près, s'extasiaient à présent sur sa robe en dentelle blanche.

— Elle est magnifique, déclara Eve.

— Et elle te va à ravir, renchérit Pippa. Benjamin a vraiment de la chance.

— Et nous aussi, reprit Bridget en entrant dans la pièce, sur ses talons de douze centimètres. Les nounous ont nos petits monstres en main, et nous aurons l'esprit complètement libre pour la fête.

Quelques instants après, Valentina et Katiana firent leur entrée dans la pièce qui se trouvait juste au-dessus de la chapelle où Coco et Benjamin allaient échanger leurs vœux. Tina s'avança vers Coco pour la prendre dans ses bras.

— Tu es splendide, dit-elle.

— Comme la fée des fleurs, déclara Katiana.

Coco se pencha pour lui donner un baiser.

— Tu es adorable, lui murmura-t-elle.

— Allez, tout le monde en place, fit Bridget en tapant dans ses mains. On ne peut pas faire attendre indéfiniment le maître de cérémonie.

Chacune l'embrassa sur la joue, et sortit. Bridget lui dit alors :

— Tu es un ajout inestimable pour notre famille. Nous sommes tous si heureux de t'avoir parmi nous.

Coco sentit immédiatement ses yeux s'embuer.

— C'est moi qui ai de la chance, répondit-elle.

— Nous en reparlerons, mais pas maintenant, trancha-t-elle en lui tendant un Kleenex. Ça va aller ?

— Oui, dit-elle, mais depuis un an j'ai vécu tant de changements que les larmes me viennent facilement aux yeux. Il y a d'abord eu le décès de ma mère, puis je me suis retrouvée sans argent, j'ai été nourrice. Après quoi, j'ai été serveuse, et maintenant j'épouse l'homme dont je n'osais même pas rêver. C'était une année folle.

— Mais ta vie va devenir de plus en plus belle, lui promit Bridget, une lueur mystérieuse dans les yeux.

Coco leva un sourcil.

— Qu'est-ce que tu veux dire ?

— Tu le sauras bien assez tôt. Tu as besoin de quelque chose ?

— Juste d'un peu d'aide pour descendre les marches, lui dit Coco.

Bridget ouvrit la porte, et le maître de cérémonie apparut.

— Je suis à votre service, madame.

Elle descendit alors les marches à son bras, et il la conduisit dans le vestibule où elle attendit qu'on lui donne le signal pour entrer dans la chapelle. Elle était à la fois angoissée et excitée lorsque les portes s'ouvrirent et qu'elle descendit l'aile de la chapelle.

Dans son smoking texan, Benjamin l'attendait devant l'autel. L'espace d'un instant, tous les invités disparurent, et elle ne vit plus que lui, dont les yeux étaient rivés à elle...

Quand elle arriva à sa hauteur, il lui prit la main et l'embrassa.

— Tu seras toujours en sécurité avec moi, lui chuchota-t-il alors.

Ces paroles l'émurent au plus au point, et elle comprit qu'auprès de lui elle avait enfin trouvé son foyer.

Le pasteur arriva, et le service commença.

Benjamin récita ses vœux, Coco, les siens, et ils furent déclarés mari et femme. L'assemblée réunie dans la chapelle les applaudit, et Benjamin scella les promesses échangées par un long et tendre baiser à sa femme. Coco crut qu'elle allait défaillir. Comment, elle, qui ne s'était jamais considérée comme une princesse, pouvait-elle être traitée comme telle ?

Après la cérémonie, il y eut une réception privée dans la salle de bal. Stephan prit alors la parole.

— Nous avons eu la grande joie d'assister au mariage de la fille de notre père, Coco Jordan, avec Benjamin Garner. À cette occasion, la famille Devereaux tenait à offrir un cadeau spécial à Coco...

Il fit une pause et poursuivait en élevant la voix :

— Voilà pourquoi je nomme Coco Jordan princesse honoraire de Chantaine. Nous lui souhaitons le plus grand bonheur, ainsi qu'à son mari.

Soufflée, cette dernière leva les yeux vers Benjamin.

— Est-ce qu'il a dit ce que je pense avoir entendu ? demanda-t-elle.

Benjamin éclata de rire, hochant la tête, tandis que les invités applaudissaient à tout rompre.

— Donc, je suis une princesse ? murmura-t-elle encore.

— Tu as toujours été une reine à mes yeux, répondit-il, les yeux rivés aux siens.

Cette fois, ce fut elle qui ne parvint pas à garder son sérieux.

— Ce qui compte, c'est que je t'appartienne, lui dit-elle.

Il lui donna un baiser.

— J'ai l'impression qu'il va falloir que j'emploie une personne pour protéger à plein temps la nouvelle princesse Devereaux... Ne t'inquiète pas, ma chérie. Tu vaux chaque centime que je dépenserai pour toi.

Elle se serra contre lui.

— Je suis la femme la plus heureuse de l'univers.

— Encore une petite chose, décréta Bridget en s'approchant d'eux.

Coco aperçut alors un homme de haute stature à ses côtés, et quelque chose, chez lui, lui parut immédiatement familier. Le regardant dans les yeux, elle eut l'impression d'y voir la couleur des siens. Soudain, son cœur se mit à battre plus fort.

— Tu es mon frère, c'est ça ? demanda-t-elle.

— Oui. Et toi, tu es ma sœur, répondit-il. Maxwell Carter à votre service, Votre Majesté.

Elle éclata de rire.

— Pas de chichis avec moi ! le prévint-elle.

— J'aurais aimé te connaître plus tôt, déclara-t-il.

Ces paroles lui allèrent droit au cœur.

— Mais maintenant, enchaîna-t-elle, tu peux compter sur moi pour ne pas m'oublier.

Il eut soudain un petit sourire malicieux.

— J'ai la subite impression d'avoir gagné à la loterie génétique, déclara-t-il.

— Mais c'est le cas, renchérit Benjamin.

Il se tourna alors vers sa femme, pour ajouter :

— Dis-moi juste que tu n'exigeras pas de moi que je fasse la révérence, maintenant.

— Uniquement à certains moments, répondit-elle en éclatant de rire.

De nouveau, Benjamin déposa un baiser sur sa bouche, et elle sut qu'elle était arrivée au port, aux côtés de l'homme de son cœur et de ses rêves.